二兩福妻 3 完

鳳棲梧桐 著

文創風 848

目錄

第四十一章

姜荷花瞥了白氏一眼，又把目光轉向站在東廂門口的黃氏。要說姜氏看不上白氏是因為她沒能給三兒子生個兒子，那她看不慣老二媳婦黃氏，就是因為黃氏不但娘家給力，而且還生了太多兒子了。

姜荷花打季霆落地就沒拿他當兒子看，所以在她的觀念裡，只有季文、季武和季雷才是她生的。而黃氏進門之後一口氣也生了三個兒子，這就像是在跟她別苗頭一樣，偏偏黃氏娘家是幹屠戶那行的，那些個舅兄站出來能嚇死個人，害她還不敢磋磨黃氏，一肚子的鬱氣就只能往白氏身上撒。

現在看到小孫子端著的碗裡就幾塊地瓜乾，她一雙眼立即就豎了起來。「老二家的，妳這地瓜乾也是昨天孩子他舅給的？」

黃氏可不像白氏那麼怕事，聞言笑道：「看婆婆您這話說的，您還能缺這幾塊地瓜乾不成？這是小剛聽他大伯來了，說要招待他大伯的。這孩子整日跟人炫耀他大伯在鎮上開了雜貨鋪，偏生自己又從沒去過，這是打算賄賂他大伯，讓他大伯帶他去鎮上玩呢。」

姜荷花覺得自己這輩子就兩件事最得意。一是讓大兒子在鎮上開了間雜貨鋪，二是家裡置辦上了百畝良田。至於這開雜貨鋪和買田地的銀子都是從哪兒來的，她就選擇性的忘記了。

姜荷花被黃氏這暗暗一捧，神色立即就好了起來，揮揮手，道：「妳大伯在堂屋裡坐著呢，趕緊都送進去吧。」

沒被為難，夏荷和季有剛都悄悄鬆了口氣，立即乖乖的捧著碗往堂屋裡走，小小的秋菊跟在兩人身後也進去了。

堂屋裡，季文正坐沒坐相的在椅子裡歪靠著，剛剛黃氏在院子裡說的那些話，他不是沒有聽到，此時見夏荷和季有剛端著碗進來，他也不起身，只笑咪咪的招手叫兩人過去。

夏荷並不上當，跑到季洪海慣坐的椅子旁邊，把碗放到他右手邊的桌上，這才轉身脆生生的對季文道：「大伯，這花生是孝敬我爺和我奶的，要我爺、我奶同意才能給你吃。」

「嘿，妳個小丫頭片子，老子還缺妳那顆花生吃不成？」

季洪海眉頭一豎，瞪著季文罵道：「你在誰面前稱老子呢？」

季文縮著脖子嘿嘿一笑，卻也知道季洪海不會為這點小事就發落他，轉而抬手衝著走到他面前的季有剛的頭就是一下。「你個小崽子，都跟人吹噓你大伯啥啦？你大伯我的雜貨鋪那是要做生意的，可不能讓你去玩，你要眼熱，就叫你爹也去開一間得了。」

季有剛人雖小，卻也不是什麼都不懂。季文之前沒輕沒重拍他那一下，都把他拍疼了，現在又來笑話他家沒錢，開不起鋪子，要不是還想留在堂屋裡偷聽季文跟爺爺、奶奶說話，他早就撲上去咬季文一臉血了。

夏荷見季有剛一直捂著頭站在那裡不吭聲，猜到季文剛剛那一下肯定打疼他了，忙上前拉住季有剛的手，道：「小八，大伯不帶你玩，七姐帶你玩，咱們去門口看螞蟻搬家吧。」

接著不由分說，就將季有剛給拉了出去。秋菊亦步亦趨的跟著姐姐身後，三人也不走遠，出了堂屋就在門口蹲下了。

夏荷拉開季有剛一直捂著頭的手，小聲問他。「疼嗎？」

季有剛搖搖頭又點點頭，同樣小聲的回道：「剛才很疼，現在已經不疼了。」

夏荷朝堂屋裡的三人瞥了眼，把秋菊往身邊拉了拉，從地上摸了根小木刺塞她手裡，教她往地上戳洞。她和季有剛也各自找了根小木刺，有一下沒一下的往地上戳，耳朵卻豎得尖尖的，仔細聽著堂屋裡的動靜。

堂屋裡，季文根本就沒有控制自己的聲音，抓了根地瓜乾邊啃邊道：「爹、娘，我剛去南山坳打了個轉，聽到一個消息，也不知道是不是真的。」

「是關於你四弟的？」季洪海話音才落，姜荷花就跟被踩到尾巴的貓一樣，怒氣沖沖的瞪著季文道：「你去找那個掃把星幹啥？也不怕沾了他身上的衰氣，把自己也給帶累了。」

「妳少說兩句，怎麼說那也是從妳肚子裡爬出來的。」季洪海訓斥完姜荷花，拿起桌上的煙槍在桌腿上敲了敲。然後一邊往煙斗裡填煙葉，一邊對季文道：「你說吧，聽到什麼消息了？」

季文把啃了一半的地瓜乾扔回碗裡，起身湊到姜荷花面前，一臉諂媚的嘿嘿笑道：「娘，我說的這事妳聽了一定高興。」

「到底啥事啊？」

季文幸災樂禍的笑道：「我聽姚錦富說，老四要想恢復自由身，得給姚家二千兩銀子才能贖身呢。」

季洪海伸手拿火摺子的動作一頓，轉頭看向季文，姜荷花則是聽到直接跳了起來。「多少？」

季文伸出兩根手指頭，晃了晃。「二千兩。」

「不是說只欠了三、四百兩藥錢嗎？」姜荷花目光閃爍，臉上看不出悲喜，也不知道在想什麼。

季文攤攤手，道：「誰知道呢，或許是被姚家給坑了吧。」

「姚家都是厚道人，不會坑老四的。」季洪海抽了口煙，才慢悠悠的道：「老四那天在荀家院裡說欠了三、四百兩藥錢，現在都過去一個多月了，他夫妻倆一個要治腿一個要治頭，這多出來的一千多兩，大概就是這段時間花用的吧。」

姜荷花聽了就咬牙切齒的罵道：「他這是有多大的福氣，才一個多月就花用掉了一千多兩？把福都享完了，他是急著想重新投胎還是怎樣？」

「都已經讓他分家另過了，又不用妳給他還這兩千兩，妳管他那麼多幹啥？」季洪海拉下臉，把煙槍重重的往桌上一放，姜荷花立即就不敢吭聲了。

季文忙湊到季洪海面前，討好的拿起煙槍重新遞回他手裡，一邊笑道：「爹，照你這麼說，老四有可能真的欠了姚家二千兩銀子？姚家有這麼多銀子嗎？」

姚家是十幾年前才搬來荷花村的，除了新搬來那年起了座氣派的大院子，在村裡也才五十幾畝地，比他們老季家還不如呢。平時也沒見姚家人做什麼營生，倒是姚錦華和姚錦富兩兄弟經常會打些野味去鎮上賣，他家的女人也會從鎮上的繡坊接些活計做，可就憑這些，真能攢下二千多兩銀子？

「姚家是從別處遷來的，那一家人一看就是有家底的人家，手裡有些積蓄也不奇怪。」季洪海看著眼珠直轉的季文，警告道：「你沒事少往姚家人面前湊，那一家人可不好惹。老四賣身給姚家也吃不了虧，姚家富裕，不會缺了他的吃穿，左不過也就是沒了自由而已。」

「我只是去南山坳看看，又沒幹啥，姚家人還能吃了我不成？」季文有些心虛的瞟向自家老娘。可這會兒姜荷花也不知道在想什麼，根本沒注意到他拋來的求援信號。

季洪海對於不聽話的兒子向來沒好臉色，他冷冷的一個眼刀掃過去，季文立即就老實了。「你是我兒子，我還會不知道你是什麼德行？老四是個能幹的，我當初之所以同意把他分出去單過，是因為知道他見過大世面，自己一個人出去也能過活。我只是沒想到他為了治腿和救他那個病媳婦，會甘願賣身給人為奴。

「當初荀大夫說季霆的腿立即醫治只需一百兩，我估計事後醫治就算再麻煩，花用個四、五百兩也差不多了。老四如今贖身會需要這麼多銀子，大部分應該是他那個病媳婦花用掉的。畢竟他媳婦當初到咱家時，可就只剩下一口氣了。要把一個傷了頭的將死之人救回來，要花的代價自然要大些。」

「那就是個養不熟的白眼狼。」姜荷花抓了把花生，握在手裡用力的剝著，好像那花生跟她有多大仇似的。「那孽障如今大了，心也大了，你們就沒看出來他這是在跟咱們玩陰的嗎？什麼為了治腿、救媳婦才賣身給姚家的？說的比唱的都好聽！他打小就愛往姚家跑，和姚家那兩小子好的就跟一個人似的，他要當真缺銀子使，姚家人還能不借給他？需要他賣身進姚家嗎？你們又有誰看到他的賣身契了？」

世上最瞭解你的人，是你的敵人。

姜荷花把季霆當仇人看，氣憤之下說中了事實，卻並沒有意識到自己說的就是真相。

「……才一分家，他就賣身為奴了，這不是明擺著想讓人說咱們當爹娘的苛待他嘛？上回還板著個死人臉上門，要咱們別插手管他們那一房的事，搞得老娘好像有多想管他的事似的。他為了個不相干的女人，一、兩千兩銀子都捨得花出去，臨到要孝敬親爹、親娘了，又說什麼他三個兄弟孝敬我們老倆口多少，他也給多少，這還得比照著他兄弟來？」

姜荷花越說越生氣，最後乾脆把手裡的花生往碗裡一扔，瞪著季洪海叫道：「你說他這麼個不是東西的玩意兒，你還總護著他？那樣一個白眼狼，你是能指望他以後給你養老送終，還是能指望他給你光耀門楣啊？」

「那是我兒子，我為啥不能指望他給我養老送終啊？」季洪海聽得煩了，也瞪起了眼朝著姜荷花斥責道：「虎毒還不食子呢，妳說妳幹的那些是人事嗎？怕別人說妳比後娘還不如，說妳苛待他，妳就對他好些啊！自己不幹人事，能怨別人戳妳脊梁骨嗎？還一口一個白眼狼，也不想想沒那個白眼狼，妳現在能過得這麼舒坦？」

姜荷花自然知道如今的好日子是怎麼來的，可小兒子越能幹，就顯得季洪海和上頭的三個兒子越無能，這簡直就要她的老命了。她視季霆為害死自己父母兄弟的禍端，打小就讓他挨餓受凍，對他各種打壓。結果被她送出去當小學徒受苦的小兒子長大了，年年賺大把的銀子回來，在人前也越來越有體面，而三個兒子卻只能苦巴巴的在地裡刨食，這叫她情何以堪啊？

姜荷花很想反駁季洪海一句「還不都是因為你沒本事」。可是她不敢，季洪海雖然性子有些霸道，喜歡什麼都自己說了算，可平日裡待她還算挺好的，但她要是敢說他沒本事，他一準會翻臉打人，而且還是往死裡揍的那種。姜荷花也是年輕的時候被打怕了，所以只要事不關季霆，她就是個最賢慧的妻子，事事都順著季洪海，他說什麼就是什麼，絕對不會質疑他一句。

可事情只要牽涉到季霆，姜荷花就沒辦法控制自己了。季洪海也知道她的毛病，所以罵完了她，就轉頭對季文道：「老四賣身給姚家這事，我這當爹的也不好不聞不問，明兒我叫上村長一起去趟姚家，看看老四的賣身契是怎麼寫的吧。」

說來說去，老頭子不也對季霆賣身的事有了懷疑嗎？看來自家老娘發的那一頓牢騷，也不是全無用處嘛。季文兩眼發光的湊到季洪海面前，搓著手道：「爹，我明兒跟你一起去吧，怎麼說我也是家裡的長子，這事我不出面說不過去啊。」

「那就一起去吧。」

季文聞言簡直喜出望外，當下也不留下吃晚飯了，趁著天色尚早就回了鎮上。

這頭，夏荷則帶著妹妹和季有剛各自回屋，向自家娘親報告聽到的事情不提。

第二天一早，季文早早的坐牛車回到村裡，然後跟著季洪海去了姜金貴家。

可惜他們來的再早，也抵不住姜金貴昨晚壓根兒就沒回來，因此還是撲了個空。姜金貴昨天受姚家委託，在鎮上陪著鄭金貴吃好、喝好、睡好，今天一早又要和姚錦華一起送鄭金貴回縣裡，這會兒一行人大概也才從鎮上起程，算算時間，等他們從縣裡回轉時都要傍晚了。

季霆和爹娘、兄弟的關係都鬧成那樣了，再加上那日姜荷花在荀家鬧得沸沸揚揚的，作為村長夫人，該聽說的不該聽說的都會有人傳到她耳朵裡。知道季洪海上門是要請姜金貴一起去姚家，村長夫人要還聽不出這裡面的貓膩，她也就白當了這麼多年村長夫人了。所以她對兩人的說詞也很簡單。

「村長有事出去了，要晚上才能回來。你們明天來，他一準在。」

季洪海和季文無法，只能次日再來。

等季洪海父子倆一走，村長夫人很貼心的叫自家兒子跑了趟南山坳，把季洪海今天的來意告知季霆和姚家人。

村長兒子一出村往南山坳去，蹲在村口大槐樹下和毛豆正丟石子玩的季有剛，就興奮的跑回家報告去了。

自那日在荀家，季霆悲憤之下，隨口說出已經賣身給姚家為奴之後，姚鵬等人早就預料到，季家肯定會有人要上門查看季霆的賣身契的。

只不過當日姜荷花因情緒失控，暴露出太多不堪的內幕，必須要一段時間的沈澱，讓眾人慢慢淡忘這些事，不然季洪海早就上門來。也幸好他當時沒有立即上門，否則這事搞不好還真有暴露的危險。

不過現在嘛……那份「有情有義」的賣身契都偽造好了，自然不怕季家人上門來查。

翌日，季洪海帶著季文照舊一早就去姜家找姜金貴。

彼時姜金貴也才剛起床，連早飯都來不及吃，隨便抹了把臉就被季洪海拉著出了門。空著肚子被人拉出門，姜金貴的心情可想而知，特別是他本來就不待見季洪海，對季文更是怎麼看怎麼不順眼，見兩人說要請他一起去趟姚家幫忙看看季霆的賣身契，看有沒有被坑。

姜金貴就「呵呵」了。季霆賣身給姚家都一個多月了，這季洪海現在才想起來要幫季霆看看賣身契裡有沒有陷阱？你早幹麼去了？

而且姜金貴前天才見過季霆，不說他媳婦現在贖了身，自立女戶了，她那奶娘和丫鬟帶著大筆銀子，這次還跟姚家一起買了一大塊地；就單說季霆那精氣神，那一身全新的黑色細棉短打勁裝，他看著就比在季家時好多了。

也不知道季洪海看到季霆賣身給姚家後，比在自個兒家過得還好，會不會覺得臉疼？要說姜金貴也是壞心，他知道季霆的近況而季洪海顯然不知道。姜金貴知道可他偏不說，他就想等著看季洪海被打臉。

再說這兩人一大早的飯都來不及等他吃，就拉著他急匆匆的往南山坳跑，當真是著急季霆的事嗎？只怕是上趕著去姚家蹭早飯的吧？要說姚家給做活的人弄的那飯食，可是真的好。別人說好那還只是嘴裡說說的，姜金貴可是有幸吃過好幾次了。

黑白麵混的餅子或饅頭，配一碗油水十足的噴香肉湯，外加一碟子帶點小辣的鹹菜，那滋味……季洪海和季文這麼一大早的拉他出門，姜金貴不用想也知道這兩父子圖的是什麼，要不怎麼說他不待見季洪海呢？

這老小子長得人模狗樣的總不辦人事，明明總做些上不得檯面的事還總喜歡端著，裝出一副道貌岸然的樣兒來，也不知道想給誰看？當別人都不知道他在使陰招占人便宜似的，嘖！

姜金貴一路把季洪海和季文父子倆鄙視了個徹底，不過心裡也很期待姚家的飯菜就是了。

可姚家的飯真有這麼好蹭嗎？告訴你，不可能！

等三人趕到南山坳時，別說是幹活的那些人了，就是姚家人自己和馬大龍他們都已經吃過飯幹活去了。平常他們自然也沒這麼早吃飯，不過昨天得了村長夫人的通知，今天知道季洪海和季文要來，大家特地提早了半個時辰上工，自然這早飯吃得也就早了半個時辰。

六個土灶下頭的木柴仍舊燒得很旺，不過現在燒的是熱水，等著放涼給幹活的人解渴用的。幾個從村裡請來幫工的大嬸、大媽，正在竹棚裡朝著兩口大木盆裡的麵團使力，這是揉好了中午要做饅頭的麵粉，得早早揉好了放著待發。

張嬸子帶著三個媳婦就坐在竹棚外頭，一邊做針線，一邊守著裡面還在沈睡的月寧，和兩個還賴在竹榻上不肯起來的小孫女。有秦嬤嬤和沈香在裡頭照應著，她們也很放心在外頭聊天做繡活。

姚鵬和荀元此時則正坐在小溪邊的搖椅上，兩人隔著張竹製的矮桌，一邊下棋一邊悠閒的喝著茶。至於吃的東西？大災年的，誰家吃的不是掐著指頭算著做的？這麼多人吃飯，還能指望有剩的？

盛東西的碗盤杯碟？早就洗好收拾起來了，誰家吃完飯不洗碗的啊？

這一目了然，顯然早就吃過飯的場景，看得季洪海父子倆面色如土，連帶想跟著過來蹭飯吃的姜金貴也是表情僵硬——餓的。

「姚老爺子、荀大夫，你們這一大早的下棋啊？」蹭不到飯吃，蹭口茶喝總行吧？姜金貴很乖覺的抬腳就往溪邊下棋的兩老頭走去，看也沒看那掛著白麻布的竹棚，實在是他前兒過來就已經知道了，那竹棚是特地搭給姚家的兩個小孫女兒和季霆媳婦待的。

姚鵬眼睛盯著棋盤，頭也沒抬的揮揮手。「自己找地方坐。」

「哎！好咧。」姜金貴常來南山坳，所以也沒拿自己當外人，當下也不管季洪海和季文，隨地挑了塊看得順眼的石頭搬到竹桌邊，看著竹桌一角放著陶壺竹杯。他一提茶壺，入手的重量讓他知道這壺還是滿的。幸好茶水管夠，姜金貴苦中作樂的給自己倒了杯茶，就坐著喝了起來。

季洪海看著姜金貴的做派，再聽他喝茶竟然還吸溜聲不斷，滿心滿眼的鄙視差點沒噴湧出來。泥腿子就是泥腿子！喝個茶也是粗鄙不堪的。

「爹，咱們也坐。」季文可不知道他爹心裡正在想什麼，學姜金貴搬了一塊差不多大的石頭到竹桌邊，就招呼季洪海過去坐。

此情此景，乾杵著顯然也不合適。季洪海用一種忍耐的心情，上前跟姚鵬和荀元拱了拱手。「姚老爺子，荀大夫。」

姚鵬仍是眼睛不離棋盤，頭也沒抬的一揮手。「你們自己找地方坐。」

姚鵬這態度倒沒讓季洪海覺得無禮，他彎腰撣撣石頭上不存在的灰，就安然坐了下去。

此情此景，若是給季洪海換上一身深衣廣袖的長袍，他撣灰入坐的姿態想必會顯得很有美感，可他現在一身的粗布短褂，如此動作就顯得有些不倫不類了。

不遠處的姚家婆媳將季洪海的動作看了個分明，幾人面面相覷，都挺奇怪這人這麼做作，大家雖然一個住村裡一個住村外，可平時也是抬頭不見低頭見的，她們以前怎麼就沒發現這人身上竟有這麼大個破綻呢？

第四十二章

季文「吭哧吭哧」的給自己搬來一塊石頭，還沒坐下，空蕩蕩的肚子就開始難受起來了。急趕慢趕都沒趕上姚家人吃飯，季文心裡的憋屈勁就別提了。伸手抓起桌上的竹杯，他給自己倒了滿滿一杯茶水灌下去，感覺肚子裡沒那麼難受了，才向自顧自低頭下棋的姚鵬道：「姚老爺子，你們這上工夠早的啊？這得天沒亮就起來給幹活的人做飯吧？」

「那可不？為了趕工，大家可是寅時就起了。」

姚鵬這話可沒帶一點水分，他們今天確實是寅時起床的，只不過也就只有今天是寅時起的罷了，平常卯初起床才是常態。

可這事季洪海和季文不知道啊。

兩人一聽「寅時」二字，嘴角不約而同的齊齊一抽，差點沒破口大罵。這三更半夜的，你們不好好在家睡覺，起這麼早是想幹麼？寅時離天亮都還有一個多時辰呢！你們要不要這麼勤快啊？

不過腹誹歸腹誹，季文和季洪海這下就是心裡有牢騷，也說不出口了。說什麼呢？

想想他們寅時都還抱著被子睡得正香，人家卻已經起床做飯準備幹活了，所以趕不上人家的飯點能怨誰？

季洪海鬱悶的也學兒子，給自己倒了杯茶灌下去，這才跟姚鵬說明了來意。

這事早在眾人的意料之中，所以姚鵬應對起季洪海來半點沒含糊。他先是以季霆是個有情有義、知恩圖報的好孩子為開場白，表達了對季霆堅持要寫下賣身契進姚家賣身抵債的無奈和欣慰，然後才告訴季洪海。「季霆一大早就帶人上山砍竹子去了。」最後才叫張嬸把賣身契拿來給季洪海和姜金貴過目。

趁著張嬸去取賣身契的空檔，荀元跟三人說明。「這賣身契是石頭在老夫和大龍的見證下寫的，因為當時情況特殊，一時倒沒想起要請村長做見證人。」

姜金貴連忙道：「這見證人倒也不拘於一定要是在下，有荀大夫和馬兄弟見證也是一樣的。」

荀元要的就是他這句話，聞言笑著點點頭，又轉頭對季洪海道：「當時這賣身契石頭讓他媳婦寫了兩份，姚老爺子和他手裡各拿著一份，季老弟要是看了還覺得不穩妥，等石頭回來，讓他拿他那一份出來比對就知道真假了。」

季洪海連忙道：「姚老爺子和荀大夫是怎樣的人，我心裡還是有數的。我今日走這一趟並不是不放心二位，而是昨日聽我這大兒子說，他四弟已經欠了姚家二千兩銀子了。您二位搬到荷花村也有十多年了，應該知道咱們莊稼人一年到頭在地裡刨食，就是年景好的時候，十畝良田的收成賣了也不過就得個二、三十兩銀子。二千兩銀子不論於我家老四，還是於我季家都是一筆鉅款。我心下惶恐，這才想向姚老爺子討他的賣身契一看。

「我就是想知道他到底欠了多少銀子，要是數額不多的話，我和他三個兄弟湊一湊，要是能先幫他把欠債還了，也省得他頂著個賣身為奴的名聲心裡悲苦了。」

姚鵬不著痕跡的跟荀元對視一眼，心說這不愧是念過書的，鬼話說起來一套一套的，這要是來個不瞭解他們家情況的，與許還真會被他哄騙了去。可惜這裡誰也不是傻子，不說姚鵬和荀元對季霆和季家人的事情知道一清二楚，就說姜金貴瞭解的內幕，都比季洪海和季文這兩個當事人多。

反倒是季洪海這一番慈父的做派，讓他們三個人看了只覺得好笑。

季洪海顯然還不知道自己鬧了笑話，姜金貴看看姚鵬，又看看荀元，沒有錯過兩人眼裡一閃而逝的笑意。

他再轉頭看向裝腔作勢的季洪海和一臉懵懂的季文，看著他們什麼都不知道，還裝出一副「我們是為給兒子／兄弟撐腰的」蠢樣，心裡突然就生出一種居高臨下看傻瓜的睥睨感來。

這種「我什麼都知道，可我偏不告訴你，我就想看你一路作死下去，我就在邊上笑笑不說話」的感覺簡直不要太爽。

一時間誰都沒搭腔，氣氛一度陷入尷尬。

作為「主人家」，別人可以不搭腔，姚鵬卻不能，他搜腸刮肚了半天，終於給他想到一句「萬金油」的救場名言來，連忙故作感嘆的道：「可憐天下父母心吶。」

季洪海竟然一點都沒看出來姚鵬三人的表情不對，還很唏嘘的嘆道：「我家石頭打小就懂事，當初家裡窮得揭不開鍋，我要送他去鎮上做學徒，他跑到山上躲了兩日，回來二話不說就去了，長這麼大就沒讓我操過一點心……」

姚鵬無語的看著一臉欣慰、侃侃而談的季洪海，真想一巴掌抽下去。

你兒子在山上躲的那兩天，是我陪同的，他當初之所以會乖乖去鏢局當學徒，還是我開導的。而且既然你這個兒子這麼懂事，他走鏢傷了腿，你不但不給他治，還不給房、不給地的幾兩銀子就將人打發出來單過是什麼意思？

更別提好好的兒子不給他娶親，偏要作妖的給他買個女人回來做媳婦。你說你買就買吧，給他買的媳婦還是個快斷氣的。要不是月寧正好入了季霆的眼，讓他不惜血本的跟閻王爺搶人，只怕轉眼他就直接升級成鰥夫了。

所幸張嬸送了季霆的賣身契過來，打斷了季洪海的自說自話，否則姚鵬都要忍不住自己的暴脾氣了。

從老伴兒手裡接過賣身契，姚鵬沒遞給季洪海，反而轉手遞到了姜金貴的手裡。「村長看看吧，這賣身契是石頭媳婦寫的，石頭之所以會欠下這麼多銀子也是無奈之舉，他媳婦當初傷得太重，眼見就快要沒氣了，是用了百年老山參吊住了命，才將人救回來的。可那樣重的傷到底是傷了根本，把命救回來還只是開始，後期將養身子，才是真正花錢的時候。」

姚鵬說完，抬頭看向季洪海，卻見他正伸長了脖子跟姜金貴一起看那一紙賣身契，竟好像壓根兒沒聽出他話裡的指責一般，不禁有些瞠目結舌。

這人這麼蠢，真會是當年那個季尚書的後人？不會是搞錯了吧？

抱有這種想法的可不只姚鵬一個，荀元在邊上看得眼睛也有些發直，兩人不約而同的將視線落在季洪海滿是老繭的手上。他指關節處握筆形成的繭子痕跡看著雖淺，可一眼望去還是能看得出來的。

顯然月寧當時並沒有看錯，季洪海確實是讀過書的，而且以前應該還在書法一道上下過一番苦功夫，否則他多年不握筆，手上的繭子痕跡不會還這麼明顯。

可季書雲當年有「計相」之稱，那心機城府簡直不要太深，他任戶部尚書那幾年，為了充盈國庫搞死搞殘了多少世家、世賈？要不是他行事太過獨斷專行，犯了眾怒，現在只怕還活得好好的呢。

這季洪海要真是季書雲的後人，那可真是祖宗是龍，後輩成蟲了。不懂察言觀色不說，還聽不懂人話，自己沒本事又看不起別人，為人自私自利又自以為是，說話抓不住重點，做事不夠光明正大，總喜歡耍些不入流的小手段。老季家有這麼個沒用的後輩子孫，季書雲地下有知，只怕哭都要哭死了。

姜金貴看完了賣身契的內容，把那紙張遞給季洪海，就對著姚鵬豎起了大拇指，嘴裡讚賞道：「姚老爺子仁義啊！」

正如月寧當日偽造賣身契前說的那樣，這份賣身契要任誰一看都對姚老爺子豎起大拇指，再讚季霆一句「知恩圖報，有情有義」。

這張賣身契經由眾人商議之後定下基調，不但把季霆借的銀兩數額、續借因由、每年以勞抵債的銀兩數目、所欠銀兩每年需付的利息，以及之後季霆打狼所得的每一筆銀兩都記得清清楚楚。就連後面雇傭秦嬤嬤和沈香做工，都給出了豐厚又讓人瞠目結舌的薪酬。

姚家作為債主來說，已經是厚道得不能再厚道了，不但應允季霆在舊債未清的情況下仍可隨時再借新債，給季霆的報酬也是高得不可思議，讓人一看就知道姚家人這是有意相助季霆，而並非是要坑他。

姜金貴看完賣身契的內容，對姚老爺子就只剩下滿心的欽佩和讚揚了。而季洪海看完這一紙賣身契的內容，除了覺得自己生了個蠢兒子之外，就只剩下滿心的憤怒了。他捏著那一紙賣身契，眼睛死死的盯著其中的一行字，牙關緊咬，眼中的厲色幾欲噴射出來。

季文沒發覺季洪海情緒上的變化，還湊在季洪海身邊伸長了脖子往他手上的賣身契看。可姚鵬、荀元和姜金貴都注意到了季洪海身上的怒氣，紛紛抬頭看向他。

自從知道季洪海今天要跟姜金貴來姚家，昨晚姚鵬等人專門為此事碰過頭，就季洪海今天看到賣身契後會有的反應一一做了對策。

所以姚鵬和荀元現在是穩坐釣魚臺，靜等著季洪海出招，姜金貴卻是有些不明所以，見季洪海神色不對，還以為他從賣身契裡看出了什麼他沒發現的貓膩，不由出聲問道：「怎麼了？這賣身契哪裡有問題嗎？」

季洪海慢慢伸手指向賣身契上的一行字，姜金貴忙定睛去看，只見上面寫著——

……若本人至死仍無法還清所欠銀兩，便由本人後代子孫或親人繼續代為償還餘銀。

姜金貴看到這一句話，卻只覺得季霆知恩圖報，誠實守信，忍不住便稱讚。「石頭這孩子知恩不忘報，是個信人。」

季洪海聽得一口老血差點沒直接噴出來，這是重點嗎？他要說的明明不是這個好不好？還村長呢？白長了那麼大一對眼睛，怎麼就看不到後面那幾個「由本人後代子孫或親人繼續償還餘銀」的字呢？

季洪海手指在賣身契上重重的點了點，忍著氣咬牙道：「村長沒看出來這句話不太妥當嗎？」

「有何不妥？」姜金貴是真的沒往別處想。「這話雖然有些誇張，卻正說明了石頭是個有恩必報的好孩子，他有這樣大的決心和毅力，季老弟該高興才是。」

高興？我高興你一臉！

季洪海忍住破口大罵的衝動，扯著嘴角僵笑道：「我知道石頭是個好的，可他在賣身契上添上這句話卻是大大的不妥。我季家是逃難來荷花村的，石頭的親人也就他三個哥哥和我們老倆口，石頭的孩子現在還沒影，我這當爹的說句不該說的話，萬一要是將來石頭後繼無人，手心手背都是肉，我不能為了小兒子就讓他三個哥哥和姪兒們將來受他拖累。」

這話一說，大家還有什麼不明白的呢？姜金貴有些為難的看向姚鵬，又看了眼荀元。本來這句話吧，大家一看就知道大概也就是個表明決心的意思，並沒有多少實際意義。而以姚家的為人來說，姜金貴絕對相信未來就算季霆沒還清欠債，姚家人也不會真要他兒孫接著還的。

可季洪海現在這麼一說，不但當場否定了姚家人的人品，也有種指責季霆想拖累三個哥哥幫他還債的意思。這理解實在是太過頭了，可看季洪海那發黑的臉，他想表達的大概就是這個意思。

一旁的季文一聽季洪海這麼說，立即就不幹了，向姚鵬嚷嚷道：「姚老爺子，這事可不能這麼辦啊。你說我們家都分家了，老四借的銀子又不是給我花的，他要賣身給你就賣吧，怎麼還把我們這些親人也給捎帶上了呢？這一條你們可得去了，這事說到哪兒都沒這個道理，你說是不是？」

季洪海也嚴肅著一張臉點頭道：「老夫也是這個意思。」

姚鵬和荀元聞言倒沒有不高興，反而隱隱有些驚喜，兩人對視一眼，都從對方的眼裡讀到了相同的心思。

這可真是磕睡了有人送枕頭。

季霆這一個月三不五時的夜探季家老宅無果，那份遍尋不著的族譜也不知道是不是真的存在，大家還正愁季洪海的事情萬一要是爆出來，他兩口子要怎麼才能把自己摘乾淨呢，沒想到月寧無意中寫下的一句話，倒是給他們帶來了新的契機。

「這份賣身契不管怎麼寫老夫都沒意見，主要還是看石頭自己的意思。他今天上山砍竹子去了，兩位要是有時間，我就叫人上山喊他下來。你們要是不肯等，回頭等他從山上回來，我叫他回季家一趟，或是你們明天再來也一樣。」

「左右無事，我們就在這兒等他回來吧。」南山上長竹子的地方季洪海也知道，這上下山打個來回，至少得一個時辰左右，要是腳程慢了再有事耽擱一下，姚家這裡只怕都要準備午飯了。

天天聽村裡人說道姚家給幹活的人吃得怎麼怎麼好，他們沒趕上早飯，難道還會趕不上午飯嗎？季洪海心裡的算盤打得噼啪響，可事實真能如他所願嗎？

姚鵬點點頭，起身去工地那邊叫了個手裡有點功夫的漢子，叮囑他上山告訴季霆，他爹和大哥過來讓他改賣身契上那句「自己這輩子還不完銀子，就讓後代子孫和親人繼續還銀子」的話，別的就什麼都沒說了。

姚鵬相信以季霆的腦子，一聽這話就能明白他是什麼意思，說多了，萬一走漏了風聲反而不好。

這練過點把式的漢子名叫余安，底下還有兩個弟弟分別叫余慶、余祥。他們是馬大龍當初招回來的二十人之一，因為姚家提供的伙食好，他們幹活也特別賣力。前幾天打狼時也半點沒偷懶，三兄弟合在一起還真給他們打死了兩頭狼，得了八兩銀子的賣狼錢。

姚家人為人做事厚道，余安三兄弟幹活之餘，也樂意給姚老爺子跑跑腿。這會兒得了吩咐，余安便叫上兩個弟弟，帶上扁擔柴刀等東西防身，就一路小跑著上了山。

季洪海在這頭隔得老遠就看到三個人高馬大的漢子，一路快跑著上了山，氣到牙差點咬碎了。

你說你們急什麼呢？上山叫個人你們不會走著去嗎？蠢成這樣，連偷個懶也不會，難怪要一輩子受窮挨餓！

余安三兄弟自然不可能聽到季洪海的心聲，當然，就算聽到了也不會理睬。所以他們一路跑得飛快，不到半個時辰就趕到了竹林，把姚老爺子的話跟季霆說了，下山時還幫忙一人拖著一捆竹子下去。

季洪海心裡憋著股邪火沒處發，看著近在咫尺的棋盤，他想要下又不敢，正在煎熬之際，季文突來的一句。「怎麼沒見弟妹？我爹來了南山坳，她這當兒媳婦的怎麼也不過來拜見？」

季洪海一肚子的火氣瞬間像是找到了發洩口一樣，當即就拉下臉來罵道：「沒規矩！」

竹棚離溪邊雖然有段距離，可相互之間只要不特意壓低聲音，說話其實都是聽得見的。

秦嬤嬤端著月寧洗漱過的水出來倒，剛好把季文和季洪海父子倆的話給聽了個全，這火氣當即就從腳底板直上了頭頂心。

「季家老爺子這譜擺得可真夠大呀，可惜你這規矩，現在跟我家小姐可說不著了。」秦嬤嬤要是不夠彪悍，也不可能護著陳芷蔓在莊子上生活了這麼多年，她此時就跟被惹毛了的母獅子似的，氣勢全開的扠腰怒瞪著季洪海。

「好叫你們知道，老奴前兒一來就已經為我家小姐贖身了，她現在可不是你們季家無媒無聘的兒媳婦了。」

「妳、妳是我家弟妹的那個奶娘吧？」季文一臉懵的指著秦嬤嬤，還沒明白她說的什麼意思。

季洪海卻是聽清楚了，只不過他自持身分，根本不理秦嬤嬤，只是黑沈著臉轉頭盯著姚鵬。

「姚老爺子，你是不是該跟老夫解釋一下這是怎麼回事？」

姚鵬可不受季洪海的黑臉影響，呵呵一笑道：「這算是石頭兩口子的家務事，老頭子也不好說什麼。不過秦嬤嬤到姚家那日，確實就已經拿五百兩給月寧贖身了。這事是石頭自己點頭同意了的。」

姚鵬看向姜金貴，笑道：「月寧的戶籍也是石頭自己去跑的，他應該已經找過村長了吧。」

看到季洪海這樣子，姜金貴心裡也隱隱有些明白，季霆為什麼要給自家媳婦立女戶了，當下也不隱瞞，點頭道：「陳氏自立女戶的戶籍還是石頭請了我一起去縣裡辦的呢，前兒就已經辦好了。」

季洪海聽得差點沒跳起來，卻聽姜金貴又轉頭對秦嬤嬤道：「只是這位嬤嬤說的什麼『不是季家兒媳婦的話』就有些過了。這賣身契上都還寫著妳與陳氏的另一個丫頭，要一起在姚家做活給石頭還債呢，這會兒當著季老爺子的面，妳怎麼還撇清關係了呢？妳這不成了『白做好事，得不著謝』了嗎？」

「奶娘是心疼月寧這些日子的遭遇，所以脾氣才會這麼衝的，表舅可千萬別跟她一般見識。」月寧微笑著從掛著麻布簾子的竹棚裡出來，朝著季洪海盈盈一福。「兒媳見過公爹。」又朝姜金貴福了福。「見過表舅。」

「好，好。」姜金貴是聽說過月寧腦子受過傷，早上得睡到自然醒的，不過當著季洪海的面，他卻是笑著問月寧。「表外甥媳婦這是忙完了？」

一句話說得姚鵬等人都不由笑了起來。

月寧領情的向姜金貴微微一笑，道：「這做繡活總也沒個盡頭，知道公爹和表舅來了，我繡到可以擱針的地方就先停下了。」

她轉而看向還冷著一張臉的季洪海，道：「兒媳如今雖說已經恢復自由身了，可夫君欠債到底是為了兒媳。只可恨兒媳肩不能挑手不能提，平日裡也唯有多做些繡品，拿去繡坊賣了幫補夫君。方才未能及時出來拜見公爹，實在是正巧繡到關鍵處不好擱針，還望公爹莫要怪罪兒媳才是。」

季洪海聽得心裡怒氣更盛，卻也明白他要再擺臉色給這兒媳婦看，就成了不體諒兒子、兒媳婦了。這事傳揚出去，別人也只會說他季洪海這個當公爹的不是。

本來，自己兒子欠了一屁股債，媳婦拚命做繡活還債，又不是閒在家裡玩，就因為晚一點出來拜見他，他就擺公公的譜，這讓誰來說不說他沒事找事啊？

季洪海咬著牙硬擠出幾個字來。「沒事，妳去忙妳的吧。」

「別啊，爹。」季文急忙跳起來，眼睛賊溜溜的盯著月寧漂亮的臉蛋，搓著手笑道：「咱們難得見弟妹一回，該是坐下來好好說說話才是，本就是血脈親人，就該多多親近才會親香，不然再好的關係也會疏遠的。」

秦嬤嬤聞言大怒，將月寧一把拉到身後就指著季文破口大罵。「你這無恥之徒，哪個要跟你親香？慢說我家小姐現在與你季家沒關係了，就算她現在還是你弟媳婦，你一個做人大伯哥的跑來跟弟媳婦說親香？」

秦嬤嬤抬頭，眼神如刀般看向季洪海，冷冷一笑道：「這就是你老季家的規矩？那季老爺的教養可真是夠獨特的，老奴算是長見識了。」

第四十三章

什麼叫打臉？這就是了！

季洪海之前說月寧沒出來拜見他是沒規矩，結果大兒子一開口，人家就把這三個字直接拍他臉上了。季洪海臉上火辣辣的燒得慌，偏偏季文還沒明白自己哪裡說錯了，臉上只有被秦嬤嬤指著鼻子罵的憤怒。

他一把拍開秦嬤嬤的手，大聲怒道：「妳算個什麼東西，也敢罵老子？」

張嬸怕秦嬤嬤和月寧吃虧，連忙出聲喝斥。「季文，你一個大老爺們對個女人動手動腳的像什麼樣子？還不退開！」

姜氏連忙上前拉住月寧，把她推回竹棚裡，小張氏則站到秦嬤嬤面前，擋在她與季文中間好聲好氣的勸季文。「秦嬤嬤好歹也是你弟媳婦的人，你這個做大伯哥的怎麼還跟弟媳婦的人吵起來？傳出去該被人笑話了。」

季文本來就是無禮也要鬧三分的主兒，如果大家都不理他，他或許自己就消停了，可被小張氏這麼一勸，他反而來勁了，自認為有禮的指著秦嬤嬤罵道：「她不過就是一個奴才，也敢跟老子吆五喝六的，老子是妳主子的大伯哥，是妳的大主子妳知道不？敢跟老子尥蹶子，回頭老子就把妳賣窯子裡去……」

「你想把誰賣窯子裡去？」隨著這一聲嬌喝，竹棚裡驟然飛出一道黑影，「嘭」一聲就砸到季文頭上了。

季文「哎喲」一聲捂著頭蹲到了地上。

月寧滿面寒霜的一把揮開麻布簾子走出來，伸手一指捂著頭還想罵人的季文，厲聲道：「沈香，給我狠狠的打！」

「是！小姐。」沈香舉著扁擔就衝了上去，就跟頭發怒的小獅子似的，嚇得小張氏和姜氏連忙退避，可她們往兩邊退開之後，卻是正好讓出路來方便沈香一扁擔揮過去。

這一扁擔正中季文捂著頭的手臂和肩頭，直接打得他「嗷」的一聲跳了起來。

小張氏和姜氏連忙上前做拉架狀，一個嘴裡叫著。「沈香，妳別衝動。」另一個叫著。「哎呀，別打，別打。」可拉拽推搡間，卻又恰好將季文的背部露給了沈香。

沈香繃著小臉，瞅準機會又一扁擔過去，直打得季文一個趔趄，整個人往前衝了好幾步，正好撞進趕來的季洪海懷裡，被用力的扶住了。

小張氏和姜氏見沒機會再抽季文了，忙一把拉住還想往前衝的沈香，將人往後推去，省得等季文反應過來，小沈香吃虧。

「放肆！妳放肆！」季洪海沒看出來姚家兩妯娌在拉偏架，也沒理會那個叫沈香的小丫鬟，在他眼裡只有下命令打人的月寧才是最不可饒恕的，所以就只怒不可遏的瞪著月寧。

月寧挺直脊背，不閃不避的站在那裡看著他冷笑。「季先生這句『放肆』，不知是以什麼立場對小女子說的？要真論起來，我陳芷蔓如今已經自立女戶，可不再是你季家的四兒媳婦了。如今我之所以還願意認你兒子做我男人，是看在他救我一命，又對我有情有義。

「但是我奶娘自小扶養我長大，於我來說，奶娘雖不是生母卻恩大於天。你兒子敢侮辱我娘，敢一口一個奴才的叫她，還敢揚言要把她賣進窯子裡去，就別怪我翻臉無情。想來季先生教出如此無品無德的兒子來，還是長子……」

月寧說著露出一口森森白牙，冷冷的笑道：「也不知當年那位驚才絕豔的季老先生泉下有知，會不會氣得從九泉之下爬上來，找你這個不孝子孫算帳！」

「妳說什麼?!」季洪海瞳孔猛的一縮，身體止不住的顫抖起來，他死死的瞪著看著他冷笑的月寧，她眼中明明白白的了然之色，讓他兩耳嗡鳴，腦子只有一個聲音在不斷的回盪。

她知道了，她知道了……

幼時布滿血色的記憶再次從腦海深處被喚醒，季洪海嚇得簡直肝膽俱裂。

季文身上無端挨了好幾下，痛到他直想罵娘。現在一聽月寧說自己立了女戶，還說要跟他們翻臉。他首先想到的是季霆為月寧賣身為奴欠下的那二千多兩銀子。

受姜荷花以往作為的影響，季文腦子裡早就形成一個固有思維，那就是季霆賺的銀子遲早有一天會被他娘弄來給他的。所以一聽月寧說她跟季家無關了，季文就感覺自己被騙了銀子還被女人甩了，立即理智全無的跳起來指著月寧罵道：「賤人！妳是我家買來的，一句已經贖身了就想把我甩開，老子告訴妳，沒門！」

此話一出，在場眾人的臉色皆是一變，看向季文的眼裡全都帶上了鄙夷和怒色。眾所周知，月寧可是季家買給季霆的媳婦，季文這個混蛋這話是什麼意思？他這是想跟自己的弟弟搶媳婦還是怎麼的？

季洪海這會兒縱是心裡正驚恐害怕著，可聽到季文喊出這麼一句企圖明顯的話來，心裡還是萌生出一種「這個蠢兒子肯定不是我生的」的念頭來。

「賤人叫誰呢？」月寧抬高下巴，朝著季文冷冷一笑，道：「姑奶奶如今手握官府下發的女戶文書，已是地地道道的良民，你這賤人再敢滿口噴糞，咱們就衙門裡頭見真章！姑娘我也想跟縣太爺說道說道，我堂堂一個官家小姐，上京途中被人敲暈了，醒來就成了你季家買來的兒媳婦，那賣身契上寫的還是本姑娘的真名。

「你說我是你買來的，正好本姑娘也想知道是誰與你合夥，將本姑娘重傷之後還賣到這鄉下地方來，如此還有什麼好說的呢？咱們就到縣衙大堂上，找穀和縣的縣令大人好好說道說道吧。」

「不要……」季洪海恐懼的失聲驚呼，雖然不知道月寧是怎麼知道他的底細的，可季洪海知道自己的身分不能爆光。雖然當年的事情已經過去了三十幾年，連皇帝都已經換過兩輪了，可季家當年被判的是滿門抄斬，要是被人知道他一個本該死透的人仍活在世上，那麼抓到他就是大功一件。

穀和縣的縣令要是知道他的存在，肯定不會放過這個立功的好機會的。而他到時候會被押解進京，當今聖上為了彰顯自己對皇爺爺的孝心，還會親自朱筆御批將他斬首示眾。到時候，除了眼前這個女人，季家從上到下一個都跑不掉，一個都跑不掉……

再次面臨滿門被殺的恐懼，讓季洪海害怕的抖個不停，他想叫停，想向月寧求饒，可抽動的面皮和哆嗦的嘴唇讓他只能發出一連串無意義的「呵呵」聲。

季文這會兒要是能回頭看一眼季洪海，肯定能發現他的不對勁，可惜他這會兒正在氣頭上，聽到季洪海叫「不要」也只當他是怕惹上官司，心裡還覺得季洪海一點膽量都沒有，被這女人幾句話就嚇唬住了。

季文頭也不回的一揮手，道：「爹，你別聽這女人瞎叨叨，她嚇唬你的。」

月寧還真是嚇唬季洪海的，不過她不怕季洪海不上勾就是了。有張嬸和小張氏她們在身邊護著，姚鵬、荀元等人又都在跟前，月寧根本不怕季文會暴起傷人，當下轉頭朝秦嬤嬤道：「奶娘！」

秦嬤嬤條件反射的立即恭敬應道：「老奴在。」

月寧轉頭一臉睥睨的掃了眼季洪海，朝秦嬤嬤道：「妳帶上祖父的名帖，讓立強帶妳去一趟縣衙，我要狀告季文與人串通，傷害及拐賣官家小姐。遞上狀紙子之後，妳順便再去拜訪一下縣令夫人，就說本小姐有個重要的……」

「老四媳婦！」季洪海的聲音尖利得可怕，他面無人色的死死盯著月寧，有些困難的嚥了口唾沫才道：「剛剛是季文說錯話了，我讓他跟妳賠不是……」

季文不敢置信的大叫。「爹！」

「你閉嘴！」季洪海目眥欲裂的朝季文大吼一聲，季文一個激靈，這時他才發覺季洪海不對勁，他長這麼大，還是頭一次被季洪海這麼吼。而且季洪海吼完他，轉臉就朝季霆媳婦討好的笑，這讓季文意識到他爹在害怕，他怕老四媳婦。

季文一直以為季霆媳婦一個婦道人家，肯定沒膽子進衙門那種地方，可季洪海臉色這麼難看，神色裡還透著膽怯，顯然是相信了季霆媳婦的話。這讓季文害怕又不解，卻也有了幾分危機意識，感覺到了事態的嚴重性。

月寧露出勝利的笑容，視線掃過一臉憋屈不解的季文，落在身體擻抖抖的季洪海身上，像是知道他心裡的疑惑般，微微笑道：「公爹可知，兒媳爺爺在京官居一品，我爹與幾個叔伯在朝中亦都官居要職。兒媳雖然自小喪母又是庶出，可正因為如此，在爺爺與一眾叔伯眼中反而更具價值。

「兒媳三歲啟蒙，光教兒媳琴棋書畫，刺繡女紅的先生就有六位之多，請來教規矩的教養嬤嬤，更是侍候過兩位太后的宮中老人。打從十歲起，兒媳每日的功課便是熟讀京中五十年裡的所有邸報，以及記住京城一眾官員的升遷貶謫，和他們家的生婚死葬。所以兒媳能夠一猜即中……並不奇怪，不是嗎？」

季文聞言脖子一縮，首先被月寧的出身給嚇到了。他心裡雖然一直隱隱覺得月寧可能是不小心落到拍花子手裡的富家千金或是官家小姐，可聽到月寧說她爺爺官居一品，還是感到頭皮一陣發麻。

他對官員的品級雖然沒什麼概念，可他有眼睛會看。在福田鎮坐鎮的縣丞老爺，鎮上所有鋪頭見了他都得彎腰行禮，看著夠威風了吧？可他才是個從八品官兒。穀和縣的縣太爺倒是有七品，身邊光護衛就有十多人，出門坐轎子，身邊還帶著師爺和幕僚，一行人浩浩蕩蕩的別提多氣派了。

一品和七品可是差著六個數呢，季文不敢想像月寧的爺爺每天進出得有多少人圍著，要是他們知道他買了他們家的小姐，送給自家的蠢弟弟當媳婦……季文彷彿看到一群帶刀護衛氣勢洶洶追殺他的畫面，頓時嚇得一縮脖子，再也不敢出聲了。

姚鵬和荀元見月寧一個人就把季洪海和季文給鎮住了，兩人對視一眼便決定靜觀其變。

反正月寧自立門戶的文書都下來了，她以後又不用去季家灶上打飯吃，根本就不用怕季洪海和季文。至於季霆？在外人看來，他現在連命都是姚家的了，跟季家又沒有一個銅板的關係，自然也不怕季洪海出么蛾子。

張嬸拉著秦嬤嬤和沈香站在人群之後，小張氏和姜氏站在月寧前面，就這麼明目張膽的護著月寧，就算季洪海現在突然惡向膽邊生，都沒機會接近月寧，更別說是乘機向月寧發難了。

季洪海盯著月寧，努力壓抑住心中的恐懼，連連深呼吸，想要讓自己恢復平靜。他們剛才的動靜引來的人太多了，季家的秘密關係到季家三房十幾條人命，要是被漏出去一點口風，季家除了季霆之外只怕都得沒命。

不過是這麼短短一瞬，季洪海的眼底就已經爬滿了血絲。當初爺爺派老僕送他離開，他們一路輾轉十多年才來到這荷花村隱藏下來。他原以為事情過去了那麼久，不會再有人認得他，誰想竟會被這個女人給看破了身分。

如果可能的話，他很想拿季霆的命威脅月寧不准將那個秘密說出去，可這女人已經脫離季家自立女戶了，而季霆那個蠢貨卻還在姚家賣身為奴。

季洪海看不透月寧對季霆有多少感情，她對他稱呼上的變化，和她叫他時的那種語氣讓他明白，月寧心裡對他不但沒有敬意，或許還一直在鄙視和嘲諷他。

思考良久，季洪海還是不敢拿季霆威脅月寧，只是沈聲開口道：「既然妳還肯叫我一聲公爹，想來對我家石頭還是有幾分情意的。旁的話我也不多說了，我想妳很清楚我家季文買妳回來之前，並不清楚妳的身分。」

「那又如何？」月寧譏笑。「他若不貪圖省那幾兩銀子，我被扔到亂葬崗去就此死了，至少還死得清清白白，等親人一路尋來還能葬入族墳。如今我是活著，可惜真正救我的是你的小兒子，而不是這個造成我有家不敢回的罪魁禍首。」

京城的繁華奢靡自是窮困的荷花村不能比的，而從月寧的話裡季洪海也聽出來了，他這個兒媳婦，只怕是被家族朝著宮妃或是皇子側妃的標準培養的。季洪海以己度人，覺得一個本該擁有享不盡榮華富貴的女人，稀裡糊塗被壞了名聲，成了鄉下一粗鄙男子的媳婦，定是會恨死了將她害到這種地步的人的。

所以他完全相信，月寧是真的想弄死他們一家的。之所以一直沒動手，可能還是看在季霆的面子上。季洪海只恨小兒子愚蠢，為這個女人付出那麼多，竟然還讓她就這麼贖身立女戶了。這女人脫離了季家，他再也沒有辦法遏制她，而她卻可以隨便拿捏他。

季洪海心裡恨得只想吐血，卻又無計可施，只能寄望於月寧會顧及季霆的感受，而不會真對季家出手。只是這種事情只能意會不能言傳，所以季洪海努力維持著臉上的表情，強裝鎮定的看著月寧道：「那妳想怎麼樣？」

「老實說，我還真沒想好要怎麼對付你們。」月寧的視線冷冷的在季洪海和季文兩人身上來回打量。「我要弄死你們，也只是一句話的事……」

季文一聽這話，眉頭一橫就想要炸，卻被季洪海死死的按住。

月寧見狀也只是冷冷的一笑，繼而慢條斯理的道：「只不過季霆救我一命，你們雖然說做了很多讓他寒心的事，不過到底是他的血脈親人。在你們沒有真正讓他厭棄之前，我也不想做讓他傷心的事。」

說到這裡月寧目光一寒，看著季洪海，聲音彷彿含了冰一般冷冷的道：「所以你最好約束好你的媳婦和兒子，特別是你那媳婦——我親愛的婆母大人，你們要是再敢打什麼鬼主意，跑上門來胡攪蠻纏，我真的不介意讓你們永遠消失。」

季洪海看著氣勢逼人的月寧，目光從她身上移開，看向張嬸等人，又轉頭看了看身後站著的姚鵬、荀元和姜金貴等人，突然譏諷的笑起來。「我家石頭只怕還沒見過妳這個樣子吧？妳說要是他知道妳其實是個蛇蠍美人，還會不會這麼一心一意的對妳？」

月寧不為所動的嗤笑一聲。「你這挑撥離間的手段用錯地方了，他會不會一心一意的對我，跟我會不會對付你們那是兩碼事。我與他如今只是救命恩人與被救人的關係，我感念他的救命之恩，想回報他一二。所以你們要是對他不利，那為了報恩，說不得我也只好讓你們這些人全部從這個世界上消失了。我這麼說，你應該能夠明白我的意思吧？公爹！」

「老夫可當不起姑娘這一聲公爹。」知道月寧還會顧忌季霆的感受，季洪海說話頓時就有了幾分底氣，當即不客氣的對月寧嘲諷起來。

可惜月寧完全不按牌理出牌，非但不生氣，還一臉認同的點點頭，道：「你是不配，那以後我就叫你季老爺子吧，叫你公爹我也覺得挺膈應的。」

季洪海一口氣被噎在嗓子眼裡，差點沒背過氣去。「妳——」

月寧不耐煩的揮揮手，道：「別你呀我的了，你們這三不五時的上門來鬧一場，我都煩透了，你們就直說你們今天是來幹麼的吧？說完了趕緊走。」

看著季洪海一副氣到快吐血的樣子，月寧就覺得痛快不已。心說：罵不死你，氣也要氣死你！

季洪海被氣得說不出話來，抿著唇死死的瞪著月寧。

季文見自家老爹久久不開口，只能自己站出來道：「姚錦富告訴我，老四欠了他們家兩千兩銀子，我跟爹就是想來看看老四的賣身契都寫了些什麼，是不是被姚家人給坑了。」

此話一出，姚鵬還沒覺得有什麼，小張氏等姚家兒孫輩的一眾人，臉上都現出了怒色。季文被這麼多人怒瞪著，縱是平時再混、再囂張也嚇得縮著脖子，往季洪海身後躲了躲。

月寧看向季洪海，似笑非笑的道：「姚家待季霆可比你們這些季家人有情有義多了，而且以季霆的精明，他長這麼大也就被你們季家自己人坑過，別人還真坑不了他。」

站在季洪海身後的姜金貴深有同感的點點頭，季霆回村之後，幾次買地辦證都是他帶著去的，季霆待人接物，與人應酬時的做派，就是他都自嘆不如。他當時還在想這麼精明一孩子，怎麼就看不穿他父母、兄弟的蹩腳謊言呢？卻原來他不是看不穿，而是正因為是親人，所以才甘願自欺欺人。

想到那個被至親欺負的傷心又傷財的男人，月寧頓時就失了打壓季洪海的興致。

「賣身契你們想必也看到了，看完了就回去吧，以後也別再往這邊來了。真把那點血脈親情都鬧騰光了，那後果不是你們所能承擔的。」

季文發覺自家老爹原本已經不再發抖的身體又開始抖了，不由狐疑的抬頭往月寧那邊看了一眼。那個女人每每說到後果、弄死他們和對付他們時，自家老爹都會很害怕，好像真的相信這女人有能力讓他們一家子倒楣似的。

這讓季文感覺頭皮發麻。月寧那個當一品官的爺爺權勢應該很大，這令他開始感到害怕。而且自家老爹也不知道被這女人拿住了什麼把柄，竟然連公爹的威嚴都不敢擺出來，一直被季霆媳婦壓著。

季文越想越覺得此地不宜久留。沒了自家老爹壓制，姚家人又都護著月寧那個女人，他們父子倆跟這女人吵，根本就占不到便宜，還是先走為妙。

「爹，我們走吧。」季文扶著季洪海的手就打算腳底抹油。

季洪海卻拉住他，收回盯在月寧身上的目光，轉頭看向姚鵬，沈聲道：「我們還不能走，石頭賣身契上的那句話必須改掉，否則要是有個萬一，你們就得給姚家做牛做馬一輩子了。」

月寧挑眉看向姚鵬。那意思是想問：發生什麼我不知道的事了嗎？

姚鵬什麼也沒表示，只回她一個微笑，然後轉頭和顏悅色的對季洪海道：「老夫已經派人上山去叫石頭了，季老弟不如先坐下來喝杯茶，咱們等一等他如何？想來他應該很快就能回來了。」

季洪海點點頭，然後略帶點得意的轉頭瞥了月寧一眼，這才挺直腰背朝小溪邊姚鵬等人先前下棋的小桌走去。季文見識到了月寧的厲害，就算此時身上被打的地方還在隱隱作痛，也不敢再跳出來跟月寧較勁了。

他向來最會審時度勢，知道自己奈何不了月寧，再多說什麼還可能讓自己吃虧，便乖乖縮頭，亦步亦趨的扶著季洪海做孝子賢孫樣。

第四十四章

而對於季洪海這略帶挑釁的一瞥，月寧簡直不知道要用什麼詞語去表達自己的心情。她無語的轉頭看向身邊的何氏和田桂花，兩人卻只回她一個意味深長的微笑。

所以說，這父子倆這麼作天作地的純粹就是想找麻煩？然後被她拍回去了就偃旗息鼓，準備等季霆回來，再跟季霆大戰三百回合？

張嬸面帶責備的戳戳月寧的額頭，推她進到竹棚裡才道：「妳這丫頭也是個傻的，明知道他是石頭的親爹，怎麼還跟他吵上了？這南山坳裡又不只咱們自己人，從村裡請來的那些幫工和做活的人，做活雖然都沒問題，可誰知他們的嘴巴牢不牢靠？回頭要是傳出妳忤逆公爹，不敬長輩的名聲來，我看妳要怎麼辦？」

怎麼辦？

「涼拌唄！」月寧不是很在意的道：「季霆現在可是您家的下人，而我自立門戶了好吧？我跟季霆現在可沒關係了，季洪海他算我哪門子的長輩啊？」

張嬸沒好氣的白了她一眼。「妳這話有膽子跟石頭說去。」

「沒膽子！」月寧很直接的認了，季石頭那男人執拗病犯了簡直不是人，自己這細胳膊細腿的，全捏到一塊都抵不過他一隻手，她傻了才去觸那男人的霉頭。

小張氏等人見她這樣，都忍不住笑起來。

「季四嬸，妳剛剛好厲害。」秀樂擠過來挽住月寧的胳膊，一臉崇拜的看著她，一雙星星眼簡直不要太閃亮。再看跟在她身邊的秀寧，眼中也是閃動著同樣的色彩，顯然也是跟她一樣的想法。

何氏沒好氣的一指頭戳到秀樂腦門上，罵道：「厲害什麼厲害？妳個臭丫頭，還有沒有一點規矩了？妳季四嬸那是被季文氣狠了才怒而出手的，妳當人人都能隨便扔東西發脾氣啊？」

秀樂感覺自己的智商受到了侮辱，腦袋往後挪了挪，捂著腦門嘟嘴不依道：「娘，我在妳眼裡，就是會隨便亂扔東西發脾氣的人嗎？妳未免也太小看妳女兒我了吧？」

何氏聞言更沒好氣了，瞪著她道：「妳哪次發脾氣不扔東西？從小到大，妳說說妳都扔壞我多少枕頭了？」

秀樂頓時詞窮，只能自認理虧的乖乖閉嘴。

敢情這還真是個喜歡發脾氣的丫頭?!月寧好笑的拍拍秀樂的頭，轉身去看秦嬤嬤。

「奶娘，我讓妳受委屈了，對不起。」

「沒有的事，奴婢不委屈，何況這事也不怨小姐。」秦嬤嬤看著月寧臉上誠懇認真的神情，說著說著眼眶也跟著紅了起來。「奴婢今生能得小姐那一番話，就是死了也無憾了，小姐很好，不好的是季老頭和他兒子。」

沈香舉著扁擔擠過來，向秦嬤嬤邀功道：「嬤嬤，我已經給妳報仇了，我抽了那個季文兩扁擔呢，用盡全力的那種。」

沈香自小幹慣了粗活重活，那手勁可是大家有目共睹的，可想而知季文受了那兩扁擔，會是何種滋味？

眾人想著都忍不住笑起來，臉上不無幾分幸災樂禍的味道。

秦嬤嬤哭笑不得又有些欣慰的拍拍沈香的肩，笑道：「好，嬤嬤知道妳是個好的，嬤嬤不生氣了。」

秀寧輕聲細語的插嘴問張嬸。「奶，剛剛季大爺說四叔的賣身契上什麼話要改掉啊？」

眾人聞言不由紛紛看向張嬸，也很好奇季洪海對那張賣身契有什麼不滿意的。要知道，那張賣身契可是大家商量了又商量，斟酌了又斟酌才寫好的，應該沒有任何不妥才是。

張嬸嘴角牽起一抹諷刺的笑，看著月寧，道：「就是妳當時為了突顯出石頭的知恩不忘報，搜腸刮肚，特意添上去的那句話。」

「若是本人至死仍無法還清所欠銀兩，便由本人後代子孫或親人繼續代為償還餘銀，這句話有什麼問題？」月寧一時還沒想明白箇中原因。

張嬸就有些無奈的嘆道：「話是沒有問題，可抵不住別人會多想啊。」

多想？想多了？

月寧只微微一思量便明白了，不禁覺得有些好笑，道：「季洪海是覺得這句話牽連到了他們，怕夫君以後真有個萬一這筆銀子會要他們來還，所以就算被我罵到面子、裡子都沒了，也要留下來等夫君回來改了這條？」

秀樂一臉鄙夷。「他們這簡直就是以小人之心，度君子之腹。」

秀寧拍拍她，道：「他們是自己品德敗壞了，就把別人也想成跟他們一個樣了，咱們別學他們。」

秀樂立即煞有介事的點頭。「才不跟他們學。」

眾人見狀都不由笑起來。

「妳們都是好孩子。」張嬸欣慰的看著兩個孫女，笑道：「好了，大家該幹麼幹麼去吧，他們要等就讓他們等去，等妳們四叔回來，這事自然就有說法了，咱們不要為那種人浪費自己的時間，耽誤事。」

秦嬤嬤自覺上前拉著秀樂和秀寧，趕著兩人繼續去刺繡了。

於是大家各就各位，繼續各忙各的了。沈香去收拾月寧剛剛睡過的竹榻。月寧則拿出針繡笸籮，找出昨天才起了個頭的「仙鶴獻壽圖」，坐下繼續繡起來。

張嬸見竹棚裡的幾人都各有各的事做了，便帶著三個兒媳婦回到竹棚外，在面朝小溪的背陰處坐下，繼續繡荷包的繡荷包，納鞋底的納鞋底，神色平靜自然的彷彿剛剛季洪海父子倆，和月寧主僕的衝突從來不曾發生過一樣。

主人家都忙活起來了，那些請來幫工做活的婦人自然也不敢再聚在一處說閒話。大家各自有條不紊的散去忙活，沒人往季洪海等人多看一眼，更沒有人交頭接耳的低聲議論方才月寧主僕和季洪海父子的對峙。

方才的爭吵好像船過水無痕，已經被眾人給遺忘了一般，這可把一心盼著讓月寧聲敗名裂的季洪海給氣壞了。他一臉陰鬱的坐在那裡，死死的盯著自己面前的茶杯，眼裡的憤怒幾欲噴薄而出。

姚鵬給荀元滿上茶水，兩人不著痕跡的交換了一個眼神，對於季洪海這麼大年紀了還這麼喜怒形於色，表示很無奈。你面上不顯，人家知道你心裡不痛快是一回事，你擺出一張臭臉，讓人家看到你的憤怒就是另一回事了。

任誰面對一張臭臉，心情能愉快得起來？

季洪海算來也是系出名門，按時間算起來，季家出事的時候他也有十幾歲了，照理說季家的教養不至於這麼差，可事實又擺在眼前，讓人不唏噓都不行。季書雲要是知道自己唯一活著的後輩成了這副德行，不知道會不會後悔當初費盡心力送他逃出來。

季洪海死賴著不走，姚鵬和荀元也就只好在那兒坐著，陪著他們兩父子。

而姜金貴可以說是最樂意留下來的，畢竟到了飯點，他堂堂一個村長，姚家人怎麼說都不會不留飯。

不過他也沒有傻坐在那裡跟季洪海父子大眼瞪小眼，村裡還有四十多人在姚家幫忙起房子呢，他左晃晃右晃晃，跟這個聊兩句、問問那個的近況，這時間就快速的過去了。

山上，季霆得到余安的報信後，跟馬大龍和姚錦華幾個打了聲招呼就飛奔下山了。他路上也沒敢耽擱，不過就算他速度再快，也沒趕上自個媳婦跟兄弟大打出手，壓制老爹的畫面。

季洪海看到季霆滿頭大汗的跑來，差點沒熱淚盈眶。他心裡委屈啊，長這麼大就沒聽過哪家的兒媳婦敢忤逆公爹的，他那買來的兒媳婦不但敢跟他頂嘴，還威脅要弄死他，簡直天理難容啊！

「爹，你回去吧，賣身契我覺得寫的挺好的，不用改了。」季霆跑到眾人面前，氣都來不及喘勻就直接向季洪海道：「你要是怕我早死了會帶累你們，就讓村長和村裡的幾位族老做個見證，跟我斷絕關係好了。反正我現在賣身在姚家做活，其實也已經不能算是季家人了。」

季洪海不敢置信的瞪著這個他一直不太看得起，孝順得近乎愚孝的兒子，一口老血憋在嗓子眼裡，差點沒把自己憋死過去。

「你，你……」倏然想起月寧威脅他的話，季洪海只覺得一切都是陰謀，一切都是這個兒子想要擺脫季家的套路，他目眥欲裂的跳起來朝季霆大吼。「你休想！休想！」

季霆被吼得一臉莫名其妙。「我休想什麼？爹，你朝我吼什麼？該不會是犯臆症了吧？」說著他看向荀元，以眼神詢問他爹是不是病了？

荀元能說什麼，只能聳肩攤手，表示自己什麼都不知道。

「你休想藉此擺脫季家，我還沒死呢！」季洪海怒指著季霆，別說手指了，就連整個人都在抖。

這年頭說實話難道還沒人聽了嗎？季霆覺得自己無辜極了。「爹，我都賣身給姚家了，認真說起來，除了同姓季這一點之外，我其實已經不算是季家人了，所以說擺脫不了擺脫季家，其實也沒啥區別了吧？我就是覺得，你們既然這麼介意我賣身契上寫的那句話，就讓村長請族老們給咱們做個見證，斷親得了。反正你跟我斷絕了關係，以後就算我死了銀子還沒還清，姚家也不能找你們還錢了，不是嗎？」

季文在一旁原本聽到季霆要季洪海跟他斷親，心裡還很捨不得，想要出聲阻止的。畢竟季霆這個人人傻錢多，只要他娘每次對他好點，總能從他身上摳出不少銀子來。可等他聽到兩人後面的話，一想到季霆欠姚家的二千兩銀子，以及那個已經不是他媳婦，卻要他背負一年三根人參藥錢的女人，與季霆斷絕關係就刻不容緩了。

看那女人剛剛囂張的態度就知道，季霆要是有個萬一，那女人九成九不會讓他們好過。萬一到時候真要他們還季霆欠下的巨額銀兩，他們還不得冤枉死？

「爹，四弟說得對啊，他現在可是姚家的下人，這賣身契不都是要拿到衙門登記入檔的嗎……」

姚鵬瞪著季文，心說：這是你說的，我可什麼都沒說。

季文絲毫不知道，自己在無形中為季霆和姚鵬等人做了掩護，還在侃侃而談道：「……從律法的角度來說，四弟已經不是我們季家的人了，所以爹，你就別管四弟的賣身契了，咱們該做的就是請族老和村長寫下斷親文書。只要大家都知道四弟跟咱們家沒關係，那以後四弟犯了事，不就牽連不到咱們了嗎？」

季洪海之前是怕季霆賣身契上的那句話，會牽連到他們老倆口和兒孫們，他實在是窮怕了、苦怕了，所以他寧願跟這個兒子脫離關係，也不願意無端受兒子牽連，為他背負上數千兩的債務。

可相比起來，他現在更加忌憚那個叫陳芷蔓的女人。他不知道她是怎麼看破他身分的，相比起受苦受窮他更加怕死，他昔日的身分是個不能說的秘密，現在那個女人還會因為怕牽連到季霆，不敢把他的身分給捅出去，要是他跟季霆斷絕了關係，那個女人豈不就無所顧忌了嗎？

季洪海故作痛心的大聲怒斥季文。「你說的這是什麼話？石頭好歹也是你四弟，他要賣身還債為父阻止不了，可你這麼說他，豈不傷他的心？」

月寧在竹棚裡都快聽吐了。季洪海明明對季霆沒多少感情，又是個自私自利只要自己過得好就行的人，你說你想幹麼直接說不就結了嗎？裝出這麼一副痛心疾首的樣子給誰看啊？真當別人都是瞎的，看不出來你在做戲嗎？

要不是季洪海的演技夠爛，讓人一看就知道他是在演戲，季文都要以為坐在身邊的是個假爹了。他指著季霆面無表情的臉問季洪海。「爹，你看四弟像是在傷心的樣子嗎？」

季霆也感覺怪怪的看著季洪海，道：「爹，從小到大你們待我都那樣，斷不斷親其實也沒差別，我不覺得有什麼好傷心的。你要怕我會牽連你們二老和三位哥哥，只管請了村長和族老來寫斷親書，沒關係的，我不怪你們。」

月寧自然知道季洪海在怕什麼，既然季霆覺得斷不斷親無所謂，那她也就不必拿季洪海的身分去威脅季家維持這親情了。她用手肘搡了下身邊的沈香，湊到她耳邊吩咐了一通。

沈香點點頭，把納了一半的鞋底收到笸籮裡就起身走了出去。

這頭季洪海看著季文因得了季霆的肯定答覆而得意洋洋的臉，兩隻眼睛裡差點沒噴出火來，他在心裡不斷的咒罵季文愚蠢如豬，臉上卻又不好表現出來，正在鬱悶狂躁之際，就聽沈香的聲音從背後傳來。

沈香站在五步遠處，朝季霆行了一禮，便脆聲道：「姑爺，小姐讓奴婢轉告季家老爺一聲，要是季家老爺同意跟您斷親，並且保證日後不會再上門來騷擾咱們，那季家老爺擔心的事就永遠不會發生。」

他爹擔心的什麼事？他爹被月寧抓到什麼把柄了？剛剛顯然還發生了什麼他不知道的事情。季霆眉頭一挑，卻也沒急著追問沈香，而是轉頭看向季洪海。「爹，這事你怎麼說？」

沈香不待季洪海開口，便笑道：「季家老爺不必怕我家小姐誆騙你，這其實就是個交易，你只要保證令夫人和兒子、兒媳婦不要無端找我們姑爺和小姐麻煩，那麼就你好，我好，大家好。可若你們不想要安生日子過，那麼我們小姐自然也就不會跟你們客氣。」

沈香說完，向眾人微微一福，也不等季洪海回答就轉身回到了竹棚裡。

眾人見此，誰都沒急著開口，場面便寂靜到讓人有些尷尬了。季洪海並沒有考慮多久，心裡就有了決定，他抬頭看著季霆道：「你讓你媳婦發毒誓，我就答應跟你斷親。」

斷個親而已，還要月寧發毒誓？

季霆沈下臉道：「爹，這親你愛斷不斷，發毒誓你就別想了，擔心受我牽連的是你們又不是我媳婦，憑什麼讓我媳婦發毒誓？」

季洪海差點抓狂，指著季霆的鼻子怒道：「你個孽障，你那媳婦毒若蛇蠍，要不是她威脅老夫要對季家不利，老夫需要在這裡跟你囉嗦嗎？」

季霆眼也不眨的道：「那這事我作主了，月寧肯定不會對季家不利的，爹你放心回家去吧。」

回家？回去了，那賣身契上的那行字怎麼辦？季洪海爆怒，上前一把揪住季霆的衣襟就吼道：「你個不孝子，這一切是不是你跟那個女人設計好的？你怨你娘苛待你，就想報復我們、報復整個季家，是不是？」

季霆面無表情的低頭看著季洪海憤怒猙獰的臉，視線落到他緊揪著自己衣襟的指節上，心底陡然湧上一股厭惡的情緒。

他冷聲道：「爹，你說的那些我也不是沒想過，可我現在賣身給姚家了，每天的活計都安排得滿滿的，就是想報復也沒那個時間啊。」

季洪海作夢都沒想到自己這個向來近乎愚孝的兒子，會這麼直白的跟他說想過要報復他們的話來，他愣愣的看著季霆，彷彿不認識他了。卻見季霆回頭看了眼遠處正在建造中的房子，又道：「爹，你看姚家現在在起房子，前兩天山上還下來野狼了。我欠了姚叔那麼多銀子，要做工抵債的，每天不努力幹活可不成！」

這是連報復他們也不屑是嗎？姜荷花從小到大是怎麼對待季霆的，季洪海再清楚不過了。都說父母愛么兒，可那時候家裡窮到吃了上頓沒下頓，姜氏卻一口氣給他生了三個兒子。家裡口糧供兩個人吃都吃不飽了，更何況又多了三張嘴吃飯？

所以姜荷花懷季霆時，他都曾想過偷偷買包藥把孩子打下來。不過看在岳家送來給姜荷花補身的那些東西，他還是硬生生的忍住了。後來岳家全家趕夜路翻進了山溝裡，姜荷花悲痛之下動了胎氣早產。孩子生下來之後，村裡不知怎麼就傳出了季霆命硬剋親的說法，姜荷花在月子裡腦子一暈，竟也信了。

他當時是怎麼想的呢？季洪海瞇著眼回想，對了，他當時想的是把孩子送走或是賣了，多少也能給家裡省口口糧。可誰知王仙姑那多事的老媼婆竟然告訴姜氏：這個孩子就是來討債的，要是送走或者弄死了，只怕會禍及全家。

姜荷花不肯把孩子送走，卻也只是餓一頓、飽一頓的，讓這孩子吊著一條命，他覺得再養個孩子也用不了多少糧食，這才默許了把這個孩子留下來。

季洪海看著季霆冷漠的臉，腦子裡閃過的是方才月寧氣勢全開，炫耀自己爺爺官居一品，又口口聲聲譏諷威脅他的樣子。那個女人是他大兒子貪圖便宜買來的，不過二兩銀子買的病媳婦，他這個傻兒子竟然花了千兩銀子去救，你說你把人救回來了也就算了，現在還讓人自立女戶跟你脫離了關係，真是愚不可及。

最重要的是，那個女人不知怎麼知道了他掩藏了二十幾年的身分，現在還要利用這個秘密拿捏他，而這個蠢兒子更是白癡，連買張賣身契都還要連帶上自己的子孫後輩和他們。要是早知道會有今天，他當初就不該一時心軟把他留下。

姜荷花說得對，這就是條養不熟的白眼狼！季洪海在腦中來回衡量著得失，最後還是決定相信月寧，先跟季霆斷親。畢竟月寧雖說出身高門，可身為家族重金培養的女子卻出意外成了廢子，高門大戶大多愛惜羽毛，家中僕婦找來後還留在荷花村不敢回家，這本身就已經很能說明問題了。

季洪海覺得月寧如果也是見不得光的黑戶的話，去衙門告發他，她自己勢必也會暴露。只要他能照她說的約束好姜荷花，再讓季文和許氏別再上季霆這裡打秋風，那女人看在季霆和他們的關係，應該也不會去告發他的。

季洪海鬆開季霆的衣襟，順手一邊給他整理衣領一邊道：「手心手背都是肉，我不能因為你就枉顧你三個哥哥，你別怪爹。」

季霆揚起嘴角，露出一個譏諷的笑。「你放心好了，我不會怪你的。」

季洪海轉身朝一直坐著沒動的姜金貴道：「村長，這件事還要有勞您。老夫要跟石頭斷親，您看要請哪幾位族老做見證人，斷親書在哪兒寫比較好？」

「還是去我家吧，等到了地方再讓村裡的小子們去請人。」姜金貴雖然很想留下來蹭飯，可季洪海都鬧著要跟季霆斷親了，他再死賴在這裡蹭飯就有些說不過去了。

姚鵬巴不得幾人快走，也連忙起身道：「我讓我家小孫子趕車送你們回村。」

季文很想說「我們不急，吃了中午再走也行」。可嘴巴張了張，見季洪海一臉陰沈的瞪過來，立即就乖乖把嘴閉上了。蹭不著一頓飯吃不可怕，惹得自家老爹厭棄了，以後撈不著好處，那才叫糟糕。

第四十五章

姚立強套好了牛車，拉上季洪海等人就往姜金貴家趕。因為季洪海和季霆都不反對斷親一事，所以事情進行得異常順利。

姜金貴讓兒子去請來族中最為德高望重的三位族老做見證人，斷親書由季洪海親自持筆，寫了一式三份。

這是季洪海多年以來第一次在公眾場合顯露自己那一手飄逸的字，姜金貴和三位族老見了都吃了一驚。不過因為今天場合不對，再加上幾人對季洪海這個人的觀感都不太好，所以誰都沒開口問季洪海識字的緣由。

倒是季文見到自家老爹寫字龍飛鳳舞的，眼睛都差點瞪出來了。身為季家長子，季文享受著父母遠多於其他兄弟的偏愛，僅識得幾個大字也都是自己尋摸著認的。四兄弟中，偏就是幼年就被送去當學徒的季家老四季霆能書會寫。這件事一直都讓季文耿耿於懷，羨慕嫉妒不已。

季文一直以為他不能讀書是因為幼時家裡太窮了，而等到家裡有了盈餘，他都娶妻生子了，所以只能寄希望於下一代。所以每每見到季霆能夠看書寫字時，他都會嫉妒得發狂。

可現在看著季洪海拿筆寫字，落在紙上的字還那麼的漂亮，漂亮到就算他從沒讀過書，也能猜到他爹肯定比季霆讀過更多的書。

季文就站在那裡愣愣的看著，心裡也說不出是什麼滋味。他心裡有不解，但更多的是憤怒。大梁朝重文尚武，一個人識不識字，在社會上得到的尊重是不一樣的。季霆在鏢局學了一身功夫，又識得幾個字，所以他就算長年不在荷花村，在村中的名望也要遠遠高於同輩人，這些曾經都是季文為之嫉妒的事情之一。

可現在他卻發現，讓他掩沒於人群，別說比不上季霆，就連村裡的同輩人都比不上的人，其實是他爹，是他以為最重視、最偏寵他的親爹。

季洪海專注於寫斷親書，完全沒留意到季文身上散發出的鬱氣，不過三位族老，姜金貴和季霆卻不是瞎的，看到季文這種明顯陰陰沈沈的表現，幾人面面相覷。

可見季霆只是看了季文一眼，便坐在那裡眼觀鼻鼻觀心，什麼表示都沒有，當下也就決定不管這閒事了。畢竟季家是外來戶，雖然娶的是本族的閨女，可姜荷花這些年來做的那些事實在禁不起人深究。

都說嫁出去的女兒潑出去的水，為了本族所有未嫁姑娘的名聲著想，姜氏一族的所有人幾乎都達成了共識，那就是季家的事情能不管就不管，大家平時看看熱鬧講講閒話無所謂，可參與就不必了，省得帶累了自家孩子的名聲。

季洪海一口氣連寫完三份斷親書，擱下毛筆時還有點不捨，畢竟這麼多年沒摸著筆了，他這才寫出點感覺，要寫的字就寫完了，多少覺得有些遺憾。

姜金貴繃著臉上前，仔細檢查過三份斷親書，確認內容一模一樣之後，又轉給三位族老確認。「這斷親書寫得很仔細，沒有問題了，你們父子倆簽字按手印吧。」說這話的是姜氏一族至今輩分最高，人稱七叔祖的一位族老。

七叔祖是老來子，年紀雖不大輩分卻出奇的高，所以等他變成老頭之後，同輩人早就死光了，姪兒輩的人也都死得差不多了，他一個爺爺輩的人擠在一群孫姪輩中間，頓時達到了一言堂的效果。

姜金貴將三份斷親書擺到桌上，季洪海和季霆先後上前簽字按手印，然後再是三位族老上前，在三份斷親書的見證人一欄，簽名按手印，然後再是姜金貴這個村長兼里正簽名，再加蓋上里正的大印。

完成這些步驟之後，斷親書由季洪海和季霆各持一份，剩下的一份則交到姜金貴手裡，等明日拿去衙門記錄存檔。

「既然斷了親，以後就是兩家人了，你自己以後好自為之吧。」季洪海繃著臉說完這句話，向屋中眾人團團一禮，什麼表示也沒有就帶著季文走了。

姜金貴看他走出門才回過神來，不屑的往地上「呸」了一口，恨恨的轉頭跟季霆道：「季洪海遲早有一天會後悔跟你斷親的。」

季霆看了他一眼，又看看手裡的斷親書，心裡有種鬆了口氣的解脫感，卻又摻雜了一點點難過。他用力閉了閉眼，再睜開時眼中那抹悲傷已經無影無蹤了，他心愛的那個人還在南山坳裡等著他，他終於可以安心過自己的日子了。

季霆露出一抹釋然的笑，朝姜金貴和三位族老抱拳，道：「表舅、三位老祖宗，要是不嫌棄的話就一起去南山坳喝杯水酒吧。小子如今身不由己，也只有借姚家的地方，請大家吃這頓斷親飯了。」

「你爹枉為人父，你卻是個好的，以後安心過自己的日子吧。」七叔祖拍著椅子扶手，嘆氣道：「這頓斷親飯就先欠著，你自去忙吧，等以後有機會了，你再請我們幾個老頭好好喝兩盅。」

季霆倒也不堅持，恭敬的向三位族老行了一禮，又跟姜金貴告了辭，這才退出來，跟姚立強直接回了南山坳。

斷了親，就表示姜荷花和季文以後再也不會三不五時跑來糾纏和搜刮季霆了。姚鵬等人看到斷親書，都為他鬆了口氣，月寧見季霆情緒還好，便也就放心了。

可他們這邊放心了，季家卻鬧開了。

姜荷花聽到季文說季洪海跟季霆把親斷了，起先還很高興，可等季文質問她，他爹不但識字，還寫得一手好字，卻為什麼不教他們這些兒子時，姜荷花也愣了。她當年在荷花村也算是一枝花，之所以會迷戀上一窮二白的季洪海，還真就是因為他身上不同於村裡那些糙漢子的書卷氣，兩人接觸之初，她最是迷戀季洪海的斯文有禮。

只不過後來成親之後，兩人要為生計奔波勞作，季洪海也從沒在她面前顯露他能讀會寫的事，所以慢慢的，姜荷花也就以為季洪海只是身上的氣質像書生，而並不是真的會讀書識字。

現在聽兒子問起，姜荷花起先還不信，可聽兒子說的有鼻子有眼，姜荷花哪裡還忍得住不去質問季洪海？

「不教孩子們讀書識字也是為他們好，只是這事說來話長。」季洪海看著明顯不給個說法，就不肯甘休的妻子和大兒子，嘆了口氣，低頭沈默了半晌才頗為無奈的道：「老大，你回鎮上把你媳婦找來。老婆子，你去告訴老二媳婦和老三媳婦，叫她們晚上把老二和老三也都叫來，我一次跟你們說清楚，也省得你們日後不知箇中緣故，給家裡惹來殺身大禍。」

這話一聽就是要講大事的節奏，季文沒把季洪海說的「會給家裡惹來殺身大禍」的話當一回事，只當他是在誇大其詞，他現在最耿耿於懷的就是想知道季洪海為什麼不肯教他們讀書識字，讓他們做高人一等的人上人。

所以一聽到季洪海讓回家叫媳婦過來，季文二話不說轉身就走。

當晚的季家大宅裡，季洪海將自己隱瞞了三十多年的身分全盤托出。對於自家祖上也曾出過一品大官，後來卻因獲罪而被滿門抄斬這件事，季文、季武和季雷三兄弟的反應也各不相同。

季文在驚訝之後，選擇性的忽略了「因獲罪而被滿門抄斬」這一關鍵，挺直了腰板，感覺自己好像瞬間就高人一等了。畢竟不管當初季家祖上有沒有因獲罪而被抄家，他季文都是「計相」之後，是名副其實的高門貴公子。即便現在隱姓埋名隱居在這小小的荷花村裡，那也不能改變他高貴的出身不是？

相對於季文對自家祖上高大上的緬懷和良好的自我感覺，季武和季雷的反應就正常多了。

季武神情嚴肅的看著坐在坑頭上的季洪海，道：「爹，按你說的，曾爺爺那件事都過去三十多年了，您的身分就算被人知道了應該也沒什麼關係吧？」

季雷也甕聲甕氣道：「從曾祖那會兒到現在，皇帝都換兩輪了，應該不會有事了吧。」

三房人連同姜荷花都眼巴巴的看著季洪海，滿心期望他能點點頭，讓大家把心頭壓著的那點不安給去掉。只可惜季洪海並沒有如他們的願，只見他嘆著氣，頗為無奈的道：「只要這江山還姓梁，不管龍座上的皇帝換過幾輪，為父這身分只要暴露出去，那麼大家都得玩完。」

「怎麼會這樣？」季文忍不住失聲大叫。他還想一回鎮上就請幾個左鄰右舍吃個飯，順便跟人家炫一炫自家祖上的出身呢，要是季洪海的身分一捅出去就要禍及全家，那他還炫個屁啊？

「先皇以孝治天下，當今卻是靠弒父殺兄坐上龍椅的。一旦為父這個當年的漏網之魚被人捅出去，那些當官的每年都要為了政績得優而絞盡腦汁，抓了咱們一家子獻上去就是升官發財的大功一件，沒有人會放過這個機會的。

「而當今聖上為了彰顯自己對爺爺的孝心，也肯定不會放過咱們。所以為父的身分一旦被人捅到官府去，咱們一家上下要面臨的就是全部下獄等待秋後問斬，或是被全部押解進京後，在午門被處斬這兩個選擇。」

「換個地方不還一樣要死?!」季文差點想暴走，白天自家老爹還在為了不讓季霆賣身契上的一句話，牽連了自己三兄弟，而與季霆斷了親。現在卻告訴他們，他們的小命都受他的牽連，一個不好就得全家玩完，這不是在開玩笑嗎?!

季雷和白氏都被嚇白了臉，六神無主的站在那裡。

季武卻很冷靜，他安撫的拍拍黃氏，然後對暴躁的季文道：「曾祖都去世這麼多年了，這件事爹要是不說，咱們也不可能知道。現在世上大概也就咱們三房人和爹娘知道這事，只要我們大家不說出去，應該也不會有事的。」

「什麼只有咱們三房人和爹娘知道？老四媳婦就知道！」季文用力扒拉了兩下頭髮，有些埋怨的看了眼季洪海，低頭道：「今天我們跟老四媳婦起爭執了，她當時威脅爹的那些話說半句留半句的，我當時還聽不明白是什麼意思，現在爹這麼一說，我才知道老四媳婦當時就是在拿咱爹的身分威脅咱們呢。」

「那個小賤人竟然還敢跟你們爭執？還敢威脅你們？真是反了天了！」姜荷花一聽這話，立即就橫眉怒目的跳了起來。

在農家院裡，管教好兒媳婦可是身為婆母的責任。姜荷花仇視季霆，若是季霆正常娶妻，他的妻子姜荷花肯定是會往死裡磋磨的，這也是季霆這麼大年紀了還沒有娶妻的另一個重要原因。

好人家嫁女兒不單是要看兒郎，還要看男方家裡的父母、親人是否好相處。季霆被父母苛待，被大哥、大嫂針對的事情十里八村都傳遍了，哪個好人家捨得把女兒嫁到他家來受苦啊？

而那些嫁了女兒就把女兒當成潑出去的水的人家，都要有高昂的聘禮才肯把女兒嫁到季家來。叫姜荷花花幾十兩銀子給季霆做聘，那就跟割了她的肉一樣，所以才會有花幾兩銀子給季霆買媳婦的事出現。

只不過季文和許氏做得更絕，月寧買來時人還是昏迷的，差不多也就只剩一口氣了。姜荷花見買的是個快死的女人，滿腦子想的就是這女人要是死了，肯定會把季霆給膈應死。而且月寧當初那個狀態，她也實在沒辦法指使，這才沒想盡辦法磋磨她。

現在聽到季霆那個買來的媳婦不但敢跟季洪海和季文吵架，還敢威脅季洪海了，姜荷花立即就後悔了。早知道她就該狠狠的教訓教訓那個女人，讓她長長記性，只有這樣，她才會明白這個家是誰在當家作主。

這時候，姜荷花就選擇性遺忘了她後來還好幾次找上門去的事，只不過她每次連門都沒進，就弄得灰溜溜的回來了。

「行了，你就消停點吧。」季洪海沒好氣的喝道：「老四那賣身契上可是寫了他要是有個萬一，他欠的銀子都得要他的子孫和親人償還的，我請了族老和村長做見證，才跟老四斷了親，妳可別又跑去找他麻煩。這要被人看到了，還只當妳不承認這事，要把這親給重新續上呢。」

「難道就這麼放過那孽障和那個賤女人了？」一談到季霆，姜荷花的心就充滿了仇恨和暴虐，不想點辦法折騰季霆，她根本就平靜不了。這麼多年來，姜荷花有事沒事就愛罵罵季霆，這都已經成了她發洩情緒的唯一途徑和習慣了，現在不讓她找季霆的麻煩，她這心裡就跟丟了什麼東西似的憋得難受。

這已經是姜荷花第二次當著兒子媳婦的面反駁他了，季洪海的臉色一下就黑了。

季文見季洪海冷了臉，趕緊跟著勸道：「娘，老四可是欠了姚家二千多兩銀子呢，妳跑去找他麻煩沒關係，可別人要是以為妳想把這親重新又續上，以後萬一他要是出了事，這錢可就得咱們還了，妳甘心給他還債嗎？」

姜荷花聽到這個數字，手撫著胸口，一口氣差點沒喘上來。「那個殺千刀的！平時不見孝敬我們老倆口多少，現在分家了，竟然借了這麼多銀兩？那白花花的銀子都拋費在那個要死的賤女人身上了？」

「那可不。」季文聽到姜荷花罵季霆，條件反射般的就進入了挑撥離間模式。「娘妳是不知道啊，老四那個傻子為了那女人，把自己都給賣了還債不說。結果那女人的僕婦帶錢找過來，他不想著趕緊把自己從姚家摘出來，倒是讓她們把那個女人給贖出去了。現在那個女人立了女戶，戶籍還是老四找村長辦的呢，聽說她的戶籍就落在咱們荷花村呢。」

「這個敗家的玩意兒！」姜荷花現在的感覺就像是季霆拿了她的銀子，去倒貼外頭的小妖精一樣，氣到心肝肺都快炸了。「不行，我得找他去。」她說著就要下炕趿鞋。

「夠了！妳給我在家老實待著，哪兒都不許去！」季洪海大聲喝止了姜荷花，目光冰冷的瞪了季文一眼，直瞪得季文縮脖子，才又看向姜荷花，道：「妳去找他們晦氣是嫌咱們家日子過得太安生了，想讓人家把咱們都給一鍋端了嗎？」

姜荷花委屈不已，嘴裡猶不服氣的嘀咕道：「哪裡就有你說的那麼嚴重了？我一個做婆母的還不能去說教兒媳婦了？」

季洪海重重哼了聲，道：「就妳還去說教她？妳沒聽季文怎麼說的嗎？人家現在都立女戶了，跟妳兒子可沒關係，妳拿什麼身分去說教她？再說那女人的爺爺據說是京裡的一品大官，我聽那女人的口氣，她還是她家裡為了宮裡選秀準備的，懂的事情不少，而且眼光也夠毒。她一個月前在荀家與我打照面時，大概就已經猜出我的身分了。可她當時沒聲張，偏等到今天我們要對她發難時才拿出來威脅我讓步，就憑這心機和謀略，就是十個妳綁一塊都不是她的對手。」

姜荷花還是不甘心。「難道就這麼放過他們？」

季洪海氣到差點想把手裡的煙槍直接砸到姜荷花臉上去。「不然妳還想拉著全家人都跟妳一起去死嗎？我這出身不管捅給哪個當官的，遞到皇帝面前那都是大功一件。那個女人現在是感念老四不惜重金救她的恩情，再加上她意外落到拍花子手裡，再被老大買來給老四做了媳婦，毀了閨譽，就算回家也是不能再進宮選秀了。她們這些高門女子，一旦名節受損，婚事就只有給人做繼室填房或給人做妾這兩種選擇。」

「那女人估計是還惦記著老四救她的好，又不願意回家被人家許給個老頭，才沒把我這事給捅出去。可妳要知道，她現在並不是不想把這事捅出去，而是看在老四的面上才沒把我的身分告訴她家裡。今天在南山坳，那女人就派丫頭出來傳了話，說妳們要是再敢上門去鬧，她就讓咱們全家老小都一起去蹲大牢。」

姜荷花的腦子還沒轉過彎來，聽了這話還氣哼哼的道：「你都說她念著老四救她的恩情才不把咱家的事說出去了，那還怕啥？老四是從我肚子裡爬出來的，我這當娘的還罵不得打不得了？」

季洪海瞪著姜荷花，氣得大罵。「蠢貨！妳怎就說不明白呢？」

姜荷花自覺自己哪兒哪兒都明白，是季洪海自己人老了，膽子也小了，別人威脅個一、兩句就啥也不敢說了，所以被季洪海罵，她是委屈得不得了。

姜荷花聽不明白看不明白，可不代表三個兒子兒媳婦聽不明白。季洪海是季家滿門抄斬的漏網之魚，所以他們這些兒子、媳婦，連帶他們的孩子也都成了罪臣之後，這事若被人捅出去，他們全家除了已經斷了親的季霆，那是一個都跑不了。

而現在月寧識破了季洪海的身分，她不把這件事捅出去的條件就是：姜荷花和季文夫妻倆不能再去找他們鬧。

看，多簡單的事？婆母／娘怎麼就聽不明白呢？

季武和季雷夫妻倆看向姜荷花的目光都帶上了懷疑之色，四人都有志一同的覺得姜荷花不是聽不明白，她是打罵和搜刮季霆習慣了，不想放過這麼一個出氣筒和搖錢樹。要說換了別的事，姜荷花要裝瘋賣傻，大家也就睜隻眼閉隻眼讓她裝了，可現在說的可不是小事，而是關係著全家老小上下十幾條人命的大事。

黃氏用手肘搡了下季武，想讓他說說姜荷花。另一邊，白氏也在悄悄的擰著季雷腰間的軟肉，很堅定的表明了自己的立場。可在季家，季武和季雷向來就是倆小透明，開家庭會議從來就只有聽人說話，沒有發話的分。

兩人在季文看過來時，也直直的看著他，那意思再清楚不過了。

爹娘面前你一向說得上話，你去說。所以說這人太出挑了也不好，這不就攤上事了嘛。

季文無奈的撓撓頭，只能過去勸姜荷花。「娘啊，您可千萬別在這時候犯糊塗。那女人知道爹的底細，家裡還都是當官的，妳真要把她惹惱了，到時候她要收拾咱們那也就是一句話的事。」

姜荷花白了他一眼，罵道：「你也是個缺心眼兒的，她都跟老四一個屋睡那麼些日子了，就是立了女戶，還能不給老四做媳婦嗎？她把你爹捅出去，老四不一樣要跟著倒楣？你覺得她一個女人會願意當寡婦？」

「哎喲我的娘唉！」季文拍著大腿叫道：「也就是山旮旯裡頭沒見識的老太太，才會說出妳這樣的話來。啥叫女戶呀？那是家裡沒有男丁頂門立戶，由女人當家作主的意思呀。」

說到這裡季文自嘲的一笑，道：「要說我這運氣也是絕了，貪便宜買個快死的女人給老四做媳婦，還買到了個大戶人家的小姐！」

第四十六章

見姜荷花又要罵人，季文立馬叫道：「您先別急著發火，先聽我說。爹剛才就說了，那女人大概是意外落到拍花子手裡的，所以她的奶娘和丫鬟找來就把她從姚家給贖出去了。要說這關係吧，其實自從老四把他們夫妻倆賣身給姚家的時候，他們就已經不能再算是咱們季家的人了。

「現在那女人自己立了女戶，按衙門裡的說法，就是跟老四都沒關係了。就算爹之前沒跟老四斷親，咱們一家要是倒楣了，也牽連不到老四和那個女人，更不要說咱們現在跟老四斷親了。所以娘啊，妳以後是真的不能再罵老四，或是找他要銀子了，真要是惹毛了那個女人把爹的底細給揭發了，她回家一說還是大功一件，咱們一家可都得小命不保了。」

姜荷花頓時出了一身的冷汗，可想想那個被自己打罵了二十幾年的孽障兒子，和過往只要她開口就能到手的銀子，她猶自不甘心，看看丈夫，又看看在旁立著的三個兒子和兒媳婦，有些底氣不足的道：「那就這麼放過他們了？」

季洪海拍著桌子，氣道：「不是放過他們，是放過咱們自己！咱們一家老小的小命現在都捏那女人手裡，妳說妳要是還跑她面前去耍婆母的威風，不是嫌命長嗎？而且妳現在也耍不著了，妳懂不懂啊？」

季文連忙跟著勸道：「娘，爹說得對，那女人本事大著呢，那嘴皮子索利得我跟爹兩個人都吵不過她呢。妳以後可千萬別再跑去找老四和她的麻煩了，最好是遠遠見了就繞道走。咱們家現在今時不同往日，也算是有幾分家底的人家了。妳想想，老四欠了姚家二千多兩銀子，那姚家就真能不著急嗎？

「妳要是跑去找老四時被人看見，回頭姚家覺得咱們跟老四還有走動，不肯認爹跟老四簽的斷親書了，那可就完了。老四那賣身契上可是寫了，他要是有個萬一，就要後代子孫和親人代為還債的，這事就是告上衙門，衙門也會為姚家作主，判咱們賠姚家的銀子，您願意把老季家這偌大的家業全抵給姚家啊？」

自然不願意！

姜荷花的面色頓時就變得凝重起來。「這該不會就是姚家借老四那麼多銀子的目的吧？」

話題轉換得太快，眾人面面相覷，都有些消化不了。初聽姜荷花的話，大家或許還會覺得有那麼幾分道理，可仔細一想就不是那麼回事了。季家現在連宅子帶田地也不會超過一千兩，姚家人要多傻才會拿二千兩銀子做餌，引在季家根本作不了主的季霆上勾啊？

季洪海都懶得說姜荷花了，不過讓她誤會了也有誤會的好處，他嚴厲的警告姜荷花，道：「妳既然已經勘破了這有可能是姚家的陰謀，便要更加小心謹慎才是，千萬記得不要再去找老四要銀子了，也別想著去外面傳那個女人的壞話。那個女人現在捏著咱們家的死穴，惹惱了她，咱們一家子可就要大難臨頭了。」

姜荷花欺壓季霆的執念有多深，沒人比季文和許氏更清楚了，為怕姜荷花真把自己一家子給帶坑裡去，許氏也忙湊上前去，危言聳聽的嚇唬她道：「婆母，公爹可是見過大世面的人，他都說老四媳婦厲害，那女人肯定就是藏了一肚子壞水的壞女人，錯不了了。咱們這些良家女子哪裡會是那種人的對手？

「公爹怕咱們受老四拖累才火急火燎的跟老四斷了親，妳要是再跑去找老四，指不定就正合了那女人的意呢。兒媳聽說那高門大戶裡的女人，整天沒事幹，就是鬥來鬥去的，那滿肚子的彎彎繞，平時弄死個人眉頭都不會皺一下，在那種環境裡長大的女人，那心肝肯定也是黑的。

「她現在嘴裡說顧念著老四對她的救命之恩，不將公爹的事情給捅出去，誰知道她心裡是怎麼想的？公爹剛才不是說了嘛？咱家這事要是捅到皇帝面前，那可是大功一件，那女人家裡都是當官的，哪有不想要這份功勞的道理啊？兒媳聽公爹和相公剛才說的一樁樁、一件件，這後背就直發毛呢，總覺得這事一件接一件的，好像都是被人安排好了的一樣。妳仔細琢磨琢磨，是不是這樣的？」

姜荷花還真順著許氏的提示認真琢磨了。

不得不說這人一旦起了疑心，腦洞大開之後，真是越琢磨越覺得這世界的惡意不要太多。也不知道姜荷花是怎麼腦補的，反正她就像是抓到了什麼真憑實據，一臉篤定的問季文。「你說老四那賣身契是他媳婦寫的？」

季文覺得自家老娘這狀態看著怪嚇人的，看看自家老爹，見他點頭，才朝姜荷花點了點頭。

姜荷花一瞇眼，心裡更加篤定的喃喃念叨著。「原來如此，原來如此……」

一屋子人都沒明白她在那裡「原來如此」些什麼，就怕她腦補了什麼亂七八糟的東西，然後跳起來又要找季老四和他媳婦算帳。

「那女人果然陰險。」姜荷花像是終於想通了，自信又帶著點小得意的道：「你們放心吧，這麼明顯的陷阱我不會傻到一腳踩進去的，以後我就當沒生過老四，你們也都要注意，別跟老四和他媳婦沾上一星半點的關係。」

雖然不知道姜荷花是怎麼想通的，不過這話聽著多少讓大家覺得安心了不少，不過這安心的人裡頭顯然不包括季武。

他雖然覺得接了姚家的活做也沒什麼，不過他娘既然提出來了，他自然要先報備一下，省得以後被知道了吃掛落。他苦著臉朝季洪海道。「爹，娘，老四前兒找我給姚家打車子，那活趕時間，我一個人也接不了，所以就叫上了師傅和師弟，眼下這……」

姜荷花直接揮手打斷他的話，問道：「姚家給你多少工錢做車子？」

季武被問得一愣，然後老實道：「三輛車子要十天內完工，趕出來了每人大概能分四、五百文錢。」

就現在的年景來說，別的木匠連活都接不到，季武能接到個十天就能賺四、五百文錢的活，簡直就跟天上掉餡餅一樣。

姜荷花聞言想也不想的就推翻了自己之前告誡兒子媳婦們，不讓他們跟季霆沾上關係的話，道：「老四現在就是姚家的奴才，你接的是姚家的活，跟他可沒啥關係。他要是給你接活計做，你就安心接著，只要把活計做漂亮了別人也沒話說。」

所以說，姜荷花的腦迴路只要不涉及季霆，還是算正常的。

季洪海看著恢復正常的姜荷花也很滿意，事情到這裡就算是說完了，季文和許氏更不必多說，能安撫住姜荷花別再去找季霆麻煩，季洪海今天開這家庭會議的目的也算是圓滿達成了。

季洪海打發三個兒子各回各家。姜荷花捨不得大兒子趕夜路，想要留夫妻倆在他們的舊屋裡湊和一夜。

可季文夫妻倆還是決定趕路回鎮上，畢竟鎮上的雜貨鋪就只有幾個孩子在家，雖然大的懂事，但沒個大人在他們還是不放心。再說從荷花村到鎮上也就一點路，兩人這麼多年晚上沒少趕夜路回家，都走習慣了。

等兒子、兒媳婦們都走了，姜荷花很自覺地打了水侍候季洪海梳洗。季洪海對進入賢慧模式的姜荷花還是比較滿意的，於是溫聲跟她說：「妳呀，只要不跟老四搭邊就哪兒哪兒都好。」

姜荷花的眼睛立即就立了起來，硬邦邦的道：「好好的，你又提那個孽障幹啥？」

季洪海也不知道跟小兒子斷了親，自己現在是遺憾多一點還是慶幸多一點。他嘆著氣道：「不管怎麼說，以後咱們跟老四就沒關係了，妳就當妳沒生過他吧。妳爹娘兄弟也過世這麼多年了，咱們現在不愁吃不愁穿的，他們知道了也會高興，以後就好好過日子吧。」

季洪海說這話的時候語氣自然又感性，聽得姜荷花眼中淚光點點，心裡感動得不行。兩人回憶過去展望未來的時候，就沒想想他們現在之所以能過上不愁吃穿的好日子，手裡還能留有餘錢花用，這銀兩、田、宅可都是那個被他們趕出家門，斷了親的小兒子賺回來的。

此事過後，姜荷花果然就不再作妖了，而季文和許氏也安分守己的守著自己的雜貨鋪，連荷花村都不回了。

日子寧靜、安詳的一天天的過去，大家都有各自的事情要忙，每天都過得忙碌又充實。

等南山坳的房子上樑，季霆借了姚鵬的名義擺宴席款待陳師傅一眾人和招來的幫工們，又特意請了七叔祖等幾位姜家族裡的族老和姜金貴來坐席。這上樑酒是借姚家的名義辦的，整個過程順利又熱鬧，可直到宴席吃完，客人都散了，季霆也沒見季家的人跑出來搞事，他心裡還挺不是滋味的。

那種感覺就像是住在樓下的人聽到樓上的人脫鞋子，一隻鞋子落地了，可就是聽不到另一隻鞋子落地的聲音一樣，心總懸著落不到實處，老覺得會有不好的事發生，可它偏偏還真就沒有發生。

直到晚上回到房裡，季霆都還是一副失魂落魄的模樣。

月寧不由覺得奇怪。「你這是怎麼了？」

季霆看她一眼，有些遲疑的道：「我就是覺得咱們今天上樑的事全村人都知道了，我娘和大哥、大嫂不可能不知道。上回師傅只是給幫忙的人發幾斤豬肉，我娘都帶著我大哥、大嫂上門來撒潑打滾的，硬是要去了五斤豬肉。今天咱們擺這酒席，他們不可能不跑來蹭吃啊。」

這人是不是被人虐習慣了，他娘不虐他，他反而還渾身不自在了?!

月寧簡直啼笑皆非。「你忘了你爹已經跟你斷親了啊？」

「沒忘！可我娘那個人吧……」季霆望著頭頂的房樑，想了半天都沒想出合適的詞來形容姜荷花。「總之，她就是那種不管我分家還是斷親，她認為我是從她肚子裡出來的，就活該要讓她捏圓搓扁，想幹啥就幹啥的，我這麼說，妳能懂吧？」

月寧笑著點點頭。「可你也別忘了你跟你爹斷親那天，我可是特地派了沈香去跟你爹撂了狠話的，季家又不只你娘一個人，我拿你爹的出身做筏子，就算你娘不在乎我的威脅，你爹和你兄嫂還會不在乎自己一家子的小命？」

「所以說，我娘和我大哥、大嫂今天沒來，是被妳那番話給震住了？」季霆還是覺得很不可思議，跟作夢似的撓著頭。

月寧好笑的推了他一把。「你要是還不想睡就到外頭坐著去，我可是要睡了。」

「睡，睡！這就睡了。」季霆側身等月寧先上了床，才小心在木床外側躺下。

月寧也不理他，拉過薄被蓋在腰上便閉上眼睛，季霆躺在那裡糾結半晌，突然側身輕輕推了推她，低聲道：「月兒，我總覺得我娘不會這麼容易就放過我的，妳說她會不會是在暗地裡憋什麼大招啊？」

月寧無語的睜開眼睛，見季霆一雙眼在黑暗中閃著灼灼的光，一副等她解答的模樣，不禁就嘆了口氣，道：「你要是真這麼擔心，那我想個法子讓你娘沒功夫來找你麻煩，可好？」

「什麼法子？」

「這你就別管了，不過咱們醜話說在前頭，我想的法子肯定管用，不過事後你可不能怨我出損招禍害你娘。」

「只要不出人命，妳想怎麼折騰她都行。」季霆搖著頭，很是沒心沒肺的道：「妳別看我娘瘦瘦小小的，其實身子好著呢，火氣上來了，能追著我滿院子打上大半個時辰不停歇的。」

這種黑歷史你這麼直白的就說出來，真的好嗎？

月寧啼笑皆非的伸手拍拍他的手臂。「好了，快睡吧，明天還要老早起來趕車去鎮上呢。」

季霆伸手將月寧撈到懷裡，讓她枕著自己的肩膀睡。

「熱啊！」月寧無奈的推推他，她因為受傷的關係，體溫一直偏低，可季霆卻血氣特別旺盛，冬天抱著倒還可以取取暖，夏天就「呵呵」了。

「我明天一早起來就給妳燒水洗澡。」季霆小意的哄著她，一雙鐵臂將月寧摟得緊緊的，根本不給她反對的機會，心滿意足的閉上眼睛。

月寧感受著大腿某處傳來的熱度，無語的翻了個白眼。不過算了，最後難受的又不是她，就沒見過這麼喜歡自虐的人。

第二天一早，季霆早起後照舊沖了個冷水澡，然後很守信的給月寧燒了鍋熱水備著。

今天已經是十月十二日了，房子上樑之後，後續結頂、蓋瓦，安窗、安門大概也就兩、三天的工夫就能完成了。這麼一算，倒是跟陳師傅之前承諾的時間分毫不差。

季霆今天要帶秦嬤嬤和小張氏她們，去鎮上採買他和月寧成親當天要用的紅燭、紅紙、糖果和茶酒等一應物什。

田桂花正好要去鎮上交繡品，而月寧的鴛鴦雙面繡「仙鶴祝壽」也已經完工了，手邊這兩個月秦嬤嬤和沈香做的繡品也積了不少，幾人便決定一起走一趟如意繡坊，把該賣的都賣了。

什麼？成親之前，男女不能見面？每天一張床睡著都多久了，還怎麼個不能見面法？什麼？新娘子成親前不能拋頭露面？季霆表示，自己的媳婦自己寵，她想幹麼就幹麼，他就這麼樂意寵著她。習俗什麼的跳過，跳過。

月寧一覺睡醒太陽都已經照到頭頂了，不過因為她身體的原因，大家都很體諒的沒有提前叫醒她。月寧就著季霆給她備的熱水梳洗好了出來，穿上藕荷色的上衫和白色底邊繡藍色四葉草的長裙，再在外頭罩上一件粗麻質地的藍色褙子。頭髮只簡單的攏到一側，編成一條麻花辮垂在胸前，這樣就算打扮妥當了。

月寧的後腦曾因重擊而致後顱骨骨裂，這樣的傷勢還能夠活下來，荀元都說是個奇跡。雖然月寧後腦杓現在傷處癒合得很好，可當時到底是骨裂過的。

大腦是人體最神秘未知的器官，月寧現在根本就不敢在腦袋上梳髮髻，就怕牽動了傷勢，什麼時候把自己弄成個傻子。她收拾好了到前院去吃早飯，正在前院忙著根據月寧的要求、縫製各種被套的沈香和田桂花等一群人，這才開始整理東西準備出門。

因為出發的時間比較晚，幾人到鎮上就分開了，小張氏和秦嬤嬤直接去賣紅燭、紅紙的雜貨鋪，季霆則護著田桂花、沈香和月寧去如意繡坊。

月寧後來的刺繡是跟從蘇州請來的刺繡名家學的，秦嬤嬤當初因為在旁侍候，倒是偷師了不少。沈香當年因為年紀還小，後來秦嬤嬤和月寧雖然也教了她不少，不過因為她平時要做活，又疏於練習，刺繡的手藝便成了三個人裡最差的。

不過這個差也要看跟誰比，跟小張氏和姜氏她們比，那是甩她們幾條街都足夠。

月寧這兩個月也就繡了一幅扇面、一幅二合一的鴛鴦雙面繡仙鶴祝壽屏風，其餘的扇面、桌屏都是秦嬤嬤繡的，沈香繡的則都是荷包。

月寧兩個月沒到鎮上，金掌櫃原本看著三月之期一日日接近，一顆心正七上八下的沒個著落呢，看到季霆那異於常人的魁梧身材出現在大門口，就算沒看到月寧，她也以前所未有的速度從櫃檯後頭衝了出來。

「哎喲！我的季大兄弟啊，我可算是把你給盼來了。」

提著裙子衝到大門口，金掌櫃就看到了牛車上戴著帷帽坐著的月寧，立即就把季霆忘在腦後，奔下臺階，一把握著月寧的手叫道：「季家妹子啊，姐姐盼星星盼月亮的，可算是把妳給盼來了。」

月寧抬手攔下想要撲上來相護的沈香，從善如流的向金掌櫃笑道：「三月之期不是還沒到嗎？金姐姐著什麼急啊？」

金掌櫃望著沈香看她像看調戲良家婦女的地痞流氓一樣眼神，不由得尷尬的笑了笑，鬆開月寧的手，退開兩步讓沈香扶月寧下車，她只站在邊上道：「這不是兩個月沒見妳了，心裡惦記嘛。」

「您也不用惦記了，繡品我今天是帶來了，只不過這次的東西有些特殊，價格肯定也不便宜。」月寧意味深長的看著金掌櫃笑道：「一會兒就看金姐姐是否捨得花這個銀子買下我的繡品了。」

「只要東西好，價錢都好商量。」雖然在商言商，可金掌櫃應對起這種場面話來，不但讓人挑不出錯處，還讓聽到這話的人有種妥貼、本該如此的感覺。

將一行人熱情的迎到後院，又上了茶水點心之後，眾人才開始進入正題。首先是驗收田桂花上次拿走加工的帕子和荷包，大家一起合作也不是一年、兩年了，規矩都清楚，繡品品質方面自然也是沒得挑的，所以清點過數量之後，金掌櫃就讓小二帶著田桂花直接去帳房結帳拿銀子了。

等田桂花一走，金掌櫃就坐正了身子，連神情都不由自主的繃了起來。

月寧看她這樣只覺好笑，回頭示意沈香將繡品拿出來。她親自接了上前一一解開給金掌櫃看。「這些荷包都是我這丫頭繡的，雖然繡藝一般，不過在這福田鎮也算得上是精品了，金姐姐妳看著給個價吧。」

金掌櫃看著那些繡藝精湛的漂亮荷包，只能在心裡感嘆：繡藝大家的丫鬟，那繡藝也是大師級的。荷包總共有三十二個，個個配色鮮豔、針腳細密，縫製得都極為精美。

「這荷包妹妹也別跟姐姐討價還價了，一口價，十兩銀子一個，我們繡坊全要了。」這眼見著馬上就要十一月分了，各家各戶年底要走禮、要製衣，這些精美的荷包十兩銀子買進來，轉個手就是十二、十五兩銀子賣出去也不怕沒人要。

月寧轉頭詢問的看向沈香，見她小臉都激動得紅了，就知道她對這價格是滿意的。她朝金掌櫃點點頭，算是把荷包的價格定下來了。

激動過後，沈香的臉上就沒了笑。她人小卻不傻，想想以前她們逢年過節就給京城府裡繡荷包、帕子，那些東西每年繡得可多了，每次京城府裡也會回些手飾、絹花，綢緞、布疋以及乾果、點心等物做回禮。

以前不知道自己繡品的價值，她還不對京城府裡送來的東西感恩戴德，可現在知道價錢了，才知道府裡回過來的那些東西，跟她們送上去的繡品簡直是一個天上一個地下。諷刺的是她們送的東西才是天，那個高高在上的府裡回過來的那點東西才是地。

月寧背對著沈香站著，沒看到她的表情，自然也不會知道她心裡在想這些有的沒的。她繼續揭開裝著秦嬷嬷繡的扇面和桌屏的棉布包，讓金掌櫃看裡頭一層層用白色棉布隔開的扇面和桌屏。

秦嬷嬷的繡藝也是大師級的，和月寧繡的雖然有差，卻也差不到哪裡去。布包裡一層層的一共整齊的疊放著八幅雙面繡扇面，兩幅半尺見寬的桌屏。

第四十七章

金掌櫃一一過目之後，對這繡藝根本就沒有二話。「這手藝沒得說，扇面就按一幅一百兩算，桌屏就二百五十兩一幅吧。畢竟這位的繡藝雖也精湛，可跟季家妹子的手藝看起來還是有些差距的，若是都照三百兩一幅算，姐姐可就虧了。」

月寧微微笑道：「姐姐妳有所不知，在咱們大梁朝的某些地方，這二百五可是個罵人詞兒，大意就是指別人腦子有問題的意思。所以這桌屏，妳要不就給我二百四十九兩吧，我要是不知道這事也就罷了，可自打別人和我解釋了這詞的意思，那是再也聽不得二百五這個詞了。」

金掌櫃很上道的立即道：「怎麼能少妹妹的銀子呢，我再往上添二兩銀子，取個成雙成對的好意頭吧，這兩幅桌屏就都按二百五十二兩算。」

月寧滿意的微微一笑，將包著自己繡品的包袱解開。

金掌櫃立即上手幫忙，將上面的白布包給小心的拎了過去。月寧的這幅扇面當初就是隨便繡繡的，雖然花樣子比較常見，但配色和繡藝方面，跟秦嬤嬤的繡品還是一眼就能看出差距來的。

金掌櫃立即滿臉喜色的報價道：「這幅扇面，我再給妹妹添二十兩，一百二十兩一幅，季家妹子妳看可行？」

「金姐姐出價公道，妹妹我自然無話可說。」月寧小心的將最後兩幅繡品的白布揭開，一邊笑道：「這兩幅是鴛鴦繡。兩幅繡品可以合做一幅來看，也可以拆開來做兩幅，做成屏風後並排擺放在一起會比較有看頭。這個不管送人、自用都體面，只不過因為鴛鴦繡花的心思，比起單繡兩幅繡品要多得多，所以這價格方面，金姐姐可不能給的低了。」

兩幅仙鶴祝壽圖裡其實繡的都是仙鶴銜壽桃的花樣，只不過因為背景和整體布局的不同，仙鶴或飛、或站、或展翅、或口銜壽桃，那姿態表現出來就各有各的味道了。

而且這兩幅花樣最奇特的地方是，將兩幅繡品合在一塊時，會正好呈現出兩鶴共銜一個壽桃往前送的姿勢，所以仙鶴在兩幅繡品相合時，也不會有一隻重疊，畫面沒有一點違和感，就連所有仙鶴的眼睛好像都在盯著人看的樣子，別提多稀奇了。

這樣的繡品先不說這繡藝，光是構思就稱得上奇巧兩字。金掌櫃歡喜的直搓手，心說知府家老夫人的壽禮可算是有著落了。

可要說到價格，金掌櫃反而不好開口了，斟酌了半晌，她一臉誠懇的道：「季娘子，咱們明眼人不說暗話，妳這繡品要擱懂行的人來說，就是個無價之寶。可在那外行人眼裡，它再是無價之寶也就是兩幅漂亮些的繡品。所以這價格姐姐還真不好出，要不妳先說說妳心裡的價，若是差不多，咱們就按妳給的價走，如何？」

金掌櫃這麼說了，月寧還真不好往高報價了，微微思索了下，她便道：「因為之前金姐姐特意提過這繡品是要給知府家的老夫人賀壽用的，故妹妹才多加了些巧思。原來也不該跟金姐姐獅子大開口，不過妹妹最近急等著用銀子，所以這回也要提一提這價了。

「這兩幅繡品為了取六六大順、十全十美之意，所以都是六尺長、四尺寬的篇幅。按咱們之前說的好價格，這兩幅鴛鴦雙面繡因為篇幅大，要價三千二百兩，金姐姐再給添點，就三千三百兩銀子，妳看如何？」

要說月寧的繡藝水準，這兩幅鴛鴦雙面繡要是拿到江南那地方，就是要價萬兩也有人搶著要。可這裡畢竟是福田鎮，不是江南也不是京城那種富得流油，遍地都是有錢人的地方。三千三百兩銀子就買兩幅繡品，在福田鎮這種地方還真沒誰會幹。

不過如意繡坊畢竟就是做這行的，知道這其中的價值，而且如意繡坊的總店在府城縣，這兩幅繡品又是要給官家走禮用的，這裡頭的意義自然又不一樣了。

再加上以月寧大家級的繡藝水準，只要與月寧建立長期合作關係，就等於如意繡坊旗下養了一名大家級的繡娘，這對如意繡坊在行業裡的名聲，可說是百利而無一害的。

「成！季家妹子爽快，姐姐我也不能婆婆媽媽的，三千三百兩就三千三百兩。」金掌櫃手指如飛的在算盤上「噼哩啪啦」一陣撥動，最後算得五千零四十四兩銀子。

季霆面無表情的看著這一切，整個人都已經麻木了，他感覺自己娶的根本就不是媳婦，而是個會下金蛋的「金雞」。由此可見，未來他季霆肯定要淪為吃軟飯的了，所以說這媳婦太能幹了也不好。

季霆決定以後還是讓月寧少繡些東西的好，這隨隨便便繡個東西就賣個幾千兩銀子，差距太大了，顯得他一個大男人一點用都沒有，而且他抗壓性不好，再這麼多來幾次，就太刺激人，他心臟受不了。

在如意繡坊選購了些綃紗、繡線等物，月寧便與金掌櫃結了帳。五千兩銀子月寧直接要了銀票，剩下的四十四兩銀子減掉買綃紗和繡線的費用，只剩下三十六兩五錢銀子，她便直接要了現銀。

等田桂花領好了繡活，幾人便與金掌櫃告辭了。

從如意繡坊出來後，月寧就小聲跟季霆商量。「咱們現在又有銀子了，要不這兩天你再辛苦一下，咱們把南山坳南面帶瀑布的那座山頭先買下來，你看怎麼樣？」

季霆道：「借師傅的銀子得先還了，剩下的也不知道夠不夠買座山頭。」

月寧對買個山頭要多少銀子也沒有概念。「要不你先跟村長打聽打聽，只要價錢不超過三千兩，咱們就能先買下一座山頭來。」

季霆點點頭，這件事就這麼說定了。

幾人坐上牛車，直接去了陳記雜貨鋪，只不過幾人跟小張氏和秦嬤嬤趕了個前後腳。小張氏和秦嬤嬤跟陳老闆訂好了要買的東西，就往點心鋪去了。

月寧對於那些品相一般、款式單一的點心提不起一點興趣，所以就留在雜貨鋪裡又買了些油鹽醬醋等物。這也算是她成親前最後一次的大採購了。

此後幾天，男人們都忙著在給新起的房子粉刷牆壁，安門安窗，女人們則忙著糊窗紙貼窗花，一遍遍的檢查季霆和月寧成親當天要用的東西，忙得腳不沾地。

月寧作為當事人之一，卻被眾人勒令只能旁觀不能動手，以至於別人忙得不可開交，她就只能閒閒的坐一邊繡花喝茶，想要幫忙還會被人嫌棄說「添亂」。

十月十九這天，早上天還沒亮，月寧就被張嬸和秦嬤嬤等人從床上拖了起來，扒光了推進浴桶裡泡著。

「小姐，妳的頭暈不暈啊？有沒有哪兒不舒服？」沈香緊張的守在浴桶邊，就怕月寧起早了犯暈，會一頭栽進浴桶裡嗆了水。

「我好著呢，妳別擔心了。」對於今天，月寧早有準備。她昨天特地熬著不午睡，晚上天才擦黑就睡下了，睡到早上這個時辰差不多也夠了。雖然沒結過婚，不過她沒吃過豬肉也看過豬跑。前世她也參加過兩個同學的婚禮，那趕早起來梳洗打扮的各種折騰是古今皆同的。

快速洗了澡，穿上自製的紅色內衣和中衣，月寧就被沈香推出了浴間。臥室裡，張嬸、秦嬤嬤、王大娘和一個鬢角插著朵大紅絹花的陌生婦人已經在等著了。

「月寧啊，這是住咱們村東頭的阿香娘，她現在要給妳開臉，可能會有點疼，妳忍忍啊。」張嬸和王大娘一上來就二話不說把月寧面朝南方按坐到了繡凳上。

阿香娘小眼圓臉，看著也就三、四十歲的模樣，是個很有福相的婦人。她一頭黑髮用頭油梳得整整齊齊，油光錚亮的，身上的衣服看著雖然不新，卻也漿洗得很乾淨。

「季霆媳婦長得這般標誌，就是不做全套也使的。」阿香娘笑著上前，把手裡的東西放到了桌上。

月寧定眼看去，就見桌上多了一盒香粉和一小團白棉線。

淨面，開臉。這個月寧知道，它不僅是一種去掉臉上茸毛，讓臉看起來更為光滑白淨的美容方法，還是一種祈福儀式。

「今天可是我們小姐出門的好日子，阿香娘可千萬別圖省事，一定要面面俱到才好。」秦嬤嬤說著，笑咪咪的往阿香娘手裡塞了兩個紅紙包。「一會兒人多嘴雜的，這喜錢您先收好。」

月寧眼角掃到那個紅紙包的大小厚度，立即就知道兩個紅包裡一個包了八文錢，另一個包了二錢銀子。

成親當天為了討個好彩頭，打點喜娘、全福人和那些來幫忙的鄉親的喜錢，都得用紅紙包起來，秀寧和秀樂之前兩天一直都在忙活這個。紅包準備很多，不但要給女方的，還要給男方的。不過除了喜娘，媒婆和全福人的紅包是二錢銀子，包給村裡走得比較近的鄰居家的孩子們的紅包，包的都是兩文銅板，包給親友家孩子的則是六文的紅包，八文紅包是給來幫忙的人的喜錢。

「哎喲！這怎麼好意思呢。」阿香娘喜笑顏開，嘴裡說著不好意思，卻抓著那兩個紅包直接揣進了懷裡。

許是得了紅包的緣故，阿香娘這開臉之前的按摩就做得特別認真，月寧都差點被按睡著了。可等那劣質香粉抹到臉上，棉線絞著臉上的茸毛來回拉扯時，那絲絲拉拉如鈍刀子割肉似的疼，差點沒讓月寧淚奔。

幸好阿香娘的手腳很快，開臉之後略等了等，就讓沈香侍候月寧洗了臉。

王大娘就接手開始給月寧梳頭了，她是季霆特意請的全福人，她娘家夫家上頭父母都還健在，自己兒女雙全不說，兄弟姐妹子嗣也都兒女雙全，是村裡出了名的全福之人。

「一梳梳到頭，富貴不用愁；二梳梳到頭，無病又無憂；三梳梳到頭，多子又多壽；再梳梳到尾，舉案又齊眉；二梳梳到尾，比翼共雙飛；三梳梳到尾，永結同心佩；有頭又有尾，此生共富貴。」

唱祝詞時，王大娘只是拿著梳子在月寧頭上作勢輕梳了兩下，那樣子看得沈香在一旁蠢蠢欲動，秦嬤嬤緊張的一直拉住她的胳膊，就怕這丫頭一時糊塗，真上去把王大娘給推開自己上了。

等祝詞唱罷，王大娘就麻利的給月寧梳起頭來。月寧後腦杓的傷勢早就好了，不過因為那裡到底受過傷，王大娘也沒敢給月寧梳常規的髮髻，便先將月寧的一頭長髮分兩股梳成麻花辮，然後再盤到頭上用新買的銀簪固定住。

月寧本就樣貌好，如此打扮過後，看著就更顯膚白如雪了。阿香娘在旁看得錯不開眼，不無羨慕的道：「看這臉白的，粉都不用搽了。」

秦嬤嬤卻很心疼，道：「好吃好喝的養了這麼久都沒養過來，這臉上、唇上一點血色都沒有，得上點胭脂才成。」

胭脂是昨天季霆親自跑鎮上買的，雖然只有腮紅和口脂，卻是全新沒開封的。兩樣東西外加一盒雪花膏花了二兩銀子，聽說已經是鎮上最好的東西了。

月寧沒敢讓王大娘幫她上妝，自己用手指沾了點胭紅在頰上推開，再抹上口脂，整個人的氣色一下就好了起來。

等月寧穿好嫁衣時，外頭的天色也大亮了。

何氏領著個髮髻上插了朵大絨花、身穿一襲朱紅衣裳的陌生婦人進來。阿香娘一見來人立即迎了上去。「娘！娘來了。」

月寧聞言詫異的微微挑了下眉，看著阿香娘扶著那老婦人走向她。

這婦人耳鬢上大絨花的款式月寧去鎮上時，在街上見過數次，據她所知，這是大梁朝媒婆的標配，這老婦人難道是個媒婆？

她正想著，就見何氏笑著上前對她道：「陳大娘是你們今天的媒婆，她跟阿香娘是母女，在咱們十里八村也是出了名有良心的媒婆。石頭說三書六禮今天都要走一遍，所以陳大娘天還沒亮就起來給你們操持了，可是辛苦得很。」

這種時候月寧覺得自己只要感謝就夠了。

「勞大娘費心了。」她說著往秦嬤嬤看了一眼。

秦嬤嬤立即上前塞給陳大娘兩個紅包，同樣是一大一小；一個兩錢銀子，一個八文錢的。「今天就有勞陳大娘多多費心了。」

「好說、好說，這本就是我應該做的。」陳大娘接了紅包，對月寧笑得越發熱情起來。「新娘子先吃點東西，與來賀喜的親戚、密友說說話，新郎要巳時初刻才會來迎親，現下時間還早呢。」

月寧微笑回應。「我知道了，多謝大娘了！」

外頭傳來一陣女人和孩子的歡笑聲，月寧見張嬸往外張望，便笑道：「嬸子若是有事儘管去忙吧，有秀寧和秀樂在這裡陪我就成了。」又對陳大娘和阿香娘笑道：「妳們也去忙吧，不用在這陪我的。」

外頭確實還有大堆的事情等著幾人去忙，張嬸當機立斷道：「那我們就出去了，妳們三個小姐妹說說話吧。」

秀寧和秀樂將張嬸等人送到門外，才折回來與月寧相視而笑。

隨著時間的推移，姚家前院幾乎被村裡來看熱鬧的村民給包圍了，院裡孩子們的歡笑聲、奔跑聲和婦人的說笑聲幾乎要掀飛屋頂。

姚家要在十月十九這日給季霆和月寧辦婚宴的事，早幾天就由那些幫姚家建房的村民之口傳遍了荷花村。

這世上哪裡都不缺喜歡佔便宜的人，荷花村人口眾多，仇富、眼紅人家過得比自己好的人，原來大概也就那麼幾家，可這不是發大旱了嗎？沒吃沒喝的人多了，被人你一句、他一句的說動了心思，這心就是想純也純粹不起來了。
姚家想給季霆辦喜宴，大家拿上門祝賀當藉口，隨手帶上一把蔥、一個雞蛋，姚家還能不讓他們進門？到了飯點，姚家還能好意思不讓他們吃飯？如此賴到季霆成親那天，豈不是能混上好幾天的飽肚？
只可惜南山腳下的四戶人家，打那日野狼下山之後，就全都到南山坳忙活去了。南山腳下連個人影都沒有，那些想佔便宜的村民互相壯膽，成群結隊的跑到南山坳，卻又被一道足有兩丈高的石牆給擋住了去路。
「這南山坳怎麼被砌上石牆了？」
「這姚家的心可真大，他們不會是想獨佔整個南山坳吧？」
「絕不能讓姚家得逞，咱們找村長去！」
「對，找村長去，讓姚家自己把這牆給乖乖推了。」
眾人跑到村長家告狀，只可惜狀告不成，反被姜金貴臭罵了一頓。「全都滾犢子！那南山坳現在就是姚家的，人家才花了幾千兩銀子買下的地，砌堵石牆圍起來怎麼了？你們要有本事，也花銀子去買啊！」
這下整個荷花村的人都炸了，那些原本還想找姚家麻煩的閒漢和無賴婦人們，這下也徹底消停了。可就算不能早幾天到姚家蹭茶蹭點心，到了十月十九這日，姚家要開門迎親，那些想看熱鬧，想蹭吃蹭喝的村民，還是拿把蔥、拿把菜都上門了。

整個姚家前院坐滿了來參加婚宴和看熱鬧的村民，有那心思不純、不懷好意的婦人還想往四處屋裡去，被張嬸和何氏等人使盡渾身解數給攔下了。

也有人起鬨要去看新娘子，都被秦嬤嬤面無表情的以她家小姐身子不好，不宜吵鬧為由給推了。可她們能攔住大人卻攔不住孩子，小孩子人數一多，就會肆無忌憚起來，一聽大人不能去看新娘，他們一轉身就呼啦啦的全跑進了西跨院。

幸好月寧早有準備，她讓沈香拿了糖果點心在堂屋裡守著，一旦有孩子進來就給每人抓一把，然後讓他們在門口往屋裡看一眼，滿足了他們的好奇心就將人哄出去了。

在這樣喧譁震天的熱鬧中，時間流逝得飛快。

等月寧聽著那由遠及近的嗩吶聲，突然就緊張心慌起來。這種感覺是突然冒出來的，有些莫名其妙，卻叫月寧緊張得手心一下就汗濕了。

可只要一想到季霆那熊一般的身影，想到他要來接她去南山坳了，月寧又忍不住有點期待，嘴角抑制不住的彎起，心臟「撲通撲通」急跳著，身上熱得一下就冒了汗，偏偏又不得不努力故作平靜，就怕被身邊的秀寧看出端倪來，會被兩個小丫頭笑話。

陳大娘甩著大紅的手帕，帶著一臉的笑跟著小姜氏和王大娘走進西跨院。「新郎官來接親了，新娘蓋紅蓋頭了！」隨著這聲拖得長長的吆喝，王大娘把繡著富貴牡丹的紅蓋頭蓋到月寧頭上。

姚家大院外，季霆迎親的陣仗引得滿院子人全都跑出去看熱鬧，把個姚家大門堵得嚴嚴實實，雖非有意攔路，卻行了攔路之實。

季霆是騎著高頭大馬來的，馬上還繫著紅綢，看著很是意氣風發。可其實季霆原是不想這般張揚的，為了成親也為了日後做營生用，他早兩天就託人給買了兩頭牛和騾子回來。

騾子的身形要較馬單薄矮瘦，他騎騾子，那騾子雖還不至於無法承受，可那樣子根本沒法看，照姚立強的說法是——「還不如弄頭野豬騎呢，至少騎那個肯定沒人敢攔門。」

不得已下，季霆只能去鎮上的和順鏢局借了匹最高最壯的馬來充門面。

伴著喜氣洋洋的吹鑼打鼓聲，騎在高頭大馬上的季霆讓人看著很有幾分英武不凡的感覺，直叫看熱鬧的幾個婦人臉色緋紅，眼冒綠光。

而那些小姑娘們看著季霆身後那頂紮著紅花的八抬大花轎，羨慕嫉妒得眼都紅了，手裡的手帕扭啊扭，直恨自己當初怎麼就沒想著嫁給季霆呢，若是當初她心儀季霆，如今這八抬大轎的風光可全都是她的了。

男人與女人看事物的著重點不一樣，男人們首先看到的是季霆的馬，然後注意的是那花轎之後一溜兒排開的八輛紮著紅花的牛車。

鄉下地方迎親，沒條件的人走路去迎，有條件的人，雇輛牛車或馬車去迎。花轎誰都想雇，可鄉下地方往往男女雙方離得都很遠，這花轎加上抬轎人，雇上一天的花費都夠一個八口之家兩、三個月吃喝了，農戶人家誰捨得花這個冤枉錢啊？

可姚家為季霆補辦婚宴，不單雇了高頭大馬和花轎，還雇了八輛牛車。

「讓讓，趕緊都讓讓，新郎進門迎新娘啦！」阿香娘擼著袖子連推帶搡的好不容易從人群裡擠出去，連忙拉開嗓子大喊一聲，一邊向季霆使了個眼色。

季霆見狀會意，朝身後跟他來迎親的一眾兄弟一揮手，一群高壯的漢子便高聲怪叫地簇擁著季霆死命地往姚家大門裡擠。

「哎呀，別擠別擠！」

「哪個殺千刀的踩老娘的腳啊？」

第四十八章

在一陣鬼哭狼嚎的吵鬧聲中，季霆等人順利擠進了姚家大門。因為院子裡來湊熱鬧的人實在太多太雜了，為怕村裡的那些無賴跟著起鬨，事先準備的攔門活動也不得不被迫取消。

季霆擠過人群，進堂屋裡跟姚鵬和張嬸見了禮，又跟請來觀禮的姜氏幾位族老和姜金貴一一見了禮，這才出來，在喜娘的引領下往西跨院走去。

而西跨院裡，蓋上蓋頭之後的月寧，被陳大娘催著吃了一小碗蓮子百合羹，終於能安靜的坐著了。

「新郎進門揹新娘出門了。」隨著阿香娘的一聲高喊，季霆就大步走了進來。

「月兒，我來接妳了。」短短的幾個字飽含著滿滿的情誼，讓月寧心中一陣酥麻，蓋著紅蓋頭的頭微微點了點，嘴角的笑容忍都忍不住。

揹新娘出門原該是由新娘的兄弟來的，可月寧的情況與尋常人不一樣，季霆也不允許別人碰自己媳婦，所以這一步就只能由他自己來了。他走到月寧面前，轉身蹲下。

月寧從蓋頭下看到他紅色的衣角，便起身慢慢趴到了他寬闊的背上，感覺到季霆的身體似乎顫了下，知道自己能影響到他，月寧好心情的拍拍他的肩膀，示意他揹她出去。

她在荷花村沒有親人，所以這拜別儀式就由姚鵬、張嬸和荀元三人代替了。就著阿香娘送上來、貼了雙喜字的草墊子跪好，月寧鄭重的給三位長輩磕了三個頭，站起身來時心裡再無半點迷茫，只剩下與身邊男人攜手共度餘生的堅定。

「新娘出門子啦！」

季霆揹著月寧大步往外走，身後圍觀看熱鬧的村民和孩子們歡聲笑語不絕於耳。

「月兒。」

喧鬧聲中，季霆的聲音雖低，月寧卻還是聽到了。「嗯？」

「妳往後有我，我會對妳好的。」季霆的聲音有些發沈，卻一字一句都清晰的傳進了月寧的耳朵裡。「這輩子，我只對妳一個人好！」

月寧心頭顫了顫，眼角有點泛酸，她吸吸鼻子，笑著低低「嗯」了一聲。

轎簾掀開，月寧被季霆直接送上了花轎，鞭炮聲就「噼哩啪啦」的在耳邊炸了開來。

花轎晃了一下就被人抬了起來，突然的懸空感讓月寧連忙撐住兩邊的轎壁，直到感覺花轎在平穩前行，才放下心來。

因為頭上蓋著紅蓋頭，月寧的視線受限，除了轎底和自己的一雙腳什麼都看不到，只能感覺到花轎晃晃悠悠的在向前走。不過，她的心此刻卻很安定，她知道在不遠的前方，季霆就騎著高頭大馬走在那裡。他要迎她過門……

而此時的姚家，陳大娘一等季霆迎著花轎吹吹打打的走遠，便快步進了姚家堂屋。然後姚鵬和張嬸親自迎著荀元、姜金貴和幾位姜家族長，將人送上了迎親的牛車。

牛車一坐滿人就直接掉頭往南山坳跑，而院裡請來觀禮吃宴的客人，也都由姚錦華和姚錦富親自迎著送上了迎親的牛車。

有機靈的村民一看苗頭不對，也沒臉再賴在姚家了，起身與姚家人告辭。對於這種識趣的鄰里，小張氏等人無不一人給抓了一把糖果，好聲好氣的將人送走。

而對那些死賴在凳子上，就算看出姚家要送客了還是不肯走的村民，田桂花直接橫握掃帚，一副「再不走就打到你們走」的凶悍模樣。那些原本還想死賴著不走的村民，知道占不到便宜了，便也只能灰溜溜的離開。

待得姚錦華把大門一關，眾人終於長長的吁了口氣。

「趕緊收拾吧，一會兒還要趕回南山坳幫忙呢。」田桂花拿著掃帚「唰唰唰」飛快的將地上的瓜子殼、乾果殼掃在一起。

而此時，花轎通過了山坳口高高的大門，直奔山坳裡那幢六間一體的大房子而去。

鞭炮聲驟然炸響，疊加上山坳裡的陣陣回聲後，那聲浪就此起彼伏的響了起來。月寧嚇得捂住耳朵，花轎卻在這時落了地。轎簾掀起，月寧順勢抬頭，就看到一隻黝黑的大手拿著根紅綢塞進來。

月寧很糾結，想著自己是該去接紅綢呢，還是要讓自己的耳朵被鞭炮聲轟炸。季霆見狀，直接將那紅綢繞過月寧的小臂打個結，然後彎腰進轎裡將月寧抱了出來。

月寧蜷在季霆懷裡，鼻尖全是季霆身上淡淡的皂角香味，響亮的鞭炮聲中似有人在哄笑叫好，可她這會兒什麼都看不到，便也就自欺欺人的告訴自己——她什麼都不知道。

阿香娘見此跺了跺腳，便忙快走兩步指揮著季霆踩在五穀袋上走，引導他跨過火盆，越過門檻，一步步進入那幢氣派漂亮的房子。

喜堂裡，姚鵬和張嬸早就在高堂的位置上坐好了，而荀元、姜金貴和幾位姜家族老則分兩邊坐在大廳兩側寬大的竹製羅漢床上，等著一對新人進來拜堂。

牛車的速度要較花轎快得多，眾人在廳裡坐定後，茶都已經續過一杯了才聽到外頭鞭炮聲響起。只是待眾人看季霆抱著新娘子一路踩著五穀袋進來，不由得哈哈大笑起來，指著季霆紛紛笑罵他「不像話」。

「新人拜堂啦！」隨著阿香娘拉長音調的喊聲，季霆也走完了五穀袋，站到了廳中。

「一拜天地！」季霆扶著月寧一同面朝大門，徐徐拜下。

「二拜高堂！」兩人轉身，朝著坐在高堂椅上的姚鵬和張嬸誠心下拜。

「夫妻對拜！」季霆先扶月寧站好，才後退三步，先一步拜了下去。

自古夫妻對拜，就有誰先拜下去，以後夫妻相處時就要處於下風的說法。季霆打心裡覺得自己媳婦漂亮聰明，什麼都懂什麼都會，他甘願一輩子聽她的話，在她背後寵她、護她一輩子。

四周的鼓掌叫好聲和哄笑聲突然響起，把月寧嚇了一跳。她蓋著蓋頭什麼都看不到，被阿香娘輕輕推了下才知道要彎腰下拜，結果拜急了，下巴就磕到季霆的腦袋上了。

觀禮的眾人一愣，隨即爆發出更加響亮的鼓掌聲和哄笑聲。

這狀況百出的婚禮，阿香娘也是受夠了，連忙高喊一聲。「禮成！送入洞房啦！」然後就火急火燎的引著一對出糗的新人，往樓上的新房去。

二樓的新房整整占了四間屋子的面積，那真是又大又氣派。屋裡所有的門窗上都貼了雙喜字，大紅的喜燭正在堂上的案桌上燃得正亮。

月寧被扶進內室，在炕床上坐下後，手裡的紅綢就被收走了。

季霆看著炕上的新娘，緊張的深吸了口氣，才在阿喜娘的催促下，拿秤桿掀起了月寧的蓋頭。

眼前驟然的光亮，讓月寧反射性的抬起頭來，然後她就對上他的視線。眼前雄壯如山嶽般的男人，漆黑如墨的眸子裡正倒映著一個小小的、身穿喜服的她。

月寧忍不住抿嘴一笑，一雙美眸微微彎起，那裡頭如綴了星辰般星星點點，襯得她那張雪白如玉的小臉顯得分外的招人。

季霆盯著她嘴角的那抹笑，腦中一片空白，愣了半晌才在喜娘催促的聲音中回過神來。

阿香娘也是被今天一齣又一齣的意外給嚇怕了，深怕季霆又要弄出什麼出格的事來，她端起桌上的白瓷酒盞，一邊一只塞到兩人手中，然後故意朝季霆大喊一聲。「新郎、新娘喝交杯酒啦。」

季霆看著月寧捏著酒盞的纖細手指，身體前傾靠近她時，目光不覺上移到她美麗姣好的臉上，含入盞中的那口酒，也像是沒了酒味，成了他覬覦已久的女兒香。

婚禮的規矩多，坐了床，撒了帳。月寧頭頂著兩顆花生，坐在撒滿桂圓蓮子和花生的炕上，吃了一口半生不熟的餃子，還被阿香娘逼著問：「生不生？」

月寧垂眸故作害羞的低低應了聲「生」，這才被眾人放過。

等禮數都周全了，陳大娘和阿香娘把眾人都趕下去坐席，還很體貼的幫兩人把門給帶上了。

內室裡就只剩下了月寧和季霆兩人，月寧轉頭朝季霆微微一笑，美眸清亮似綴了星辰在其中，直笑得季霆也忍不住跟著彎起嘴角，伸手撫上她雪白的臉頰。「累不累？」

「還好。」月寧握住他的大手，問他。「你不下去敬酒嗎？」

「要去的。」季霆低頭看著她，深邃的眸子清楚的倒映出她嬌美的容顏，看得月寧驚了一下，一顆心就撲通撲通的亂跳起來。

「季石頭？」

季霆伸手撩開她耳邊垂下的一縷髮絲，低頭柔聲與她道：「我叫秀寧給妳送吃的上來，妳吃了就先歇會兒，等我送了客就上來陪妳。」

月寧這才抿唇一笑，催他道：「趕緊下去吧，再不下去就要叫人笑話了。」

季霆傾身用力抱了她一下，在月寧反應過來之前驟然放開她，起身往外走去。他走沒一會兒，沈香和秀寧、秀樂就端著水和吃食進來了。

月寧進裡側的浴室洗了手臉，又換了身寬鬆的紅色襦裙，這才出來坐到桌邊，端起碗一邊吃飯，一邊跟秀寧和秀樂聊天。

沈香拿了月寧的嫁衣，拿到一邊仔細的掛起來。

秀樂與月寧說到今天婚宴的盛況，興奮得小臉都紅了。「今天樓下可熱鬧了，季四叔的朋友來了好多，原本準備的六桌席面根本就不夠。聽說光鏢局的人就占了三張桌子，爺爺讓人臨時又擺了八張桌子才把人都安排下來呢。」

農村的大桌子一桌能坐十個成人，十四桌豈不有一百四十人？

月寧驚訝的差點沒嗆著，清了清嗓子才看向秀寧，道：「多了這麼多人，準備的酒菜豈不就不夠了？」

秀寧笑著安慰她，道：「幸好原本就多準備了十桌晚上留客的席面，多了八桌人倒也不怕，就是晚上若還有客人留下吃飯，就得去鎮上現買現做了。」

只要事情不是全都擠在一塊就好解決。月寧想到方才在樓下拜堂時聽到的一星半語，問秀樂。「宴上可有人問起季家人？」

秀寧和秀樂對視了一眼，有些不太高興的點了點頭，道：「姜家的二祖爺爺進門時就問了，說季四叔辦喜宴，怎麼沒請季爺爺、季奶奶，還是七叔祖說已經斷親了，請不著了，才讓二祖爺爺消停了。可這事到底沒公開說明，私下問起季爺爺、季奶奶的人還不少。」

秀樂皺著眉頭，老大不高興的道：「季四嬸，妳不知道，看著那些人在那裡嘀嘀咕咕的樣子，太讓人難受了，好像咱們做了什麼見不得人的事呢。」

秀寧看看不開心的小堂妹，嘆了口氣對月寧道：「哪裡是咱們不請季爺爺、季奶奶嘛，季四叔十六那天就提了小四樣去季家請人，結果被季奶奶連人帶東西都扔出來的事，村裡有不少人都看見了，我就不信他們一點都不知道。只不過人嘴兩張皮，今天的婚宴辦得這樣熱鬧，季四叔的朋友來了這麼多人，又送了那麼多的禮來，有些人看了難免要眼紅。這眼紅病一犯，可不就要說咱們幾句閒話，以求心中平衡嘛。」

季霆十六那日去季家請人的事，月寧還真一點不知道。她不禁開始深深的檢討自己，她這做人未婚妻的實在是太不稱職了。

婚禮的一應事務，都是張嬸和秦嬤嬤一手操辦的，她除了做個美美的新娘，還真是啥事都沒在管。真的不能過得這麼渾渾噩噩了，月寧看著秀寧道：「今天來送禮的人很多嗎？」

秀寧和秀樂兩人齊齊點頭。

秀寧道：「不說季四叔的那些朋友，就是陳師傅那一幫人，和原本招來起房子的那二十人都隨了禮，村裡請來幫工的那四十人咱們就沒請，不過請來坐席的人都是帶了禮來的。送到這邊的禮都是立安登記的，家裡那邊好像是荀大哥登記的。今天事情多，只怕他們也忙不過來，明兒他們應該就會把帳冊送來給嬸嬸過目了。」

禮尚往來的東西，今天送來的禮，以後都是要還回去的，確實馬虎不得。月寧點點頭，幾人又聊了些別的，等月寧吃完飯，沈香收拾了碗筷就下去了，獨留秀寧和秀樂在屋裡陪著月寧。

午宴一直吃到申時才散席，可因為南山坳離村子有些遠，晚宴酉初就開了，等所有的客人吃好了離開，天還是亮的。

季霆和姚鵬一起將最後一批客人送上牛車，目送著他們離開了南山坳，這才終於大鬆了口氣。

姚鵬拍拍季霆的肩膀，趕他回房道：「你收拾收拾就回房去吧，這裡交給你二哥他們收拾就成了。」

今天是他成親的好日子，季霆也確實等不及想回房了，便也就不推託了。謝過姚鵬和張嬸等人之後，繞去廚房提了一大桶熱水就上了樓。

沈香一見季霆上來，連忙上前行禮。「姑爺。」

「月兒呢？」季霆一邊問，一邊提著熱水往臥房後頭的浴室走去。

「小姐才剛睡下。」沈香飛快的收拾好自己的東西，跟季霆打了聲招呼，就匆匆下樓去了。

季霆去外屋閂好了門，轉去內室看了眼睡著的月寧，就拿了換洗的衣服去了浴室。等他收拾好了出來，龍鳳喜燭已經燃了一半。

月寧身上蓋著床薄被睡在炕上，白皙的小臉半隱在燭光的陰影裡，像個毫無防備的孩子。看得季霆心中一動，走近了俯下身去看，才發現月寧身上的嫁衣不知什麼時候已經換下了，如今穿著身規矩的中衣，紅如嫁衣的顏色，襯得她更是膚白如雪，讓他白日裡被迫中斷的某些念頭，如今越發清晰起來。

腦中又想起月寧白日時說過的話，季霆眼中閃過一抹暗芒，踢掉鞋子翻身上炕，便傾身朝著他想了半日的粉唇吻了下去。

月寧迷迷糊糊的醒轉過來，神志尚未清明就被季霆吻了個暈頭轉向，他就像個耐心十足的獵手，吻到她幾乎窒息。

等被放開時，月寧生平第一次感覺呼吸是這般的美妙，她胸口急促起伏著，抬眼迎上季霆一瞬不瞬盯著她的眼神。他低頭抵上她的額，聲音低啞的開口。「月兒。」

現在也不管外頭天黑了沒，看著季霆幽深的眸子，呼吸著他身上帶著淡淡酒氣的皂角香味，月寧知道自己這次是再也躲不過了。她伸手摟住季霆的脖子，仰頭就往他的唇角親去。

這一吻就如同一點星火般，將他整個人都燃起來了，季霆立即化被動為主動，低頭尋著她的唇便細細密密的吻起來……

待到季霆饜足的長長吐出一口氣，月寧已經累得整個人都有些迷糊了。方才的一切簡直就是一場災難，因為缺乏經驗，除了一開始還有些滋味，後來月寧除了痛就還是痛了。

季霆緩過了勁來，連忙低頭去看懷裡的小媳婦，見她臉色蒼白的閉著眼，眼角還有淚痕未乾，不禁又懊惱起來，低頭輕吻著月寧的額頭，輕聲喚她。「月兒，月兒，妳還好嗎？」

「疼……」

聽著這一聲氣若遊絲的哼哼，季霆心疼壞了，心裡後悔自己索求太過，可在那種時候，他是真的忍不住。

「妳先別睡，我抱妳去洗一洗，等一會兒給妳上了藥再睡。」季霆說著翻身下地，用薄被裹了月寧就抱去了浴室。

月寧這會兒又痛又累，也沒聽清季霆說了什麼，等清洗好了出來，季霆拉著她的腿要給她上藥時，月寧才猛然驚醒，盯著季霆手裡的藥。「你這藥是哪兒來的？」

季霆齜牙一笑。「朋友今天送的。」

月寧驚悚。「你那什麼朋友？怎麼會送你這個？」

「一個住在清源府，走黑道的朋友。」季霆邊說，手上動作不停。「我原也沒想要請他的，誰知他從別人處聽到消息就趕來了。這東西是他花大把錢特意給我尋的，本以為送遲了，他覺得丟了可惜就還是給我了。我如今倒是感激他將這藥帶來，不然這會兒我就只能看妳難受了。」

這種事情，這種藥……月寧已經窘到完全不知道該說些什麼了。她自暴自棄的把眼一閉，再醒來時已經是第二天早上了。

月寧眼睛還沒睜開，就感覺到了身邊正散發著無比熱力的人形暖爐，她睜開惺忪的睡眼，抬頭就撞進季霆幽深的眼裡。

「醒了？」

月寧嗯了一聲，才想抬手揉揉眼睛就忍不住「嘶」了一聲。

「怎麼了？還會痛嗎？」昨晚因為擔心她，他可是一整夜都沒睡好，後來就是再意動也沒敢再鬧她。

月寧感覺全身都不得勁，特別是腰腿部分，簡直就跟做了兩百個仰臥起坐和急跑兩千公尺的後遺症一樣，又痠又疼的，還疼得都很不是地方。

月寧怕擦槍走火，實在沒勇氣叫季霆幫她按摩，只能看著窗外透進來的微光顧左右而言他。「現在什麼時辰了？」

「卯時剛過兩刻，時辰還早，妳再睡會兒。」

月寧抹了把額上熱出來的汗，道：「我想洗個澡，你下樓看看沈香起來了沒有，讓她給我燒鍋洗澡水吧。」

季霆簡直就跟團巨形火爐似的，他平時早起，出門幹活時她還在睡覺，所以還不覺得，可今天被他摟著從睡夢中醒來，她才知道被這人抱著有多熱。

季霆是個寵媳婦的好男人，媳婦說要洗澡，他也就翻身起床，下樓給她弄熱水去了。

只是等月寧才穿好衣服起來，秦嬤嬤和沈香就上來了。

「小姐，您還好吧？」秦嬤嬤一上來就拉著月寧，將她上上下下打量了一遍。她關切又隱含深意的眼神讓月寧立時就燒紅了臉。她不自然的輕咳了一聲，才羞赧的搖了搖頭。「沒，沒事啊，我能有什麼事。」

秦嬤嬤見她這樣，不禁又問：「姑爺昨晚……」

「奶娘！我很好，真的，妳別擔心。」月寧急急打斷秦嬤嬤的追問，心裡的羞惱有些帶到了臉上。她縱然是從現代穿來的，可也沒有跟人分享新婚夜的愛好。

沈香把手裡的托盤放到桌上，將一碗紅糖雞蛋端到月寧面前道：「小姐，這是嬤嬤一早起來特地給妳弄的雞蛋，妳趁熱吃了吧。」

白瓷碗裡臥著四個白胖的雞蛋，紅褐色的糖水散發著甜味，讓人一看就很有食慾。月寧抬頭向秦嬤嬤一笑。「謝謝奶娘。」

沈香過去收拾床鋪，秦嬤嬤就在月寧對面坐下，一邊看著她吃紅糖雞蛋，一邊一臉憐惜的感慨。「若是您沒出意外，新婚第二日原本是要喝雞湯的。」

月寧現在一聽雞湯二字就泛噁心，她探頭往樓梯口看了眼，然後才跟秦嬤嬤鄭重道：「奶娘，妳可別再跟我提雞湯，妳家姑爺之前逼著我連吃了快兩個月的各種雞湯，吃得我現在看到雞都能難受半天。」

說到這個，秦嬤嬤的失落就消失無蹤了，她瞪著眼睛嗔怪道：「那是姑爺看重您、心疼您，您可別身在福中不知福了。這大災年的，您看這滿大街的災民連草根都吃不上了，您天天有雞湯燉米粥喝還嫌棄?!」

這一點月寧自然知曉，只是：「再好的東西吃多了也會膩的，更何況我原本就喜歡食素。」

第四十九章

沈香把炕上的被褥疊好後收到炕櫃裡去，然後在炕上找遍了也沒找到秦嬤嬤說的帕子，不由轉頭向正面對著她的秦嬤嬤搖了搖頭。

月寧抬頭正好瞧見秦嬤嬤在看她身後，她轉身就看到沈香正在搖頭，見她望過去還嚇了一跳，一副驚慌失措的模樣，她不由挑眉回頭看秦嬤嬤。「什麼事？妳們有事瞞著我？」

秦嬤嬤恨鐵不成鋼的瞪了沈香一眼，直把沈香瞪得垂下了頭，才跟月寧說：「其實也沒什麼不能說的，奴婢只是在上樓之前，吩咐她把小姐的元帕收起來，看看被褥上若是有髒污就拆了洗，這丫頭方才跟奴婢擺手，是在說沒找到元帕呢。」

元帕？月寧腦海裡倏地閃過電視劇裡非常經典的一個鏡頭，那就是後宅女主人身邊得力的管事嬤嬤，帶著兩個小丫頭走進新房，要驗看新人新婚夜墊在身下的一條白帕子。

而這條白帕子上往往需要留下某些痕跡，才會讓管事嬤嬤露出滿意的笑容。

月寧無語的看著秦嬤嬤。「奶娘，咱們才是一夥的吧？我以為驗看元帕是男方家女性長輩的愛好，怎麼妳也有這種愛好啊？」

「瞎說什麼呢？」秦嬤嬤嗔道：「您要是沒出意外，老奴也就不費這個心了，可您曾經落到過人牙子手裡，這元帕就是您忠貞的唯一證明。眼下姑爺看著還是個好的，可這男人都是喜新厭舊的，老奴得為小姐打算，保存好元帕，也算是給您留一份保障了。」

月寧聽得有些目瞪口呆，不過也不得不說秦嬤嬤看事長遠，她到底不是土生土長，對這陋習還真沒特別放心上。她偏頭努力回憶了下，隱約記得昨天季霆在抱她去清洗前，好像把什麼東西收進了床頭櫃下的抽屜裡。

不過那是他們夫妻間的私密東西，月寧並不想拿出來給秦嬤嬤和沈香旁觀，所以只道：「既然炕上沒有，大概就是妳們姑爺收起來了，晚些時候我再問問他吧。」

秦嬤嬤立即叮囑。「這可是要緊事，您可不能忘了。」

「知道了知道了。」月寧敷衍的答應著，又問起禮物的事情來。「昨天荀叔家、馬大哥家和姚叔家的被子，妳讓他們帶回去了沒有？」

「帶了，帶了，您事先就吩咐了這麼一件事，奴婢怎麼會忘？」秦嬤嬤想到昨天眾人收到被子時的驚愕，與來坐席吃酒的人豔羨嫉妒的目光，她就忍不住興奮。

「昨天那些來吃酒席的人看到咱們拿被子酬謝荀、馬、姚三家人時，有些人還說咱們慷姚家之慨，拿姚家的東西給自己做臉面呢。」沈香說著得意的一笑，道：「不過後來被田家大嫂數落了之後，知道那些被子都是小姐您用自己做繡品賺的銀子買的，就羨慕到不行了。」

月寧道：「會對咱們送被子有微詞的，大概也就是幾位族老家的人了吧。」

沈香不解。「您怎麼知道就是幾位族長家的人會對咱們有微詞，這不是還有村長家的人嗎？」

「村長我見過，挺精明的人，聽妳家姑爺說村長夫人也是位精明賢慧的。他們夫妻總共也就兩子一女，人口簡單，與咱們又沒有什麼利益衝突，斷不可能會在昨天那種場合對咱們說三道四的。」

沈香這才恍然大悟。

秦嬤嬤又問月寧。「荀大夫那裡只送兩床被子，這禮會不會太輕了點？畢竟小姐您如今能好端端的，荀大夫功不可沒啊。」

月寧點頭道：「我能好端端的坐這兒，馬、姚、荀三家人都沒少出力。都說救命之恩當湧泉相報，咱們如今在這裡落了腳，來日方長，恩情記在心裡以後慢慢的回報就是了。荀家就荀叔他們爺孫兩個，家裡沒個女人，日常的吃喝雖然不愁，不過這四季衣裳、被褥鋪蓋什麼的就不行了，咱們平日裡多看著些，幫他們操持著也就當報恩了吧。」

秦嬤嬤和沈香聽了，也覺得這樣挺好，也就欣然應允了。

月寧這時才記起下樓就跟失蹤了似的季霆，問秦嬤嬤。「奶娘，季霆可是在樓下燒水？」

秦嬤嬤板起臉來訓道：「小姐，您可不能這麼直呼姑爺的名諱，您應該稱姑爺相公或是夫君的。」這話她其實早就想說了，小姐在有外人在場時，倒也會記得稱呼姑爺一聲夫君，可私下裡就季霆、季石頭的亂叫。

她自己叫得順口，姑爺也不當回事，荀、馬、姚三家的人聽到了也跟沒事人一樣的不見外，秦嬤嬤才一直忍著沒說。可如今自家小姐都嫁為人妻了，秦嬤嬤覺得她還是該提醒一下月寧，省得自家小姐恃寵而驕，讓新姑爺有了厭棄她的藉口。

月寧可不知道秦嬤嬤心裡是這麼想的，她只一句話就堵住了秦嬤嬤的嘴。「可季霆就喜歡我叫他名字啊，他說滿大街的女人都是這麼叫自家男人的，我叫他夫君時，他總以為我在叫別人，他覺得彆扭，所以堅持讓我叫他的名字。」

全天下的女人都是這麼叫自己男人的，也沒見那些男人覺得自家媳婦在叫別人相公，怎麼就她家姑爺這麼奇葩呢?!

月寧見秦嬤嬤不說話了，便又舊事重提，道：「奶娘，妳還沒回答我的問題呢，季霆是在樓下燒熱水嗎？」

不用秦嬤嬤開口，沈香就搶先一步道：「小姐，姑爺去山坳口那邊了。昨天姑爺原本說好要給那些請來幹活的人放一天假的，可今天一大早，我跟嬤嬤起來就發現村裡的那四十人一早就已經在山坳口整地了。」

秦嬤嬤笑咪咪的道：「姑爺說過去看看就回來，小姐您就別擔心了。」

「我有什麼好擔心的？」月寧不想臉紅的，可面對秦嬤嬤若有所指的眼神，她招架不住的連忙轉移話題，道：「對了，姚嬸她們昨天有沒有說今天過來？」

沈香點頭道：「自然是要過來的，昨天廚房裡還剩下不少東西未動，雖然我們一早就把東西吊到井裡存著了，可今天要是不吃掉，說不準就得壞了。」

農家擺喜宴，只要肉菜多，這宴就是好宴。月寧如今手裡不差銀子，季霆為了把喜宴辦得隆重、風光，二十桌酒席就買了兩頭整豬回來備著。

為了把這兩頭豬上的肉和零件都用上，昨天宴席上的十道菜都是葷的，就這樣都還剩了大半頭豬沒用掉，只能吊井裡擱著。

月寧想了想道：「要不……那剩下的半頭豬咱們直接都下鍋滷了吧。」

「都滷了也吃不完啊！」秦嬤嬤想到井裡吊著的那大半頭豬，和兩副動都沒動過的豬頭和豬下水，也有些犯愁。

這大災年的，別人飯都吃不上，他們要是浪費那些肉食，會良心不安的。

「吃不掉就拿去賣掉。」月寧眼中閃過一抹精光，一臉自信從容的看著秦嬤嬤，道：「反正咱們原就是打算做滷味這個營生的，既然如今手裡有現成的食材，咱們早上把肉都滷好了，午後就讓季霆他們拉到鎮上去試著賣賣看。咱們現在家裡牛車、騾車都不缺，讓男人們分頭去鎮上賣，先試一下水。若是好賣，咱們之後每天就多準備一些滷味，若是一時難以賣出去，心裡也好有個數，以後少準備些食材也就是了。」

沈香有些遲疑的道：「可您跟季家二爺定的那個車，不是還沒做好嗎？」

季武的師傅是鎮上有名的木匠師傅，季霆稱他木貴叔。自打月寧將餐車的訂製任務交給季武之後，木貴叔帶著季武和另一個小徒弟錢海，三人從早忙到晚，中間還因為幾處改動和創新，特意過來請了月寧和季霆過去參與討論。

照當初的協議算，這餐車的訂製時間是已經超時了的。只不過當初木貴叔給餐車做的幾處小改動非常的出彩，所以月寧並不介意季武他們交貨遲了。她嚥下最後一口紅糖水，一邊推開碗，一邊抬手用帕子擦嘴道：「餐車的事不急，木貴叔的手藝不錯，讓他們慢慢做，也好精益求精。」

沈香收了碗就下樓去了，秦嬤嬤想著要去收拾昨天留下的那些沒動過的食材，也要跟著起身下樓，卻被月寧叫住了。

月寧去梳妝檯下面抱出一個全新的原木盒子，打開給秦嬤嬤看，道：「奶娘，這是上月妳做繡活賣的銀子，一共一千三百零四兩，您先收著。」

秦嬤嬤一聽就拉下了臉，不高興的道：「怎麼？小姐這是才嫁了人，就要跟奴婢生分了嗎？」

這世上還有給銀子還不高興收的？

月寧簡直哭笑不得。「給妳銀子就是跟妳生分了呀？那要照妳這麼說，難道我要壓榨妳一輩子才是不跟妳生分嗎？」

秦嬤嬤板著臉肅然道：「您是奴婢一手帶大的，說句不敬的話，奴婢是打心裡拿您當自己親生女兒看待的，小姐出嫁，您還不許奴婢繡點東西、賣了銀子給您補貼一二了？」

月寧把盒子合上，拿在手裡向秦嬤嬤笑道：「那我也說句心裡話好了。我除了不是從奶娘妳肚子裡出來的，咱們相依為命這麼多年，跟親生母女也沒什麼差別了。妳硬要跟我堅持這主僕有別，我拿妳沒辦法。可將心比心，我拿奶娘妳當親娘看，平時沒孝敬妳就算了，還要拿妳的銀子，妳叫我如何心安啊？」

秦嬤嬤聽得紅了眼，月寧乘機把手裡的木盒子塞到她手裡，握著她的手誠懇道：

「奶娘，妳和沈香在我心裡從來就是我的娘親和妹妹，我若是連娘親和妹妹的銀子都貪，那還算是人嗎？這銀子妳先自己收好，沈香上次的荷包也賣了三百二十兩，她的銀子我就先留在手裡了。那丫頭也到了該相看的年紀，我得幫她把這些銀子攢起來，等她出嫁時給她買田置地。」

女子出嫁，嫁妝越是豐厚，越能得夫家的看重。

秦嬤嬤感慨道：「沈香這丫頭要不是當初遇到小姐，早就沒命了，可見也是個有福的，不然哪裡能有如今這樣的好日子過？」

「以後我們的日子只會越過越好的。」月寧微笑著跟她保證。

秦嬤嬤看著她的笑臉卻抿唇不說話了，她從沒想過她的小姐能夠獨霸丈夫的寵愛，可她嫁給了季霆，生活軌跡就發生了天翻地覆的變化。

新姑爺雖說不得父母喜歡，沒田沒地的被趕出來單過後，還要時時遭極品娘和兄嫂的搜刮，日子糟心到不行。可誰知季洪海會趕在兩人擺成親宴之前，就著急忙慌的跟季霆斷了親，她家小姐一嫁進來就能自己當家作主，還不用為維護公婆、兄嫂的關係而煩惱，這樣清爽無憂的日子，秦嬤嬤以前作夢都不敢想。

想到那個如熊一般魁梧雄壯的男人對月寧的寵愛和遷就，秦嬤嬤也說不上來月寧失去了嫁入高門的機會，是倒楣還是走運。

十月的太陽雖然已經沒有了夏日的炎熱，可因為南山坳向陽，氣溫仍舊不低。秦嬤嬤忙著下樓處理昨天剩下的食材去了，月寧身上不適卻又不想在床上挺屍，便開門走到了陽臺上。

這幢二樓的小別墅因為坐北朝南，二樓臥室的陽臺是斜對著山坳口方向的。暖融融的太陽照得月寧有些睜不開眼，她手搭涼棚往山坳口看，也只能看到不少人在那邊忙活。

因為距離遙遠，所有人看上去都差不多，她一時也分辨不出哪個是季霆。月寧無奈的搖搖頭，倒也沒有怨怪季霆的意思，在陽臺上站了一會兒就返身回屋，往東次間的書房兼繡房走去。她如今晨起或是蹲下起身時已經不會感覺頭暈了，只不過身體好了，月寧也沒準備多繡繡品拿出去賣。

她的繡藝雖然堪稱大家，可因為前身想要入宮選妃的遠大抱負，之前所做的繡品都是以孝順長輩的名義，送去太傅府討陳老太太歡心。如今她流落到這鄉下，嫁的男人無權無勢，一年偶爾賣個幾幅繡品還沒事，可要是太過高調了，一旦被人知道她一幅繡品能賣出千兩的天價，惹得本家那邊起了貪念，回頭派人來把她綁回去，圈禁起來給他們刺繡賺銀子那可就遭了。

嫁漢，嫁漢，穿衣吃飯。

既然嫁人了，月寧覺得她也該入鄉隨俗，依附男人而活。不然老是這麼能幹，一月千兩的賺回家來，銀子來得太容易，萬一把季霆養成懶漢可就糟了。

走到緊挨著窗戶的書桌前，月寧從抽屜裡取出紙和炭筆，便坐下慢悠悠的塗畫起來。既然大家都知道她是出身高門的落難小姐，那她就應該是柔弱又嬌氣的，每天只知道吟詩作對、畫畫彈琴，多做一會兒女紅都嫌累，才符合普羅大眾對一個高門千金的理解嘛。

新婚第二天，月寧就果斷決定從此以後就負責貌美如花，讓自己男人努力賺錢養家去。

月寧一排的員工宿舍設計圖還沒畫完，季霆就提著兩桶熱水上樓來了，他先去浴室將熱水兌好，然後才滿頭大汗的出來找月寧。「媳婦，我把熱水弄好了，妳去泡澡吧。」

月寧從書桌前回頭，看他忙到滿頭大汗，不禁有些無奈，道：「怎麼流了這麼多汗？你是從山坳口那邊跑回來的？」

季霆不在意的抹了把汗，嘿嘿笑道：「我今天給那些請來幫工的人放了假，秦嬤嬤卻說他們一早就跑來上工了，我就去看了一眼，怕妳等急了就快跑回來了。」

月寧好奇道：「怎麼會給放了假又跑來上工了？」

季霆就感慨道：「咱們原本雇他們來就是為了起房子的，如今房子建好了，村裡人怕丟了差事，所以不敢休息。」

月寧想了想，把畫了一半的圖紙和炭筆放下，轉身笑看著季霆道：「咱們現在手裡不缺銀子，等買了南面的這個山頭，靠你一個人肯定是忙不過來的，不如趁此機會，你從那二十個人中挑幾個人買下來吧。」

「買、買人？」季霆愣了愣，感覺有些夢幻，他幾個月前還是個走南闖北的小鏢師，如今才幾個月，他就要過上買人當大老爺的日子了？

月寧起身過去拍拍他，見他的眼神還有些呆滯，不禁笑道：「你怎麼這副表情？忘了咱們在這南山坳買了多少畝地了？」

季霆一下想起鄭書吏那天大手一揮的壯舉，想到他們手裡的地契上雖然只寫了五百三十畝，可他們實際已經是擁有近七百畝地的小地主了。

季霆感覺就跟作夢似的，撓頭道：「這麼多地，是要買些人回來打理才是。」他嘴裡說著要買人的話，臉上的神情卻還是恍恍惚惚的。

月寧好笑的推他到竹椅上坐下。「你在這兒坐著好好想想，看那些人裡頭有哪些人適合留下來給咱們幹活吧。」說完，她就回房拿衣服去浴室洗澡去了。

舒舒服服的洗了頭又泡了澡，月寧在浴室裡磨蹭了足有大半個時辰，才穿好衣服，擦著頭髮出來，結果一看，季霆還坐椅子上發愣呢。

「怎麼還沒回神嗎？」這心理承受度不行啊，月寧不高興的微微皺了眉，上前伸手輕戳季霆的額頭，嗔道：「不就是買幾個人嗎？看把你嚇的。」

季霆抬頭見月寧一頭長髮濕答答的站在面前，忙起身將月寧按到椅子上，拿過她手裡的棉布巾給她擦頭髮。半晌，他才聲音低沈的道：「買幾個人還不至於嚇到我，我只是感覺有些不可思議。」他說著笑了起來，目光溫柔的低頭看著月寧，給她擦拭頭髮的動作更加輕柔了。

月寧笑容嬌俏的昂頭看他。「別人都說你能娶到我這麼個漂亮媳婦，是走了狗屎運了。可我想過了，你要是沒有我在背後出餿主意，興許跟你爹娘、兄嫂的關係還好好的呢。現在鬧到你爹跟你斷親的地步，我功不可沒，我都覺得自己像個禍水似的。」

季霆嘴角揚起一抹溫柔的笑，低頭在月寧的額上珍惜的印下一吻。「妳這禍水挺好的，我就願意讓妳禍禍。」

這話月寧愛聽。她「咯咯」笑著扭身在季霆臉上親了一口，才重新坐好了讓他給她擦頭髮。

晨光透過窗格子照在兩人身上，照亮了兩人嘴角幸福溫暖的笑，也將兩人一坐一站的影子在地上照得老長。不時交疊在一起的影子顯得親密又溫馨，讓上樓來給月寧送水的秦嬤嬤，只探頭看了一眼，就提著茶壺笑咪咪的又轉身下樓去了。

季霆給月寧擦乾了頭髮，梳順了，又親手給她編了條辮子，但想要給她盤髻時，卻弄成一團糟。

「這頭髮還挺難盤的。」他心虛的嘀咕著，又飛快的將她的辮子給拆了。

月寧看著銅鏡中季霆模糊的倒影，一邊笑一邊岔開話題道：「我給咱們這房子取了個名字，你覺得叫善水居怎麼樣？」

「善水居？」季霆聽著這似乎飽含深意的名字，虛心請教月寧。「這名字有什麼深意嗎？」

「咱們屋後不是有條山溪嘛，善水就是善上若水的意思。這個成語出自《老子》的『上善若水，水利萬物而不爭，處眾人之所惡，故幾於道』。」

季霆聽得腦袋頓時成了一團漿糊。「不懂。」

月寧好脾氣的柔聲跟他解釋一番。待她說完，季霆點點頭，臉上的神色卻有些黯淡。

月寧看他這樣，心下只略一思量便知道他在想些什麼了，她想了想便重又揚起笑臉，問季霆。「哎，我記得你是識字的，對吧？」

面對才高八斗的媳婦，季霆心下感覺有些難看，不過還是老實道：「只粗略識了幾個字。」

「我是這麼想的啊。」月寧轉身拉著季霆的手，跟他商量道：「你看，咱們現在地契上已經有五百三十畝地了，雖然荒地能免稅三年，可三年以後還是要交稅的，那可要不少銀子呢。我就想著你反正閒著也是閒著，不如努力努力，咱們考個秀才唄。不然咱們兩個平頭老百姓，就是想買個人回來幹活都不能簽賣身契，只能簽雇工契書，而且見官還得下跪，每年還要應付官府的各種徭役，想想都很虧啊。」

季霆的眼睛又開始發直了。「媳婦，秀才可不是說考就能考的，我不行啊。」

「你還是不是男人啊?!咱們才成親，你就說自己不行，你是想要鬧哪樣啊？」月寧不高興的扠腰瞪他。

第五十章

季霆立刻了解月寧的意思，想笑又覺得不該笑，有些無奈的伸手摟過月寧，道：「我不是說那個，我是說我都這麼大年紀了才開始讀書，只怕這輩子都沒機會考上秀才的。」

「誰說的？」月寧不滿的拿手指戳他。「人要活到老學到老，你懂不懂？考個秀才只需讀十三本書，簡單的幾天就能背下一本，難的讀個兩、三個月，應該也能囫圇背下來了。咱們按三個月熟讀一本書來算，十三本書花個三、四年還不能讀透嗎？你努力努力，三年後考個秀才功名回來，咱們正好可以省下一筆稅銀。」

月寧越想越覺得這個主意好，推開季霆的手跑到桌邊，從抽屜裡拿了張紙就拿起炭筆書寫起來。

古代的科舉從孩子啟蒙開始要讀：《聲律啟蒙》、《三字經》、《百家姓》、《千家詩》，然後是《論語》、《孟子》、《大學》、《中庸》和《詩經》、《尚書》、《禮記》、《周易》、《春秋》等九本書。

月寧寫了書單，拿起來衝季霆晃了晃，道：「咱們下午去鎮上書肆買書吧？像是啟蒙的書和《論語》、《詩經》這些，我都能教你，等你學得差不多了，咱們就請個先生回來教你讀書。」

季霆看著興致勃勃的媳婦，心裡慌到不行。他舞刀弄槍快二十年了，殺人他不怵，可讀書……那軟趴趴的毛筆，可比刀槍棍棒難駕馭多了。

「媳婦，這事咱們再商量商量。」

「這有什麼好商量的？」月寧不讓他有退縮的機會，把書單往桌上一扔，上前摟住季霆的脖子，踮腳在他的唇上用力親了一口，才笑盈盈的問他。「我可是讀過不少書的呢，你難道就不想日後跟我紅袖添香，婦唱夫隨嗎？」

不得不說，這個主意很誘人。季霆盯著月寧看了良久，才有些動搖的道：「要是……我一直考不上怎麼辦？」

月寧不在意的道：「真考不上就算了，反正多讀點書又沒害處，你先學學看嘛。」

季霆想了想便點點頭，目光堅定的說：「那我試試看。」

巳時初刻，姚、荀、馬三家人就坐著牛車到了南山坳，姚、馬兩家去私塾讀書的孩子這次都回來了，姚鵬和荀元幾個老的帶著自家小輩和馬家的三個孩子先一步到，田桂花和姚錦華等人則要在山坳口給那些幫工發了午飯，才一起坐車到善水居。

午飯開了兩桌，男人和女人、孩子各一桌，飯菜都是沈香一手操辦的。白菜肉丸湯、馬鈴薯燉排骨、韭菜炒雞蛋、山雞燉蘑菇、黑木耳炒豬耳朵、紅燒肉、爆炒肥腸和微帶辣味的酸菜魚八個菜，再加一桶大白米飯，兩桌人都吃得飽飽的。

飯後秀寧、秀樂和姚立安帶著馬建康，慧兒和小建軍出去玩了，一眾大人則移步到廳堂坐下，商量起下午去鎮上賣滷味的事。

秦嬤嬤說：「兩個豬頭和豬下水都已經滷好了，那半扇豬肉除去三十多斤豬後腿肉，排骨和前腿肉也都已經下鍋滷了，再有兩刻鐘應該就能起鍋。」

兩個豬頭，兩副豬下水，八個豬蹄，半扇豬排骨和二十幾斤豬前腿肉，這些東西看著多，可要拿去賣的話東西就顯少了。

姚鵬跟眾人說：「你們先將人分成三股，再定好賣滷味的地點。」

季霆不等眾人開口，就搶先一步道：「鎮上我比較熟，秀寧、秀樂、立安和慧兒、軍兒這幾個小的就跟著我和月寧吧，加上秦嬤嬤和沈香，我們就在南街和西街的街口擺攤。」

馬大龍道：「那健波、立強和大嫂就跟著我們夫妻吧，我們去碼頭擺攤，那裡來往的人多，生意應該會不錯。」

姚錦華笑道：「那北門外的官道就我們兩口子跟二弟和二弟妹去了。」

張嬸不滿道：「我聽著你們是沒打算把我們三個老的算進去啊？怎麼？是覺得我們三個老的沒用了？」

季霆幾個面面相覷，就是沒一個人開口搭腔。

荀元很乖覺，道：「我和季霆他們一道吧，建康平時要去書院，慧兒和軍兒年紀太小了，我去幫忙看著孩子。」

姚鵬看了看馬大龍，又看了看姚錦華，果斷道：「那我們兩口子就跟著錦華、錦富兩口子吧，我們兩個老的就算幹不動活，坐著幫你們看著鋪子也總比沒人看著的好。」

姚錦華苦笑道：「爹，你跟娘年紀大了，我們原是想讓你們在家歇著的。」

張嬸不高興的拍桌。「我們還沒老到走不動路呢，你們就嫌棄上了？」

姚錦富連忙道：「娘，看您說的，我們哪裡是嫌您倆啊，我們是怕你們老倆口辛苦。」

姚鵬笑著擺了擺手，說：「真要讓我們三個老的閒在家裡那才是真辛苦。你們都出去了，家裡就剩下我們三個老的，你們讓我們拿什麼打發時間啊？」

敢情我們都是給你們三位老人家打發時間用的啊?!眾人一時無言以對。

月寧只能站出來打破沈寂，跟眾人商量起豬下水和滷豬排骨的價格來。如今豬肉的價格要比往年貴上四、五倍，滷過後再加一倍，而經季霆之手買到的豬肉又要比在肉鋪裡零買的便宜。

眾人便定了滷豬肉六十文一斤，豬下水不管是肥腸還是豬肚、豬心，一律都算二十文一斤，滷豬蹄二十五文一個，豬頭拆了分開來賣，也是一律二十文一斤，倒是說到豬排骨的價格時，眾人有了爭議。

大梁朝的老百姓都是追求實惠的人，秦嬷嬷剁排骨時，雖然剁的肉跟骨頭一樣多，可這個價格要是貴了，眾人都覺得會沒人要。

月寧卻堅持三十文一斤買來的生排骨，滷製後就要賣五十文一斤。意見不合之下，她也不跟眾人爭，索性要了所有的滷排骨自己賣，至於豬頭、豬下水這些，就只要了小小的一盤，準備用來給人試吃。

事情商定之後，因為下午也只是去試賣，所以姚鵬拍板決定，他們這些老人和秀寧、慧兒等這些小的就都不跟去了。姚錦富自覺留下看護家裡的老少，其餘人吃過飯後，收拾了東西就分坐三輛牛車出發了。

因為只是試賣，眾人除了各車帶一口小鍋滷汁和一個小爐子，連個碗和凳子都沒帶。

到了預定的擺攤點，大家將爐子點燃，架上小鍋，再將滷味挑一些重新擱到鍋裡去煮。湯汁一滾那肉香便四溢開來，瀰漫在空氣中，勾動著四周路人肚子裡的饞蟲。

馬大龍和姚錦華那兩批人生意如何，季霆是不知道，他只知道他媳婦要了全部的豬排骨，還要以差不多全肉的高價賣出去，這光想想就不是件易事。

可讓他沒想到的是，等小爐子上的鍋燒開了，那香濃的滷肉香味很快就將人引來了。

「喂！你們是做小買賣的？」一個穿著深藍錦緞長袍的中年胖子，挺著個大肚子站到幾人充當攤位的牛車前，指著爐子上燒得「咕咕」作響的小鍋問道：「這小鍋裡煮的是什麼肉？聞著還挺香的，賣嗎？」

季霆沒想到這麼快就有客人上門，愣怔的看著來人，半天沒反應過來。

秦嬤嬤大半輩子都在侍候人，頭一次跟人出門做買賣，聽到來人問話，她嘴張了張，可那句話不知怎麼就是說不出口。

沈香倒是人小鬼大，也不怕生，可她只知道那小鍋裡煮的滷排骨是為了吸引客人用的，也不知道能不能賣給眼前這個胖子，所以也只能扭頭詢問的看向月寧。

月寧左右看了看這三個不經事的，只能笑著出聲道：「這小鍋裡煮的是豬排骨，我們這桶裡有已經滷好的，一斤五十文。」

胖子聞聲抬頭向月寧看過去，見她身形窈窕，頭戴帷帽，就守禮的移開了視線。

沈香這時也反應過來了，機靈的接話道：「這位客官可別嫌我們這滷排骨價格貴，這可是我們小……主人用古方滷製的，我們這裡有切成小塊的肉丁，您先嚐一下味道，覺得好吃再買不遲。」

「哦？你們還可以試吃嗎？」胖子的眼睛一下就亮了，看到沈香真從旁邊的籃子裡端出一個蓋著碗的盤子來，立即就變得躍躍欲試起來。「那個……妳、妳給我來塊大點的。」

月寧從籃子裡抽出一枝小竹籤，插在一塊看著略大些的肉丁上，沈香就將盛著肉丁的盤子往那藍衣胖子面前遞了過去。

四周有不少人聞香而來，看到胖子伸手去拿盤子裡插著竹籤的肉丁，一下就全都圍了上來，好奇的盯著那胖子看。那個中年胖男人才將那肉丁放進嘴裡，便有人急不可耐的問道：「怎麼樣？這肉好不好吃啊？」

胖男人只瞥了那人一眼，卻沒答話，而是伸頭往籃子裡看。「幾位，我看你們那籃子裡還放了不少盤子，不知是否都是用來試吃的東西？能不能讓在下都試吃一下？」

秦嬤嬤、季霆和沈香都扭頭看月寧，月寧向反應過來的季霆點了下頭，帷帽上的白紗才輕輕一晃，季霆就直接掀了籃子上蓋著的藍色粗布，將裡頭用碗蓋住的盤子都一一拿了出來，並排擺放到車板上。

沈香和秦嬤嬤一起動手，將盤子上蓋著的大碗公掀了，月寧則將一把竹籤拿在了手裡。

季霆見四周圍上來的人越來越多，便揚聲道：「眾位鄉親，我們滷肉鋪今天只是試賣，所以除了滷排骨，像是豬耳朵、豬舌頭、豬頭肉和豬心、豬肚這些滷味都只準備了一小盤供各位試試味道。在場的眾位鄉親只要在我們攤子上買了滷排骨，不論買多買少都可以任意試吃我們這裡其他品種的滷味。三日後，我們南山滷肉鋪將正式開張，到時候歡迎各位前來光顧。」

眾人一聽這話，紛紛詢問起滷排骨的價格來。當得知一斤滷排骨要五十文錢時，不少人開始撇嘴嫌貴起來，這個說排骨沒有肉還賣這麼貴，那個說拿骨頭當肉賣，真是想錢想瘋了。

眾人喝罵議論，一時喧聲震天。而最先站到攤子前的藍衣胖子卻似完全不受四周人的影響，一邊讓季霆給他秤十斤滷排骨，一邊拿著竹籤不斷伸向各個滷味盤子。

豬排骨總共也才三十幾斤，經過滷製後，添加滷汁的重量也才四十斤左右。這藍衣胖男人一下就要了十斤，木桶裡的滷排骨一下就少去了四分之一。

季霆高興得差點沒跳起來，忙拿了個自己編的竹籃子，在籃子底部墊了張油紙，然後用秤秤了籃子的重量，才往籃子裡裝滷排骨。等裝好十斤排骨，用秤秤過之後，季霆又將秤桿遞到藍衣胖子面前，讓他看秤桿上的度數。

藍衣胖男人對季霆的這番行事作風滿意的直點頭，笑咪咪的道：「不錯不錯，季大鏢師做事還是這麼面面俱到，賣東西也不壓秤，你們家的滷味味道都不錯，三日後我一定再來光顧。」

季霆驚訝的看著藍衣胖男人。「這位老爺認識在下？」

「大名鼎鼎的季大鏢師，在下怎麼可能不認識？」

「大名鼎鼎」這四個字對於季霆來說，包含的有可能是完全相反的兩重意思，因此，他也沒好意思拉著別人問是怎麼認識自己的，胖男人掏出碎銀付了帳就笑著走了。

四周圍觀的人卻並沒有上來跟風購買，反而開始交頭接耳的竊竊私語起來。

「那個胖子該不會是在跟這幾個人唱雙簧吧？不然這麼貴的排骨，誰會一買就買十斤啊？」

「我看著也像！方才那位肯定就是這攤子請來的托兒了。」

季霆一聽別人說自己弄虛作假，頓時就拉下了臉。月寧怕他跟人爭執，扯了扯他的衣袖，衝他搖搖頭道：「咱們以後要在這條街上做買賣，還是別與附近的住家起衝突為好。」

「可也不能任由他們這麼胡亂編排咱們啊！這些人裡我認識的就有不少，他們又不是不知我季霆的為人，竟然如此誣衊我們，真是太過分了。」季霆咬牙切齒，顯然被氣得不輕。

月寧環顧了眼四周，故意揚高了聲音勸季霆。「咱們的排骨賣得不便宜，別人心有疑惑也是正常的，不過咱們正經做營生，別人覺得咱們的滷味好吃，自然會上來買，要是覺得不好吃，走開了就是，咱們也不會求別人買。可要是有人故意想要敗壞咱們的名聲，你就拉他去見官，咱們告他誣衊！」

季霆也是走南闖北見過些世面的，月寧在家除非被他惹急了，說話從來都是溫聲細語的，此時故意揚高了聲音說話，他就知道她這話是故意說給攤位四周圍著的人聽的。

看著四周的人群突然安靜下來，季霆只覺得解氣，也笑著揚聲道：「行，反正衙門裡的人我都熟，咱們上衙門也不費事，我聽媳婦的，不跟那些說話不乾淨的人一般見識。」

人群裡幾個剛剛說話不乾淨的男女臉色一下就黑了，只不過有月寧和季霆的話在前，這會兒也沒人敢再站出來多嘴了。畢竟要是被人拉去見官，說不定還要挨板子。因為自己嘴賤而攤上事情，未免就太不值當了。

不少方才說了閒話的人，有些人選擇甩袖離去，但也有人仍站在一旁看著他們，不過這回倒是再沒有人對他們的攤子說三道四了。

沈香和秦嬤嬤對視一眼，高興的湊到月寧身邊，輕喚了一聲「小姐」。看那激動的小模樣，這要不是在大街上她都要原地蹦起來了。

季霆這回也不管四周圍而不買的人了，他轉身去街邊的鋪子借了兩張小馬札回來，讓月寧和秦嬤嬤在一旁坐下歇著，自己和沈香在攤位前守著。

這世上有嫌貴而踟躕不前、故意貶低他人的人，自然也會有不差錢，想要嚐鮮的有錢人。

「讓讓、讓讓！」兩名穿著深藍布衣的家丁扒開人群，讓一名穿著深褐色團紋錦袍，蓄著小山羊鬍子的中年人擠到攤位前面。

「給我來二十斤滷排骨。」

季霆被這位客人的直接弄得一愣，謹慎的問道：「這位客官，我們的滷排骨是五十文一斤，你要不要先嚐了味道再買？」

誰知這中年人看著季霆，笑著一揮手。「你季大鏢師擺的攤子，還有什麼可說的？剛才有個穿藍衣的胖子不是到你這兒買過滷排骨了嗎？我就是聽他說你家的東西好吃，才特地趕過來的。」他說完就朝季霆伸出手，道：「你趕緊給我秤二十斤滷排骨，那竹籤也給我來一根，我先嚐嚐你這些滷味。」

他很自來熟的指指擺在車板上的一排盛著滷味的白瓷盤，季霆雖然一頭霧水，手裡的動作卻不慢，忙抽了根竹籤遞過去，然後才去籃子裡給這中年人秤排骨。

這中年人插了一小塊豬耳朵嚐了，「嗯」了一聲便又朝沈香道：「小丫頭，妳給我這兩個伴也來根竹籤。」

這人也真是不客氣，自己試吃不夠，還想讓兩個家丁一起上來試吃。沈香習慣性的轉頭看向月寧，見她點頭才連忙抽了兩根竹籤遞出去。

這三個人是真不客氣，手裡的竹籤在一排瓷盤間下籤如風，季霆秤排骨期間，他們的竹籤都沒停過。

秦嬤嬤和季霆還沒說什麼，沈香的臉都被他們給吃綠了，心裡的急切都顯現在臉上，就怕這三個人把他們要給人試吃的滷味都吃光了。

「客官，這是您要的二十斤滷豬排骨，承惠，您這裡是一兩銀子。」季霆說著，把裝著滷排骨的竹籃遞給一個還在猛吃的家丁。

那中年人見季霆沒把籃子遞給已經扔了竹籤的家丁，反而往那個還在貪嘴猛吃的家丁手裡遞，不禁哈哈笑道：「季大鏢師果然名不虛傳，你們的滷肉攤子是三天後正式開業是吧？到時候每樣東西都給我府上送兩斤吧，我家就住在南壽街上，從東往西數第三個門就是。」

季霆不知道眼前這人是不是真的認識自己，不過見他買了這麼多滷排骨之後還要預訂，忙笑著答應道：「哎，到時候一定一早給您送去。」

這中年人滿意的點點頭，轉身就往人群外走去。他身邊的家丁一個提著籃子緊跟在他身後，另一個忙從腰帶裡摸了塊一兩的碎銀遞給季霆。

「這位老爺住在南壽街上，難道是梁舉人家的老爺不成？」

「南壽街整條街也就三戶人家，應該就是梁舉人家的老爺沒錯了。」

「連梁家的老爺都來買這人的滷排骨，難道他家的滷排骨真的這麼好吃？」

站在攤位四周，一直沒肯走的幾人再次交頭接耳的竊竊私語起來。

「梁舉人」三個字顯然擁有非凡的魔力，讓這些人縱然不認識方才那個中年人，也對他充滿了信任。

「老闆，給我秤兩斤滷排骨。」

「我要一斤。」

「也給我來一斤。」

原本站在一旁觀望的人，紛紛湧到攤位前，一邊朝季霆嚷著要滷排骨，一邊伸手跟沈香要竹籤。然後也學著方才那個貪嘴家丁的樣子，下籤如風的拚命往自己嘴裡扒拉滷味。

這些人餓死鬼一樣的嘴臉，把季霆也嚇了一跳。為了讓這些人少吃點，他也顧不得別的了，連忙跟沈香分工合作，一人擺籃子放油紙，一人給肉秤重。

秦嬤嬤見人圍上來了，連忙拉了月寧起身，過去幫忙收錢。木桶和小爐子上正煮著的加起來差不多也只有十斤左右的滷排骨，這你一斤、我兩斤的，很快就賣光了。

沈香一見東西都賣完了，立即就將手裡的竹籤收了起來，不再給後面擠過來的人發了。「不好意思了各位，我們的滷排骨已經賣光了，各位要是想吃，就三日後請早吧。」

圍觀的人群中，有人見秦嬤嬤開始收拾板車上的盤子了，忙高聲叫道：「你們那盤子裡不是還有東西嗎？我看乾脆也別收了吧，妳給我們大家都嚐嚐，要是這東西真好吃，三天後我們肯定會來買的。」

秦嬤嬤收拾的動作一頓，月寧就轉頭低聲吩咐沈香。「妳把小竹籤拿出來，給在場每個人一人插一塊肉丁嚐嚐。」這些切成丁狀的滷味，月寧讓秦嬤嬤她們弄來本就是給人試吃的，目的就是為三日後正式開張的滷味鋪子招攬生意，自然不會真把這些帶回家去。

人天生似乎就有貪小便宜的心理，聽說是免費試吃滷肉，四周圍上來的人越來越多，甚至有人伸手要去抓沈香手裡的盤子。

月寧怕人多了會出意外，便只讓季霆站在前頭一邊給人分發試吃，一邊向人群高喊

「滷肉攤三日後開張」。她則拉了秦嬤嬤和沈香躲在季霆身後，一起給滷肉丁插上小竹籤。

月寧帶的豬頭和豬下水本就不多，九盤滷肉丁轉眼就被圍上來的人哄搶一空。等人群一散，季霆收拾好東西，便趕著牛車，帶月寧三人去看了他選定的、位於城南與城西交界的一處空間頗大的夾角。

第五十一章

這處位於西、南城區街口的夾角，城西的部分是一家胭脂鋪子的外牆，而位於城南的部分，牆後卻是一家富戶的院子。雖然這裡已經是城西街的街尾了，但因緊靠城南，地方又夠大，完全滿足了月寧說的停靠餐車和擺攤的要求。

看好了擺攤的位置，季霆又去了趟「鎮政府」，也就是縣衙在福田鎮的辦事處，和幾個熟識的捕頭打了聲招呼，這就算是把擺攤的事宜都安排好了。

主僕四人接著就轉道去了任安堂，季霆拿著荀元給月寧開的新藥方，又抓了七副藥。

月寧想著自從她提議做滷豬下水吃之後，這滷菜就沒下過自家的餐桌。可自打秦嬤嬤和沈香來了之後，她就沒機會再接近廚房了，也不知道上次買回去的那些香料用得還剩下多少。想了想便跟吳掌櫃要來紙筆，寫下茴香、八角、桂皮、香葉等各種香料的名稱，讓小夥計給包了足夠未來三月的用量。

要做滷肉生意，就得有豬肉。眾人重新上了牛車，季霆趕著車就往東市跑，這回他們要去找牛屠戶。今天近四十斤的滷排骨不到半個時辰就賣光了，這給了季霆信心。

三天後要開張做滷肉營生，這生肉就得提前一天拉回家，可路上這樣來來回回，浪費時間不說，還很耽誤正事。所以季霆乾脆拜託牛屠戶給他買未宰殺的成豬，並跟牛屠戶預定了未來半個月每天十副的豬下水。

該辦的事大致上都辦完了，季霆就跟月寧商量。「離我們跟馬大哥和姚二哥約好的時間，還差兩刻鐘，妳累不累？要不要先找個地方歇歇腳？」

月寧搖頭，她一路從荷花村出來，眼前這三人壓根兒就沒給她勞累的機會，就像她是出來旅遊的一樣。再說，十月的福田鎮秋高氣爽，不冷不熱。秦嬤嬤和沈香坐在牛車上，還要撐傘遮陽，可她受傷之後身體有點畏寒，因此在大太陽底下曬來曬去反而覺得非常舒適，根本就不用另尋地方休息。

「左右離約定的時間也就剩兩刻鐘了，咱們還是去木貴叔家等他們吧，先去看看餐車，若有不妥之處，也可以趁早改。」

季霆一聽也覺得有理，便趕著牛車直奔鎮子最東頭。

姜木貴是出身荷花村的木匠，因為手藝出眾，他勞苦半生，終在這鎮子東頭買下了座半舊的青磚小院，以及院外三畝左右的荒地。如今這荒地上被姜木貴用杉木板搭了棚子，當成他平時做活的工坊。而季霆和月寧之前跟季武訂製的三輛餐車，如今就停在這裡。

三輛刷著紅漆的餐車遠遠看起來就像三間關著大門的鋪子，看起來非常新穎、氣派。

牛車才在小院門口停下，季武和姜木貴就從做活的棚子底下迎了出來。

「老四啊，你總算是來了。」季武說著話，看來明顯像是鬆了口氣，彷彿深怕季霆不要這三輛餐車了一樣。

季霆對他點了下頭，便朝姜木貴抱拳道：「前些天一直在忙著成親擺酒席的事，耽擱了取貨時間，還望木貴叔不要見怪。」

季家的事情在季霆有意無意的宣揚下，不管是鬧分家還是鬧斷親，事情的經過都在附近十里八村傳得沸沸揚揚。姜木貴雖然遷居鎮上已久，可這些八卦卻也聽了個七七八八。

季霆在福田鎮的和順鏢局走鏢近十多年，在鎮東和鎮西一帶的百姓中素有義名，所以季霆就算晚了幾天提貨，姜木貴也沒有著急上火。「成親是大事，你先緊著辦是應該的，這沒什麼計較的。」他平和的說著，抬頭朝月寧招呼道：「石頭媳婦，妳快過來看看這個車，看看滿不滿意。」

季霆也笑著轉身朝月寧招手道：「媳婦，木貴叔叫妳呢，趕緊過來。」

月寧撩起帷帽的紗幔，上前朝季武微笑著福了福身。「二哥，木貴叔。」

秦嬤嬤和沈香也在月寧身後，一起朝季武和姜木貴行禮。

季武連忙往旁邊跳開，急急擺手道：「弟妹不用多禮，進去看看吧。」

月寧因為餐車設計上的一些改動，先後見過姜木貴兩次，難得這師徒三人都是有技藝又老實肯幹的憨厚之人，所以她對自己的設計會變成什麼樣子也充滿了期待。

餐車總體長八尺，寬五尺，高六尺，底部為了保證車廂的整體平衡，特意設計了四個車輪，裝上輪子後的車廂離地兩尺高，拉出去跟個「龐然大物」似的，光憑外表就足以吸引人的了。

月寧把餐車裡外都打量了一圈，這才滿意的從車廂裡下來，然後又讓季霆試了試車廂四角的榫頭。車廂頂部的榫頭套上對應的木杆，兩兩相接之後就能飛快的搭出一個高八尺、約六十坪左右大的房屋框架。到時候只要在外面罩上一層油布，就能搭一間防雨防風的屋子出來。

季霆沒讓季武和木貴等人幫忙，和沈香兩人只花了約一刻鐘就將這間臨時鋪位搭了出來，而拆卸也差不多只用一刻鐘左右。

「木貴叔，你這手藝可真是絕了。」季霆高興的一會兒摸摸餐車、一會兒又摸摸外接的各種木杆，歡喜的笑容滿面。

「沒有你媳婦畫的圖紙，我的手藝就是再好，也做不出這麼好的車子來。」姜木貴不敢居功，哈哈笑著恭維月寧。

別人肯給面子，月寧自然也不吝嗇多說幾句好話。「我畫的圖紙就是再好，沒有木貴叔的好手藝，也斷做不出這麼好的車子來。」

這句話無異於是對姜木貴等人手藝的最好認可，姜木貴高興之餘，請月寧等人進院子裡去坐。月寧將工錢和姜木貴結清了才放心坐下，可這屁股還沒坐熱，姚錦華和姜氏等人就都來了。

姚錦華朗聲笑道：「我還跟大龍說我們一準要比你們快，誰知道還是被你們趕在前頭了。」

田桂花撥開擋在身前的馬大龍，朝月寧道：「你們那滷排骨真的都賣出去了？真是五十文一斤賣的？」

月寧笑著點了點頭。

沈香在一旁笑著道：「我們不但以五十文一斤賣出去，而且賣的可快了呢。我們姑爺說，以後咱們不僅可以賣滷排骨，興許滷些五花肉也不愁賣呢。」

「妳這丫頭這麼高興，看來今天賺了不少啊。」田桂花哈哈大笑著伸手拍沈香的包包頭。

季霆一行人帶了多少滷排骨出門，他們都是知道的，四十斤左右的滷排骨本錢不到三十文一斤，加上消耗的滷料、柴火和人工，就算三十文一斤的成本，賣五十文一斤，四十斤滷排骨也有八錢銀子的純利，足可預見這滷菜營生以後會有多賺錢。

季霆越想越激動，問姚錦華和馬大龍。「你們呢，東西賣得怎麼樣？」

姚錦華和馬大龍齊聲笑道：「自然是好得不能再好了。」

幾個男人正說到興頭上，他們沒拿姜木貴和季武等人當外人看，言語間也沒個遮攔，秦嬤嬤卻是聽不下去了，站起來躬身衝幾人道：「時辰不早了，幾位大爺既然都到齊，那咱們還是趕緊套了車回吧。」

田桂花也道：「秦嬤嬤說得對，咱們那一帶現在可不太平，還是趕緊回去才好。家裡老的老、小的小，讓姚三哥一個人看家，萬一要是再出了什麼事，姚三哥一個人哪裡看顧得過來啊？」

姜氏也道：「桂花這話說得我一顆心都懸起來了，咱們還是趕緊回去吧。」

姜木貴客氣的挽留眾人吃飯，可幾個女人都嚷著不放心家裡，一行人便互相客氣著出門去套了車，在姜木貴和季武等人殷勤的相送下上了路。

月寧看著明明只有三輛車，卻硬是慢吞吞的走出了車隊的效果，忍不住就嘆了口氣，跟季霆道：「看來以後出門擺攤，要用兩頭牛拉車才行。」

餐車裡現在還只坐他們寥寥幾人，大黃牛就已經拉不動了，要是以後再往裡頭裝上擺攤的桌椅板凳、食材鍋爐，一頭牛拉車只怕就要罷工了。

回到南山坳，月寧就被姚鵬和荀元拉著要求解說餐車的功用去了，有姚錦富和姚立強幫忙，一輛餐車只花不到兩刻鐘就能搭出兩個六十坪左右的尖頂棚屋來。

姚鵬和荀元兩個背著手，繞著餐車和棚屋轉了兩圈，荀元指著被風吹得獵獵作響的油布問月寧。「這棚屋的木頭框架是不是太細了些？感覺不太結實啊？」

姚鵬也道：「風要是再大些，這屋子連餐車都要被吹跑了。」

月寧想了想，道：「要不，咱們在擺攤的地方再立一根粗木柱做支撐，到時候這棚屋頂部就架在木柱上頭，外面的油布用繩網罩住，繩網末端再用粗木釘釘入土裡固定，你們覺得這樣可行嗎？」

「妳說的作法倒有點像北方遊牧民族搭的帳篷，不錯。」姚鵬笑咪咪的稱讚了月寧一句，又道：「咱們這地界一年四季也就冬天有大風，夏天有急雨，用繩網固定油布應該夠用了。」

姚鵬說夠用了，月寧也就放心了。設計餐車之初，她並沒有把風力的問題考慮在內，眼見著就要入冬了，這個繩網顯然在開業前就得準備出來，否則擺攤時就沒辦法搭棚屋使用了。

姚錦華和季霆幾個男人在月寧看來也是多才多藝的，在這落後的大梁朝，月寧一提繩網，季霆和馬大龍就趕著牛車去村裡跑了一趟，運回來一板車的稻草稈子。幾個男人拿著稻草稈子坐下來一陣搓揉，不多時就搓出根小指粗的草繩來，簡直能幹得一塌糊塗。

六個棚屋需要的草繩不少，季霆卻只搓了一會兒就拉著馬大龍跑了。月寧下樓時，從敞開的屋門望出去，就見屋外只剩下姚錦華、姚錦富和姚立強、姚立安四個在苦哈哈的搓著草繩。

月寧看得嘴角一抽，就轉去旁邊用鏤空牆隔出來的小花廳。張氏婆媳四個和田桂花正在包餃子，月寧過去先朝張氏福了福身，然後就去洗了手，坐到田桂花身邊，一邊幫忙包餃子一邊問她。「田嫂子，妳知道我家季石頭把馬大哥拐哪兒去了？」

張嬸幾個聞言都不由笑起來，姜氏道：「妳家季石頭把馬大龍拐去幫他選人去了。」

田桂花也大喇喇的道：「你們買了這麼多地，靠他一個人肯定種不過來，再說我們過兩天不還要去鎮上擺攤嗎？他就說要多買些人手把你們買的地給整理出來，不然轉年就趕不上播種了。」

「我原是想把南面帶瀑布的山頭買下來之後再多招些人的，可如今手裡就只剩下千兩銀子了，這山頭也不知道還買不買的成。」月寧說著就嘆了口氣，又道：「那二十人裡頭我看著有好些個幹活都不錯，不過他們都是自由身，要自願賣身給我們的只怕也不多。」

上回去如意坊賣繡品得的五千零三十六兩銀子，除去沈香的三百二十兩和秦嬤嬤的一千三百零四兩，三百五十兩還了姚鵬，剩下的三千零六十二兩，加上她手頭留著花用的兩百二十三兩，原是有三千二百八十五兩的。

可建房時，她怕二樓用木地板不結實，所以都換上了整塊的青石板，而為了能支撐青石板的重量，屋裡又特地砌了承重兼隔斷作用的鏤空牆。月寧還要求每個房間都裝上一面琉璃窗，所以整個屋子看著是漂亮了，不過這建築成本委實不低。

之後山坳口那裡又要起圍牆和大門，為了安全考量，馬大龍和姚鵬一力主張造鐵木的大門。季霆一激動，連小別墅一樓對外的所有門窗都用了鐵木。

這一圈超出計劃之外的改進之後，光鐵木的材料和人工費就花去了一千五百多兩。再加上訂製的陶瓷蹲坑和通水管道等花費，屋裡的一應家具、工人的工錢、日常伙食等花銷，總之等這房子建好了一算帳，月寧一下就去了二千二百三十八兩銀子，鼓鼓的荷包瞬間就癟了。

張嬸看她這無精打采的樣兒，就道：「這批人裡要是肯賣身的人不多，回頭妳就去鎮上找人牙子買吧。」

大梁朝有官辦的合法人口買賣場所，俗稱牙行，牙行的工作人員就叫人牙子。不過月寧覺得這世上的大多數人還是比較崇尚自由的，而季霆問了一圈也只有七個人願意賣身，正好驗證了她的想法。

願意賣身的這七個人裡，只有才十四的王狗蛋和十六歲的宋大醜是孤兒。佘安、佘慶和佘祥三兄弟是因為家裡原本就窮，逃難途中妹妹嫁給了鄰縣的一個屠夫，父母現在都還在妹妹家裡住著。他們想儘快攢錢將父母接出來，所以才毅然賣身給季霆。

最後兩個願意賣身的人是一對父子，三十六歲的范大江和他的長子十五歲的范舟。不過范大江賣身是有條件的，他是帶著一大家子人逃難出來的，他身為家中長子，上頭父母、爺爺奶奶俱在，下頭還有三個弟弟以及一大堆的姪兒、姪女。

如今朝廷雖然發了救濟糧讓大家回家，可他們這幾十口子人只憑那一點糧食，根本就無法回鄉。他家裡也還有妻子和兩個女兒，他希望季霆能把他的妻子和兩個女兒一併買下。而他們的賣身銀子，他打算給父母做盤纏，讓父母、兄弟們能安然回鄉去。

季霆拉月寧上樓，跟她說了范大江的條件。「范大江的兩個女兒，一個十三，一個十歲。我聽佘安說，范家老爺子算是個明白人，范大江的奶奶和父母就有些拎不清，比較偏疼范大江的三個弟弟，而他下頭的那三個弟弟也都很會為自己打算。

范大江頂著長子的名頭，這一路上什麼都要他們夫妻操持。就連在路上領的粥，他那三個弟弟家都是自己領的自己吃，唯獨范大江一家子就得分出一部分給范老爺子和老太太吃，很有些被父母和三個弟弟針對的意思。」

月寧很不解。「余安怎麼會知道這麼多范家的情況？」

季霆道：「他們逃難時跟范家人在路上同行了有半個多月，晚上歇腳時都是挨在一起的，知道得比較清楚。王狗蛋和宋大醜也說在東市那邊見過范大江被老娘指著鼻子臭罵的情景。」又道：「咱們買人是想讓他們幫忙種地的，范大江兩父子幹活是不錯，人也挺實誠，可要買就得買他們一家子，他的妻子和兩個女兒，咱們買來能幹麼呢？」

在季霆看來家裡如今廚房有秦嬤嬤，照顧月寧有沈香，連他自己不幹活都成吃閒飯的了，再買三個女人回來可不就是多餘嗎？

月寧無奈的輕拍了他一下，笑道：「范大江的小女兒都有十歲了，都是能幹活的，買下來自然是有用的。咱們做滷肉營生，洗洗刷刷的少不了人，能多些人手幹活，嫂子們也能輕省些。再說等我們都出去擺攤了，家裡總也要有人給那些漢子們做飯不是？總不能老是每天十文錢的請村裡的大娘、嬸子們來給他們燒飯吧？」

「那妳的意思是，咱們把范大江一家都買下來？」

「買吧。」月寧點頭。「不過也就是多十幾二十兩銀子的事，咱們現在，可不差這麼點銀子，能確定買的人老實比較重要。」

第二天，季霆就趕早去了鎮上。

大梁朝對奴僕和長工有明確的定義。所謂奴僕就是主人家的一件財產，生死皆由主人家掌控。而長工卻是擁有性命自主權的，就算長工跟主人家簽的用工契約長達五、六十年，但犯了錯，主人家最多只能將人轉賣，卻無權傷其性命。

另外，大梁律法對買奴僕的人也有明確的規定，身無功名的平頭百姓，是無權買奴僕的。為了順應律法，牙行裡就出現了長達八十年的雇工契書，算是鑽了平頭百姓不能買賣奴僕這一條律法的漏洞。

季霆對這些情況不甚清楚，乾脆請了相熟的黃牙人幫忙，跑到黃家將人拉上，繞去東市交代牛屠戶下午早點把活豬送去南山坳，明天一早再幫他收十副新鮮的豬下水送去，就趕著車回了南山坳。

黃牙人是合法買賣人口的行家，他張嘴說如今壯勞力最高就只值十兩銀子，十歲以上四十歲以下的女人，最多也就只能賣到五兩銀子，把月寧都給聽懵了。

想想現在鎮上的難民都被官府給遣散回鄉了，一個健全的女人最多也才只能賣五兩銀子。她那會兒都只剩一口氣了，還能賣到二兩銀子，豈不是說她當時那副半死不活的樣子還算值錢？

再看范大江父子倆一臉激動得不知如何是好的模樣，好像黃牙人說的這個身價已經很高了，月寧都不知道該說什麼好了。

長達八十年的雇工契約一簽，月寧的荷包裡直接就去了八十五兩銀子。她把銀子交給季霆，讓他拿去發給余安等人，然後才想起人是買來了，可范大江的妻子和女兒來了要怎麼安置？總不能讓她們跟一堆男人擠那座小茅屋吧？

范大江拿了銀子就會去鎮上接妻子和女兒過來，這點時間做什麼都不夠，月寧只能把主意打到自家的鄰居身上。她下樓找到田桂花，就將人拖到一樓的一間空房裡，把她現在的難處說了。

「嫂子妳看，我這裡樓下七個房間，秦嬤嬤和沈香一人一間也還有五間空著，你們搬過來，就是一人一間都還住得下，而且妳也正好可以跟我們做伴，又能解了我的燃眉之急，多好。」

田桂花說不動心是騙人的，季霆這房子建得不但敞亮，浴室裡的蹲坑和洗漱臺設計尤其讓人看著眼熱。「可你們這新屋才住了兩天，我們搬進來算是怎麼回事呢？」

「還能是怎麼回事？自然是請妳幫我的忙，順帶搬進來給我暖暖屋子唄！」月寧一臉認真的道：「妳也說了我這是新屋子，我不請你們這些親厚的哥哥、嫂子們住進來，難道還要叫新買的幾個長工住進來享受？」

田桂花還是不敢拿這主意，道：「這事我得跟妳馬大哥商量商量。」

結果田桂花才把事情跟馬大龍一說，他就哈哈大笑著叫馬建康帶著弟弟、妹妹去選房間，半點都不見客氣，把田桂花給臊得直抬腳踹他。

「妳踹我做啥？咱們跟石頭又不是外人，給他們騰個屋子就騰唄。」馬大龍一邊回頭向月寧揮手道別，一邊拉著田桂花往外走。「咱們先搬來他這兒住一陣子，感受一下他這千兒八百兩起的屋子住著舒不舒服，要是住得好，回頭咱們也在這旁邊建幢跟他們一樣的。」

「你這人！怎麼一點都不知道客氣啊？」田桂花羞得都不知道要說他什麼好了，只能頻頻回頭歉意的去看月寧。

月寧好笑的向她揮手，示意她沒關係。

「都是自家兄弟，有啥好客氣的？」馬大龍說著便拽了田桂花上牛車，一甩鞭子就趕著車回家搬行李去了。

第五十二章

馬大龍的大嗓門，方圓三里內的人都能聽見。張嬸原本在廚房裡摘菜，一邊跟秦嬤嬤商量中午的菜譜，聽到動靜出來看看，只見月寧站門口笑著目送馬大龍夫妻倆遠去，臉上並沒有不快的神色便也就放心了。

「妳讓大龍和桂花一家搬來跟你們一起住？」張嬸問得隨意。

月寧也就將自己買了人卻沒地方安置，只能求馬大龍一家人騰屋子給她的事跟張嬸說了。又道：「我倒是覺得咱們四家人都搬到這南山坳裡住才好，我與其給長工們建新房子住，不如建了房子與你們以屋易屋。眼下咱們要忙著擺滷肉攤的事，大家沒時間也沒那個精力建房子。等來年開春過了農忙，我就請陳師傅過來建房子，就在我這屋子邊上建，也建跟我這房子差不多的。

「回頭等房子建好了，您和荀叔他們就都搬過來，等來年我估計也攢夠銀子能把邊上的地都買過來了。到時候整個南山坳都是咱們的天下，我們關起門來過自己的小日子，也省得看村裡那些三姑六婆和閒漢們在門口探頭探腦，看著讓人著實不快。」

姚鵬和荀元原本坐在大廳的竹製羅漢床上下棋下得正入迷，可他耳力好，聽到月寧說要給他們起新房子就大笑起來，轉頭朝月寧和張嬸笑道：「這敢情好，明年我就又有新屋子住了。」

荀元的耳朵可沒姚鵬的尖，聽他說什麼有新屋子住，忙問：「怎麼回事？什麼新屋子？」

姚鵬指著月寧對荀元說：「那丫頭說要起新屋子跟我們以屋易屋，到時候讓咱們都搬過來跟他們兩口子做鄰居，讓咱們把老屋騰出來給她安置她買的那些長工用。」

荀元挑眉看向走過來的月寧，笑道：「要是給我們起的新屋子，屋子裡也帶浴室、茅坑和洗漱臺，讓老頭子我貼錢跟妳換都成。」這幢別墅其他地方荀元都不眼熱，就是房間裡用竹筒引進來的山泉，一沖就乾淨的蹲坑和洗漱臺，用起來實在是太方便了，讓荀元看得眼熱不已。

月寧覺得自己這臨時起意簡直是再明智也沒有了，現成的醫生住到隔壁，跟請個家庭醫生也沒啥區別了吧？她笑著上前給兩老添茶，一邊跟荀元笑道：「屋子不用您貼錢跟我換，到時候我讓人建好了，您只管搬進去住就好了。不過您要是真過意不去呀，就借幾本您的醫書給我看看吧。」

荀元斜眼看她。「怎麼想到要看醫書的？那東西讀著可沒什麼意思。」

月寧把手裡的茶壺放到一邊，故作得意的揚揚下巴，笑道：「您太小看我了吧？我早就說過我懂醫術的，雖然沒啥行醫經驗，可該背的藥草知識也都背過了。您借幾本行醫手札什麼的給我瞧瞧，說不準以後我還能成一代女神醫呢。」

這話說的荀元三人都笑了起來，荀元端起茶杯喝了一口，然後笑著點點頭，道：「成吧，我回頭就讓小波拿幾本醫書過來給妳，妳可得好好看，老夫等著妳成為一代女神醫的一天。」

月寧不理會他的調侃，喜孜孜的向他福了福身。「月寧在這兒先謝過您了。」

姚鵬卻道：「那醫書有什麼好看的，沒的浪費時間，與其看醫書，妳還不如上樓多繡幾針花啊、草的呢。我聽我家立強說妳的繡品老值錢了，妳多繡幾幅繡品，早點把這南山坳買下來，咱們也好在妳這稱王稱霸啊。」

張嬸嗔他。「你當繡品是那麼容易繡的啊？針線做多了頸脖、肩膀疼不說還傷眼睛。」

「還是師娘心疼我。」月寧用力點頭，一邊親暱的挽上張嬸的手臂，又對姚鵬道：「我繡的雙面繡雖然值錢，可這東西向來物以稀為貴，一次賣多了就不值錢了。再說，咱們現在又不愁吃不愁喝的，後天一早還要去鎮上擺攤呢。季石頭現在能賺錢養活我了，我幹麼還要累死累活的刺繡賺銀子啊？」

女人太強勢了，男人會無所適從；女人太能幹了，會讓男人相形見絀；而她要是成為賺錢養家的主力，就季石頭那個自尊心超強的男人，到時候肯定是會自卑的。

月寧相信，適時的退讓是家庭和睦的基礎，所以她選擇讓自己貌美如花，然後鞭策季石頭努力賺錢養家。

張嬸哈哈大笑起來，拍著月寧的手道：「這話說的在理，咱們女人要是都能賺錢養家了，那還要男人幹麼？」說完不再看姚鵬訕訕的臉色，拉著月寧道：「走，咱們去廚房，妳想想中午要吃什麼，師娘給妳做。」

月寧跟張嬸去了廚房，把跟姜氏等人一起摘菜的沈香替下來，讓她去幫馬家三兄妹收拾房間。等馬大龍和田桂花帶著一車行李回來，姚錦華、姚錦富和季霆三人也從瀑布東頭那邊砌完豬欄回來了。

之前搭來供幾個女孩子休息用的竹棚如今已經用不到了，季霆便叫上姚錦華兄弟倆在竹棚四周堆砌了一圈半人高的石圍牆，只在西面留了一個出口做豬欄用。

再說馬家三兄妹，在看過一樓所有的房間之後，三個小傢伙選定了房子東首兩個相對的房間，小建軍年紀小，不敢自己一人住，便要跟哥哥、姐姐住一間屋子。

馬建康想著自己還要上私塾，就算在家也住不了幾天，便欣然同意了。沈香和秀寧、秀樂幫著把屋子重新又打掃了一遍。

季霆三個搭完豬欄回來，見馬大龍和田桂花拉了一車的行李過來，什麼也沒問，聽馬家三兄妹說把行李放哪間屋子就放哪間屋子，要把行李搬哪兒就搬哪兒，充分體現了對自家兄弟的無條件信任。

他們這邊忙著搬行李，沈香和秀寧、秀樂三人幫著三兄妹把衣服和被褥都整理了出來。秦嬤嬤見眾人都回來了，便招呼姜氏幾個把做好的飯菜擺上了桌。

在飯桌上，季霆和姚錦華幾人才知道月寧讓馬大龍一家搬家的原因。季霆從沒拿馬大龍當外人看，好兄弟搬過來住，他是求之不得。

一群人說得興起時，季霆搬了酒罈出來，給桌上十五歲以上的男人都倒了一碗。只不過酒還沒喝兩口，在山坳口整地的余祥就跑來稟報，說坳口有人送豬來了。

牛屠戶這回給他們趕了十頭精神的大肥豬過來。季霆和馬大龍出去迎人，家裡來了外男，除了張嬸和秦嬤嬤，女人們全都退避到了廚房，月寧和秀寧、秀樂則被眾人趕到了樓上。

等牛屠戶三人酒足飯飽，季霆上樓跟月寧拿了銀子，和牛屠戶結清買豬的銀錢。姚鵬就叫姚立強趕牛車送三人回鎮上。

月寧不方便下樓，就交代沈香下去告訴季霆，讓他給姚立強銀子，讓姚立強回來時順帶把豬下水運回來，同時把豬下水的銀子也和牛屠戶結清。

牛屠戶聽了沈香跟季霆說的話，當即轉頭往兩個夥伴看去，三人眼裡都是不容錯辨的喜色。他們在福田鎮雖然已經是鎮上屠宰業的一把手了，可像他們這樣的小本生意，最怕的就是買家拖欠貨款。牛屠戶雖然相信季霆和馬大龍他們的人品，可能一手交錢一手交貨，他自然更樂意這樣交易。

季霆不會知道，因為他付錢付得乾脆，牛屠戶也回報了他們最大的善意。

范大江拿了賣身銀子回鎮上，下午不到申時，就帶著妻子齊氏和兩個女兒趕了回來。范大江帶著妻兒過來要給月寧和季霆磕頭。

月寧看到齊氏時，著實被嚇了一大跳。齊氏要比她略高半個頭，要不是月寧事先得知齊氏比范大江還要小四歲，還真不敢相信這頭髮花白，整個人瘦得都快脫形了的婦人會是范大江的妻子。雖說一路逃難，人瘦點也是正常的，可能把人熬成這樣，若沒受虐待，說給誰聽，誰都不信。

由此可見，余安當時對季霆說的那些話還算是保守的，范大江的老子娘不但虐待他媳婦，還苛待孫女，太不是個東西了。

月寧從沒有一刻這麼真實的體會到這個時代的殘酷。相較於范大江的妻子和兩個女兒，月寧覺得自己穿到陳芷蔓身上還算是幸運的。雖然剛穿過來時遭了些罪，可她至少一直以來溫飽無憂，而且季霆也不是范大江，姜荷花和季文夫妻再是心懷險惡，他也沒讓她受到一絲傷害。

瀑布那邊，姚錦華和馬大龍幾個正張羅著準備殺豬。

馬大龍家跟他們的茅屋只隔了堵矮牆，季霆沒讓齊氏和她的兩個女兒先去馬家安置，而是交代范大江父子倆晚上下工時，直接帶齊氏三人去馬家的屋子，又說了句「好好幹活，不會虧待他們」就讓沈香帶三人去廚房吃東西了。

季霆是土生土長的大梁人，雖然之前自己也是給人幹活的，但這並不防礙他在買了人之後立即進入角色，實行他身為主人的權力，打發范大江父子去幹活。

季霆問月寧。「等會兒就要殺豬了，妳要去看嗎？」

月寧朝他齜牙。「鮮血四濺的場面，有什麼好看的？」沒吃過豬肉也看過豬跑，月寧沒見過殺豬的場面，可前世在上網時也是看過相關資料的。

「你們殺豬，那豬應該會叫吧？你確定在豬欄邊上殺豬沒問題嗎？會不會把豬欄裡的豬都給嚇死啊？」

月寧隱約記得前世看過一篇關於豬被趕進屠宰場時流淚的報導。豬的智商形同三、四歲的兒童，月寧不信牠們在聽到同類死前的慘叫，還能沒心沒肺的好好活著。

月寧這個問題還真把季霆給問住了。季家雖然養過豬，可他自己沒有養過，而姚家、馬家和荀家也同樣沒人養過。牛屠戶這回趕來的十頭肥豬，季霆是準備分五次殺的，要是真都被嚇死了，倒是件麻煩事。

於是季霆就豬會不會被同類死前的慘叫聲嚇死這一問題，特地跑去南坳口請教那些有養豬經驗的幫工，得出的結論是，豬確實是會受到驚嚇，甚至會出現不肯吃東西，掉膘等現象的。

「想要豬不受驚還不簡單，讓豬不叫就成了？」這事對馬大龍來說壓根兒就不算什麼事，他手起拳落，對著拉出來準備宰殺的兩頭豬，「啪啪」就是兩拳。

把豬打暈？原來還能這麼幹啊?!眾人都驚呆了！

「完事了！」馬大龍摸著拳頭，向眾人洋洋得意的一笑。

姚立強「噗哧」一聲笑了出來，揮舞著殺豬的尖刀朝眾人吆喝。「幹活！幹活！」

季霆和姚錦華幾個上去，將豬抬到長桌上綁好四肢，然後就開始給豬脖子刮毛。

秦嬤嬤和沈香顯然比張嬸和小張氏她們更有經驗，兩人各拎了個大木盆就衝了上去。

沈香還指著大木盆不見外的跟季霆說：「姑爺，豬血能補血美容，你這刀捅進去時準頭好些，豬血就流這盆裡，回頭讓嬤嬤給小姐做豬血湯喝。」

眾人聞言不禁都笑了起來，紛紛扭頭去看月寧，看得月寧困窘到恨不得挖個地洞把自己埋了。兩頭豬有三十幾斤血呢，她要多能吃，才能吃得下這麼多的豬血湯啊？

所幸等季霆和姚錦華刮乾淨了豬脖子上的毛，銀晃晃的尖刀一捅進豬脖子，昏迷中的豬就「嘰」的一聲嚎叫起來。眾人的注意力被豬嚎聲吸引過去，月寧來不及鬆口氣，就見季霆和姚錦華朝著豬頭就是「啪啪」兩拳。

這兩頭可憐的豬也不知道是被直接打死了，還是被打暈了，反正就看牠們脖子上像噴泉似的嘩嘩往木盆裡噴湧的血，這輩子肯定是沒機會再醒過來了。

看完了豬血流如注，月寧沒敢看接下來季霆他們給豬開膛破肚，想去廚房給秦嬤嬤她們幫忙，卻被秦嬤嬤果斷拒絕，無所事事的她只能回樓上，自己找事情做。

想到之前跟張嬸提的以屋易屋的事，月寧拿出紙、炭筆和以前畫好的南山坳設計圖，比較著之前畫好的圖紙，做再進一步的修改。

老天爺不可能永遠不下雨，等雨水一下來，瀑布和山溪勢必都會有大量的水流沖刷下來。她這屋子旁邊雖然砌了個小水潭，可她這旁邊若是要再多建一排屋子的話，每一幢房子的用水問題就要再做進一步修改。

為了南山坳的未來景致，再建的屋子勢必就要與現在的小別墅外觀一致。以她現在這幢房子為例，主屋加前後院共占了兩畝地，考慮到房子的光照和住戶的隱私問題，院子與院子之間勢必還要隔開至少二、三十公尺遠。

整個下午，沈香被秦嬤嬤抓去幫忙，秀寧和秀樂在陪馬家三兄妹玩，月寧沈浸在畫圖中一時忘了時間，等她將新的設計圖畫完，抬頭一看才發現窗外已經紅霞滿天了。空氣裡瀰漫著噴香的滷肉味，月寧三步併做兩步跑到陽臺上一看，發現人大多都在瀑布那邊忙，木盆在離瀑布不遠的地方排成一排。

秦嬤嬤活像個監工似的在一排木盆之間走來走去，不時彎腰跟這個說幾句，又被那個叫住說幾句，看著忙得還挺愉快的。月寧在那一排人裡沒看到張嬸和田桂花，猜她們應該在樓下廚房裡忙，便拿著才畫出來的圖紙一陣風似的跑下樓。

跟姚鵬坐在大廳裡下棋的荀元，聽到動靜回頭，見是她跑著下樓梯就驚得大叫起來。「哎喲祖宗，妳別跑，別跑，停下慢慢走！」

月寧被他嚇了一跳，急急煞住腳，一臉吃驚的站在那裡看他。

「你喊什麼？沒得嚇著她。」姚鵬見月寧的臉都嚇白了，就朝荀元吼了一嗓子，然後才轉頭向月寧溫聲道：「月寧丫頭啊，妳那身子骨才剛好點，可別毛毛躁躁的再摔了，咱們家人手多，啥事都用不著妳，妳想幹麼就幹麼，咱們慢慢來，不急啊。」

荀元和姚鵬的聲音把西邊廚房裡忙活的張嬸，和在東邊房間裡陪馬家三兄妹玩的秀寧和秀樂等人都引了出來。

「怎麼啦？月寧，妳怎麼跑上啦？」張嬸過來拉著月寧上上下下的打量。「妳現在可有哪兒不舒服？頭暈不暈啊？」

拜託！她的傷早就好了好不好！

月寧尷尬又感動的搖了搖頭，順手挽住張氏的手臂，道：「師娘，我好著呢，我的傷早就好了，妳別擔心。」

那邊荀元重重的哼了一聲。「好了?!回頭跑著跑著一個跟頭摔了，有妳哭的時候。」

秀寧和秀樂聽荀元這麼說，忙上前關心的看著月寧道：「季四嬸，妳真的沒事嗎？」

「沒事，真的沒事。」月寧無奈的只能一再重申。「我只是下樓走得急了點，荀叔就吼我了。」說完她還不忘告荀元一狀，道：「差點沒嚇我一跳。」

姚鵬立即就跟抓到荀元多大把柄一樣，指著他嚷嚷起來。「看吧看吧，我說讓你別喊吧，你這冷不丁一喊，那丫頭好好的都能被你嚇一跳！」

「這還是我的錯了。」荀元指著自己的鼻子，被姚鵬說到也有了火氣。

「不是你的錯是誰的錯？你就不該喊那一嗓子嘛。」姚鵬起身時兩手乘機在棋盤上一揮，黑白交錯的棋子一下就亂套了。「哎呀！你看我，這……我不是故意的。」

「你就是故意的！」荀元氣壞了，指著姚鵬罵道：「我說你今兒話怎麼這麼多呢？原本是眼看著自己就要輸了，故意拿月寧做筏子，借題發揮想要耍賴啊？你說你都這把年紀了，羞也不羞？」

「我怎麼耍賴了？我明明就是不小心的。」姚鵬梗著脖子死不承認，氣得荀元臉都紅了。

眼看著兩人就要因為一盤棋吵起來了，張氏平地一聲吼，頓時就鎮壓了兩個眼看就要吵翻天的老小孩。「好了！也不看看你們現在都多大了，還吵？也不怕叫小輩們看笑話！」

月寧怕兩位老人下不了臺，努力抿著嘴忍笑，秀樂低頭捂著嘴的偷笑，肩膀抖到都快脫臼了。

秀寧無奈的輕拍了她一下，眼角掃到月寧手裡捏著的畫紙，也沒看清她紙上畫了什麼，就揚聲故意道：「季四嬸，妳這又是畫了什麼呀？」

鑒於月寧之前畫的圖紙都是讓人驚豔又實用的，廳裡眾人的注意力一下就轉到了月寧手裡的畫紙上。

荀元也顧不得跟姚鵬這個臭棋簍子生氣了，下了竹製羅漢床，趿上鞋站在那裡向月寧招手。「妳又畫了什麼？拿來我看看！」

月寧笑看了張嬸一眼，一邊給張嬸看自己手裡的畫紙，一邊帶著她往荀元和姚鵬走去。「我們早上不是說好了要以屋易屋嗎？所以我就重新規劃了下南山坳。照荀叔你的要求，咱們大家的屋子都要跟我這房子起成一樣的。我將每個院子之間間隔定為十丈，屋裡用水除了從西面的兩條山溪用竹筒引水之外，我準備再在每個院子裡打上一口深井，省得像這次一樣，老天爺一發脾氣，大家就沒水用了。」

張氏指著紙上那一條條的水渠問月寧。「這一條條的方框框是做啥用的？」

「那是水渠。」月寧道。「我聽季大哥說南山坳往年有一半地方是濕的，咱們在這兒建房子，山溪下來的水勢必是要引出去的，不然天天被淹在水裡，這房子沒兩年恐怕就要塌了。」

「再說山坳裡整了地之後，灌溉什麼的都要用水，現在建水渠雖然花費大了點，可建好了之後卻能省下力氣。而且水渠裡以後還能養魚、養藕，這魚和藕的產出也是一項收益，現在花出去的銀子以後遲早都是能收回來的。」

聽月寧說的頭頭是道，秀寧和秀樂忙湊到張嬸身邊，都伸長了脖子去看她手裡的畫紙。

「季四嬸，妳真的要給我們起新房子嗎？」秀樂只看了那畫紙一眼，就兩眼亮閃閃的看著月寧，忙不迭的問：「我們的房子前面真的會有一條跟紙上一樣的小河嗎？妳真的會在河裡養荷花，在河邊種柳樹嗎？」

月寧笑著點點頭，轉頭看著姚鵬和荀元，一點也不見外的跟兩人商量道：「我估計著這小河和水渠還是要趁現在老天爺沒下雨之前開挖才好，不然等雨下了再來挖，都不知道要費多少功夫。反正我現在手頭上還有一千多兩的閒錢，陳師傅他們和村裡的那四十個鄉親也都是做熟了的，現在天旱著，他們也沒活可幹，咱們請他們繼續建房挖河渠，他們應該會樂意的。」

荀元驚訝道：「妳還真打算給我們建房子啊？」

「這種事還能隨便開玩笑的？」月寧反問他。「不然我們都搬南山坳來了，您還想一個人住南山腳下啊？」

「不是！」荀元有點急，指著姚鵬問月寧。「他們也沒說要搬吧？」

月寧向張氏甜甜一笑。「可我已經跟師娘說好了啊。」

第五十三章

「……」張嬸錯愕。她什麼時候跟這丫頭說好了?!

「……」姚鵬無語。他好像什麼都沒答應吧。

秀寧和秀樂星星眼的看著張嬸和姚鵬，還以為自家爺奶真的跟月寧說好了，要搬到南山坳來呢。

「別的咱們就不多說了。」月寧揮手道：「我家還有幾間空房，荀叔，你要不就跟小波也搬過來住吧，你那個小院的圍牆也不高，山上要是真有野狼跑下來，你那小院肯定擋不住。」

「姚家的圍牆建得倒是高了，不還一樣進野狼嗎？」荀元不以為然。

月寧訕訕的看著張嬸，道：「那不是姚叔家人口多，我這屋子住不下，只能等起了新房再說嘛。」

張嬸聽得呵呵笑起來，將畫紙遞給姚鵬，道：「要是這南山坳真能照月寧的設想建造，以後可真是一處不可多得的福地。」

月寧用力點頭。「肯定會按這個設想建造的。」

姚鵬「嗯」了一聲，道：「這圖畫的很不錯，讓我們搬到南山坳來也沒問題，不過我姚家人多，月寧丫頭啊，妳這一幢房子只怕不夠讓我姚家老小住啊。」

「我原就打算好了，要給您二老和你家三房人起三幢房子的。」

張氏聞言連忙擺手。「不行，不行，我們那院子就是用石頭和泥巴糊糊起來的，可沒妳這房子好，妳拿三個房子跟我們換一座院子可虧大了。」說完又一本正經的教訓月寧。「妳這丫頭不能太實誠了，這麼虧本的事情怎麼能幹？」

這麼無私又為他們著想的長輩，著實把月寧給感動到了。她笑容燦爛的抱著張嬸的胳膊撒嬌道：「師娘，您跟姚叔、荀叔都是我跟季大哥的長輩，你們疼我們，肯護著我們，我跟季大哥都不知道有多感激。我們夫妻倆這輩子生來就沒父母緣，要是沒有你們疼著護著，我們可就成沒人疼的孩子了。」

月寧說著一臉誠懇的道：「你們教導維護季大哥，救月寧性命，護衛月寧不受人欺凌迫害，還有馬大哥、姚二哥、姚三哥和各位嫂子們對我們無私的信任和包容，都是我們窮盡一生都無法回報萬一的。我知道我說這些恩啊、情的您們三位都不大樂意聽，所以以後月寧也不說了，我只拿您們三位當血親長輩一樣尊敬，這南山坳的房子，是我和季大哥想要孝敬你們的，只不過怕你們不肯接受，才拿以屋換屋做藉口。」

一席話說的張嬸、荀元和姚鵬三人都十分感動。

月寧見狀又笑起來，俏皮道：「再說咱們四家原本就是住在一塊的，現在獨獨我們兩口子搬到南山坳來住，也太孤單了，我起了房子邀你們一起來住，也能熱鬧點不是嗎？」

「妳跟石頭都是好孩子。」姚鵬說著，拍了拍炕桌，抬頭看著荀元，道：「既然他們兩個小輩有心孝敬咱們，咱們就接著吧。」

「接著就接著，我也沒說不接著啊。」荀元砸巴了下嘴，抬頭看著月寧道：「丫頭啊，既然妳要我們都搬進南山坳來，那有些事情咱們就得先說清楚。」他轉頭叫秀寧去叫季霆，秀樂跟著一起去了。

沒一會兒，季霆就來了。他見自家媳婦也在，三個長輩的神情看著還挺嚴肅的，一顆心就提了起來。「荀叔，你找我啥事啊？」

荀元似笑非笑的瞄他一眼，指著月寧道：「你媳婦說要給我們四家人都建幢跟你們一樣的房子，讓我們都搬過來住。這事你怎麼說？」

「就這事啊？」季霆提起的心頓時就落了地，他看著月寧憨憨一笑，對荀元道：「我媳婦的意思就是我的意思，我們家我媳婦作主，起房子的事我明天就去跟陳師傅說。反正房子他們都已經建過一次了，該怎麼弄他們都清楚，再說這回幾幢房子一起建的話，買材料什麼的還能便宜點。」

荀元和姚鵬都被他那句「我們家我媳婦作主」給震撼，荀元還只是看了眼紅了臉的月寧，姚鵬卻是指著季霆，一臉的恨鐵不成鋼。「你可真有出息。」

張嬸一把打掉姚鵬指著季霆的手，笑著向季霆道：「你媳婦答應單給我們姚家建三幢房子，如此一來你就得給我們三家人建五幢房子了，你有這麼多銀子嗎？」

「您放心吧，我有手有腳的，您還怕我賺不到銀子嗎？」季霆一聽這話就知道師娘是故意在逗他了，他朝月寧笑嘻嘻的道：「媳婦，妳說我說得對吧？」

月寧紅著臉，撇過臉不理他，秀寧和秀樂見狀，雙雙捂嘴偷笑起來。

荀元和姚鵬見季霆一副無賴的樣子，也都有些啼笑皆非。張嬸卻看不過他這樣欺負月寧，板起臉，沒好氣的啐他。「瞧你那點出息，也就只能欺負欺負你媳婦了。」

月寧聞言，臉上露出一抹笑來。

張嬸轉頭跟姚鵬道：「月寧兩口子起的這房子我看著也著實眼熱，若是這南山坳以後真能弄成她畫的那般漂亮，咱們搬過來住可是占了大便宜，可不好真讓他們出地方又白送咱們屋子。」

「老嫂子當我和姚老哥是什麼人了？咱們能白拿他們小輩的孝敬嗎？我與老姚手裡都還有些銀子，起房子的銀子還是出得起的，只不過……」荀元說著向月寧笑道：「聽石頭說妳準備把整個南山坳都占為己有，既是如此，我們幾個老的就不跟妳一個小丫頭搶地盤了，不過山坳口那一片地妳可不能跟我們搶，畢竟妳荀叔我家裡也還有個小孫子呢。健波年歲也不小了，我老荀家就剩他這一根獨苗苗，不給他置辦點田地也說不過去，妳說是不是？」

她說怎麼姚鵬、馬大龍他們明明手裡有銀子，就是不肯在南山坳裡買地呢，原來癥結點在這兒呢。

月寧坦誠道：「既然咱們今天都把話說到這兒了，那我也跟荀叔你們說句心裡話。我第一眼看到南山坳，就有想把它買下來，經營成一個山莊的想法。山坳裡的那些石頭只要花點功夫刨了，再澆上淤泥或糞肥，花些時日總能弄成水田的。這裡地方大，季大哥當初又說村裡人都嫌棄這裡，沒人肯到這裡來開荒，我才想要獨力買下整個南山坳的。

「說出來不怕大家笑話，我是在父親的田莊上長大的，從小到大都沒怎麼外出過，那會兒根本就不知道我的繡品能賣那麼多錢。所以我之前也沒想過能在這麼短的時間裡買下半個南山坳。現在荀叔你們要是也有意在這裡買田置產的話，咱們四家合力把南山坳連同四周的三個山頭都買下來，到時候整治得漂漂亮亮的，大家關起門來安生過日子不也挺好嗎？」

「看來我是沒福氣搬來跟你們住了。」荀元笑著逗月寧。「妳讓我一個大夫關起門來安生過日子，讓我以後喝西北風去嗎？」

季霆可看不慣荀元這麼逗自家媳婦，長輩也不成。他站到月寧身後，朝荀元道：「咱們四家不是要一起做滷肉營生了嘛，荀叔，小波都大了，你再不放手讓他自己闖闖，就你這老胳膊、老腿還能折騰幾年啊？」

月寧拍了季霆一下，示意他別太過分，又對荀元笑道：「荀叔，我是說真的，如果你有意買地的話，就在南山裡頭買吧，做滷肉營生跟買地買山也不衝突。咱們這裡的山泉甘甜，用來釀酒、做醬味道完全沒有問題。三個山頭買下來之後可以種果樹或是拉上圍網養雞，山坳裡開墾出來的地用來種糧食，挖出的池塘和水渠可以養魚養藕，這些將來都是進項。再說等咱們這山坳裡弄得美美的，將來住在這裡自己看著也舒心不是？」

在場除了秀寧和秀樂，眾人一聽她這話就知道月寧對南山坳早就有了規劃，當下就算是心動，卻也更堅定歇了在南山坳這裡買地的心思了，但在周遭買卻是可行。

荀元故作不悅的瞪了眼月寧和季霆，沒好氣的道：「好的不好的都叫你們兩口子說完了，還想讓老頭子我說什麼？」

張嬸呵呵笑道：「月丫頭要是真能將這裡弄成一個景致優美、可供人遊玩的山莊，以後說不準還真能日進斗金呢。」

月寧還以為張嬸真的心動了，忙抱著張嬸的胳膊撒嬌道：「師娘，心動不如行動，妳要想買地就把西面那一片買下來吧！咱們統一規劃，到時候肯定能弄到漂漂亮亮的。」

「南山這裡又不只南山坳這一塊地，我們就不跟你們小倆口搶了，我們就買山坳口那一片。」

姚鵬不想再在這個話題上多做糾纏，索性明白的告訴季霆道：「以屋易屋這事我應了，不過為了子孫後代的和睦著想，你們房子起好之後到府衙辦個房契和地契，到時候咱們房契換房契，地契換地契。」

季霆不笨，他聽姚鵬這麼說，稍稍一想就知道是什麼意思了，連忙恭敬的應了聲。

「是！」

事情說定了，張嬸就繼續去廚房忙了，姚鵬揮手讓月寧和季霆該幹麼幹麼去。季霆就伸手去拉月寧，拽她上樓膩歪去了。他今天都有好一會兒沒見著媳婦了，心裡著實想得慌。人家都當他跟月寧早就是老夫老妻了，誰能想到他的新婚夜才是洞房夜啊？想想就心酸。

秀寧和秀樂本想找月寧問問建房子的事，可看季霆拽著月寧離開，也只能失望的回房陪三個小豆丁了。

姚立強是吃晚飯的時候回來的，他拉著十副豬下水和豬頭、豬尾等豬零碎回來，見到眾人時笑得嘴巴都快咧到耳後根去了。

「爺，四叔，你們知道十副豬下水、十個豬頭、十根豬尾巴和四十根豬蹄，牛屠戶要了咱們多少銀子嗎？」不等眾人反問多少，姚立強就興奮嚷道：「他就要了我二兩銀子，少了整整五錢多銀子呢。」

「牛屠戶賣我們的豬下水越便宜，咱們就賺越多，這是好事。」姚鵬笑咪咪的摸摸下巴，讓他先別管那些東西，先去洗了手過來吃飯。

第二日滷肉生意就要開張了，姚立強帶回來的那些豬下水，豬頭、豬尾都要在今晚滷製妥當。所以吃過飯後，秦嬤嬤就領著田桂花和小張氏等人火急火燎的去了小瀑布那邊。當初為了做大鍋飯砌好的一排土灶，並沒有因為房子砌好而搗毀，此時正好派上了用場。

秋日的天色黑得快，季霆抱了一捆火把出去，月寧想跟去幫忙，卻被所有人勒令待在屋裡看孩子，而所謂的孩子指的卻是除姚立安之外的秀寧、秀樂和馬家三兄妹。

「咱們現在該幹些什麼呢？」月寧看著面前兩大三小的五張臉。

馬建康兩眼亮晶晶的仰頭望著月寧。「嬸嬸，我娘說妳讀過很多很多書，那妳會講故事嗎？」

小慧兒和小建軍的眼睛一下亮了，迫不及待的蹦跳著叫嚷起來。「講故事！講故事！講故事！」

「好好好，講故事講故事。」月寧真是怕了這三個小的了，看看一旁捂嘴偷笑的秀寧兩姐妹，想了想便道：「這樣吧，我教你們玩故事畫，就是根據畫出來的畫編小故事。」

看著幾張小臉上全是迷惑不解，月寧連忙保證道：「很好玩的，我保證。」

為了防止有野獸、歹人跑進屋裡來，季霆和秦嬤嬤等人出去忙活時就將一樓的幾扇門都關嚴實了。月寧領著五人上了樓，將書房的油燈點得亮如白晝，這才拿出紙和炭筆，與五人排排坐在繡榻上，一邊在紙上用簡筆的形式飛快的塗鴉，一邊開始講故事。

「在一個小村子的池塘邊，住著一群鴨子，這天，花鴨媽媽驚訝的發現自己孵出的一窩鴨寶寶裡面，竟然出現了一隻渾身黑乎乎的小鴨子，這件事很快就傳遍了整個村子，所有人都跑來看小黑鴨子，人們嘲笑小黑鴨子，並為牠取名為醜小鴨……」

月寧飛快的在紙上用簡潔的筆劃，畫出一幅幅童趣十足的故事畫面，讓馬建康、慧兒和小建軍看得驚呼不已，就連秀寧、秀樂都看得眼也捨不得眨。

等月寧講完了醜小鴨的故事，竹榻上排排坐著五人手裡都多了張醜小鴨故事的插圖。

「醜小鴨好可愛啊！」秀寧兩眼亮晶晶的抬頭看著月寧。「嬸嬸，妳能幫我畫一幅醜小鴨的花樣子嗎？我想繡一方這樣的帕子。」

秀樂聞言也連忙嚷道：「我也要，我也要！不過我要繡醜小鴨變成天鵝後的樣子，嬸嬸，妳幫我畫幅這樣的花樣子吧。」秀樂將手裡「醜小鴨低頭對水自照」的插圖舉起來讓月寧看。

月寧笑著點頭，還沒來得及說話，就見小建軍急不可耐的擠到面前仰頭叫道：「嬸嬸，嬸嬸，我也要花樣子，我要三幅。」

月寧看著他舉到面前豎著三根小指頭的手，笑意一下就從眼裡流淌出來，她一把握住小軍兒的手，笑道：「好，嬸嬸給小建軍畫三幅花樣子。」

月寧書房裡就有筆墨，她拿出硯臺和墨塊讓秀寧和秀樂先把墨磨好，自己去剪了五塊細棉布過來，細細的將幾人要的花樣子都畫了出來。只不過等她畫好了五幅花樣子，小軍兒已經睏得眼睛都快睜不開了，她這才驚覺時辰已經不早了。「哎呀呀，嬸嬸畫畫得都忘記時間了，咱們小軍兒該睡覺了。」

小建軍聞言猛的睜了下眼睛，嘴裡喃喃道：「花樣子……」

月寧看著他這副明明一閉眼就能睡著，卻還強撐著的樣子，一顆心都被快融化了，不由放柔了聲音哄他。「你要的花樣子，嬸嬸都已經畫好了，等嬸嬸繡好了帕子，就給你送過去好不好？」

不想小建軍竟然道：「娘繡——」

你娘要是知道你這麼坑她，估計會想揍你一頓屁股吧?!

月寧想到田桂花乾脆爽直的性子，忍不住抿唇一笑，一邊讓秀寧和秀樂牽著建康和慧兒，一邊俯身抱起小建軍哄道：「好，嬸嬸明天就拿給你娘，叫你娘繡給你。」

小建軍一沾到床就睡著了，不管月寧給他洗臉還是擦腳都沒有一點轉醒的跡象。等秀樂給馬建康擦乾腳丫子，月寧給他掖好被角，囑咐他晚上想尿尿就自去淨房解決，又給他們留了盞牆上的壁燈用以起夜時照亮，這才和秀寧、秀樂從房間裡退了出來。

時辰不早了，但張氏和姚鵬他們都在外頭忙活，月寧也不能扔下秀寧和秀樂不管。她領著兩人又上了樓，三人在二樓的陽臺上往瀑布方向看了看，見那邊還是一派熱火朝天的忙活樣，一時半會兒可能還忙不完，便只能一起回書房去。

秀寧和秀樂把醜小鴨的花樣子拿在手上翻來覆去的看，月寧把自己的針和繡線貢獻出來，兩個丫頭就喜孜孜的起針繡起了帕子來。她不好在旁乾看著，無奈只能回房剪了一塊白布，畫了個卡通小老鼠的花樣子，也陪兩人繡起來。

等外頭的事情忙完了，姜氏過來叫秀寧和秀樂時，夜已經很深了。大家匆匆告辭而去，季霆將院門和一樓所有的門窗都檢查過一遍才上樓來。

第二天一早出攤，季霆讓姚立安先去送客人預定的滷排骨，自己架了小爐子煮湯鍋，等姚立安回來，兩人將棚屋搭起來，濃濃的肉香味也已經隨風飄得大半個鎮子都能聞見了。

福田鎮上的人大多富裕，季霆的攤子上除了滷豬排骨和滷五花肉，其餘的滷菜價格都很大眾，因此看熱鬧之餘，買斤豬頭肉或是豬腸、豬肚吃的人絡繹不絕。

有錢的，當場買上幾斤滷五花肉、豬蹄膀回家下酒，沒錢的花上幾個大錢，買上一大碗豬雜湯配餅子解解饞。

一時之間，攤子上的生意好得不得了，幾人忙得連午飯都只能就著餅子應付著吃上兩口。

未時初，攤子裡的滷菜就全都賣光了，季霆在外頭跟聞訊趕來打算嚐鮮的人挨個兒說「明日請早」，月寧和秀寧、秀樂以及建康三兄妹則一起愉快的在餐車裡數銅板。

等人群散了，季霆把「趕人」的活交給沈香，叫來姚立安，讓他騎了騾子去官道和碼頭打探姚錦華和馬大龍的情況，自己則動手拆起棚屋來。

今天因為是滷肉攤子開張頭一天，怕忙不過來，季霆跟姚立安只搭了一個棚屋，所以等他這邊收拾得差不多了，月寧她們在餐車裡也將今天的盈餘算出來了。

昨天宰殺的兩頭豬，五花肉得了一百四斤，排骨得了一百三十六斤，滷製之後他們這邊拿了五分之三，馬大龍和姚錦華他們那邊一車只拿了五分之一，而豬頭肉、豬下水這些價格大眾化的滷菜，他們只拿了五分之一，另外五分之四歸了馬大龍和姚錦華他們。

「五花肉大概淨賺三兩一錢多銀子，滷排骨淨賺一兩六錢多銀子。豬頭、豬尾、豬蹄這些先不算，今天光豬雜湯就賣了八百一十二碗，一碗八文錢，這裡就是六兩四百九十六文錢。」

所謂的豬雜湯，就是豬血加上部分豬腸、豬肺和著大白菜煮的湯。豬雜湯看著料多湯也多，實則全靠白菜梆子和豬血撐空間，裡頭的豬腸、豬肺也就那麼四、五塊而已。

肥腸和豬肺牛屠戶那邊也只賣三文錢一副，豬血則是邊角料，根本不用算在成本之內，倒是如今的白菜要貴些，東市上賣一文錢一斤。他們八百多碗湯只用了三副肥腸和豬肺，以及五十三顆白菜的菜梆子。

所以豬雜湯連食材帶用掉的木柴，成本總共不過兩百文。成為利潤最高的菜品，沒有之一。

「也就是說，咱們今天差不多淨賺了十兩銀子?!」秀樂強壓著興奮星星眼的望著月寧小聲說道，那副深怕聲音大了被人聽了去的模樣，逗得月寧、秀寧和秦嬤嬤都有些忍俊不禁。

月寧拿出一個素面的荷包和一把細麻繩，將桌上的碎銀都攏到荷包裡，又讓眾人以百文一吊為單位，將銅錢都一一穿成串。

沒等大家把錢穿好，姚立安就騎著騾子回來了。「四叔，我二叔他們那邊還有客人在吃飯，馬大叔那邊已經收攤了，說是要直接家去，就不繞來鎮上了。」

「咱們也收拾得差不多了，你將桌子和長凳都搬到板車上，我把騾車套好，咱們就家去。」

餐車寬大，雖然有兩頭牛拉著，但因為月寧和秀樂等人都在車上，季霆就沒敢讓牠們快跑。姚立安趕著騾車先行一步，等季霆慢悠悠的回到南山坳，馬大龍他們早都已經回來了。

四家人回家的第一件事自然就是算帳了。最後統計，馬大龍那一車當天營利最多，除去食材、木材和人工等成本外，淨賺十一兩六百零三文，姚錦華那一車淨賺十兩九百六十八文，月寧他們這一車居中，淨賺十一兩三百二十三文錢。

三輛餐車今天一天淨賺了三十三兩八百九十四文，月寧拿出算好的銅板給每個人發工錢，如秦嬤嬤等幹活的主力都發了三十文，而如秀寧和慧兒這些沒怎麼幹活的就只發十文。

第五十四章

田桂花喜孜孜的將一家人的工錢收好，就雀躍道：「咱們的生意這麼好，今天要不要再多殺一頭豬？」

「不可！」姚鵬直接否決道：「今天是咱們滷肉攤開張頭一天，生意好是正常的，明後天就難說了。再說物以稀為貴，東西多了就賣不動了。」

田桂花聞言轉頭看向月寧，她現在就信月寧，覺得滷肉生意既然是她想出來的，那麼要不要多殺一頭豬，她應該最有發言權。

月寧只好跟她解釋。「姚叔說得對。頭天生意好並不能代表接下來的生意也會這麼好，而且定量售賣有個專門的說法叫做饑餓銷售，意思是說，賣的東西再好，別人吃多了也就厭了，所以咱們得讓人餓著來。

這吃不到嘴的東西心裡才會總惦記著，惦記的人多了，咱們家的滷肉自然也就不愁賣了，而且以後名聲出去了，再逐步增加食材的量，這樣錢才能賺得穩當。」

田桂花拍手笑道：「弟妹妳這麼一說我就明白了，姚叔說什麼物以稀為貴啊，文謅謅的，聽都聽不懂。」

姚鵬指著她笑罵。「妳個不學無術的！叫妳跟著秀寧她們一起識字妳不幹，自己懶還來怨我？」

田桂花縮著脖子轉身溜了，眾人見狀都笑了起來。

月寧睃了眼季霆，心說這也是個不愛讀書的，回頭一定要讓他趕緊去把啟蒙的書都給買回來。

月寧讓沈香去取了個木箱子過來，留了銅錢給各車找零，把三十兩碎銀加銅板都裝進箱子，拿小銅鎖鎖上，連鑰匙帶箱子一起推給姚鵬。「姚叔，這錢先交給您保管，等七天之後咱們算帳分紅的時候，您再依單子給我們發錢。」

「這差事不錯，我喜歡。」姚鵬也不推辭，樂呵呵的拍了拍木箱，把鑰匙收進了懷裡。

男人們收拾了繩子和刀具就出去準備殺豬了，秦嬤嬤和張嬸等人拿了木盆和桶跟過去，馬家三兄妹見狀歡呼一聲，也全跑了出去。

秀寧和秀樂各自抱著針線笸籮兩眼亮晶晶的望著月寧，看得月寧只能苦笑著領她們上了二樓。她是真的不喜歡刺繡，也不想靠刺繡賺銀子，可讓她鬱悶的是全家人什麼都不讓她做，美其名曰「要保護好她的手，免得刺繡時勾花了緞面」。如此美意，弄得月寧要是每天不繡幾針，都覺得對不起大家。

再說馬大龍等人自從昨天發現了新式殺豬法，今天殺豬是一點聲音都沒讓豬發出來。季霆殺好豬，把分肉的工作扔給馬大龍等人，就和姚立強趕車去了鎮上。等跟陳瓦匠談好了再到南山坳建房的事，兩人拉著十副豬零碎回到南山坳來，月寧都不知道他曾出去過。

因為這次要建五幢六間雙層的屋子，季霆跑去找村長要的人也多，這可把姜金貴給高興壞了，他跑去跟那些快要餓死的人家約法三章，先說好了誰要是敢偷奸耍滑，不肯好好幹活，就讓別人頂了他們的活計，第二天便帶著他們去了南山坳。於是當眾人午後擺攤回來，就看到陳瓦匠帶著他的建築隊和一眾荷花村的村民，已經在南山坳裡整地了。

陳瓦匠他們算是一回生，二回熟，只看了兩眼圖紙就安排了人去預訂各種建材。翌日，季霆他們都還沒出攤，陳瓦匠就已經帶人在量地基了。

建房子畢竟是大事，姚鵬、荀元和張嫿三人不放心，便都自願留在家裡照應，不再跟著眾人出攤了。

一日三餐做飯請的照舊是王大娘婆媳等人，這回雖然少了田桂花和姚家三妯娌，卻多了范大江的妻子和兩個女兒，一眾人忙活近百人的三餐累是累了點，但因為姚家的三餐都帶著油水，眾人再忙再累也覺得很有奔頭。

日子猶如白駒過隙，眨眼就過去了十多天，十一月初二這天下午，天天跑出來刷存在感的太陽，終於被烏雲給搶了鏡。

天空黑沈沈的烏雲密布，季霆趕著牛車一路小跑，緊趕慢趕的還是在離村口幾百公尺的地方，被久違的秋雨給兜頭淋了個透。

「下雨了，終於下雨了！」

「老天爺終於開眼啦！」

自村口方向傳來如瘋子般的大笑聲讓原本擔心的月寧，看著被雨淋濕的季霆和姚立安，直接把到口的關心話給嚥了下去，只催季霆快點回去。

久旱後的甘霖下得異常凶猛，暴雨一直到第二天早上都沒停，季霆看著從屋後水潭裡滿溢出來的水，眉頭都快擰成了川字。

「這雨太大了，大家還是在家歇一天吧。」姚鵬一發話，大家也就在家貓著了，可這場雨忽大忽小的整整下了三天兩夜才停，經過幾天雨水和山上溪水的沖刷，整個南山坳的地都是軟的，人走在上面都是十步一陷，更不要說車子了。

「滷肉生意只能等雨停了再說。幸虧昨天你們沒把豬殺了，否則那些肉就只能我們自己吃了。」月寧覺得久旱逢甘霖也沒什麼不好的。

可也就她一個人覺得好，季霆看著一路淹到家門口的水都快愁死了，雨一停就急不可耐的跑去村裡，找村長叫人過來幫忙挖通溝渠。

既然都要挖溝了，月寧便沒讓他們亂挖，而是讓陳瓦匠嚴格按照她畫的設計圖紙，將人分組分段的統一挖一丈寬一丈深的溝渠。

反正屋子前面這一段路淹都淹了，也不在乎多淹一會兒，月寧覺得只要將他們買下的這六百多畝地裡的溝渠挖通，再在溝壁和溝底砌上小石子，等通了水之後，門前的水自然就會退掉了。

這樣做，不但能保證溝渠裡的水質，回頭方便灌溉，還能養魚養藕，算是一舉兩得。

六百多畝地的溝渠彎彎曲曲的長達數千公尺，又要砌溝壁和溝底，工作量不是一般的大。

所幸姜金貴也夠給力，從村裡又叫了四十多人過來幫忙。加上陳瓦匠原本帶著起房子的百人隊伍，以及姚錦華和季霆他們這些幹活好手，眾人一起使勁，居然只花兩天就將丈寬的溝渠給挖通、砌好了。

大雨過後，老天爺賞臉的放晴了數日，砌好的溝渠被太陽曝曬了兩天，那溝壁上的石頭就結實到摳都摳不下來了。

溝渠與瀑布和幾處山溪相接的一端，月寧囑咐季霆都堆上大小不一的石頭，讓水只能從石頭縫裡過。這樣一來，就有效的隔離了泥沙和山上沖下來的枯枝敗葉。流進溝渠裡的水清可見底，別說是用來養魚了，那些村民幹活累了，伸頭進溝裡直接大口喝水的都有。

有了一次被水淹得出不了門的教訓，季霆一咬牙，就把從自家屋門前到村口的這一段路都鋪上了青石板。全長差不多三哩多的青石板路總共耗銀五百九十一兩，賣了十天滷肉的分紅都賠進去了不說，還要月寧貼補了差不多四百兩。

季霆一時愧疚得不得了，覺得自己沒賺多少錢還老要媳婦補貼，男子漢的自尊心受到嚴重打擊，一連喪氣了好幾天。

月寧看他這樣就給他出主意。「要不你就讀書還債吧？咱們這麼多地將來交稅可是老大一筆花銷。你回頭努力努力給我考個秀才回來，一方面給我長臉，也讓我過把妻憑夫貴的癮，另一方面嘛，自然是讓咱家的地都免了這一大筆開銷。這省下來的稅銀，可不就等於是你賺回來的嗎？」

季霆知道自家媳婦說的話都很有道理，可讓他一個這般高齡的大男人，跟一群小屁孩坐在一起念「之乎者也」？他光想想那個畫面就兩眼發黑。

月寧一見他那副要死不活的樣子就知道不出絕招不行了。「那咱們來約法三章。以後我每天教你認十個字，讀一段文章，你每天只要把我教的內容都背下來、記住了，那咱們一切好說，要是記不住嘛……」

季霆一看自家媳婦那一臉不懷好意的表情，心都忍不住顫了顫。「記不住會怎樣？」

月寧輕笑，道：「也不會怎樣啦，記不住你就在書房裡住到記住了為止唄？」

這意思是不讀書就不給同睡了？

季霆難過得想哭，有個識字的媳婦，他真的太難了。

「媳婦，咱們能打個商量不？」

月寧搖頭，再次明確懲罰機制。「一天認十個字，記不住就不許碰我，文章背不住就不許進房睡。」

季霆悲憤。「不給抱、不給睡，總能親個嘴吧？」

月寧愉快的搖頭。「不行！」

等門前的水都退了，月寧萬事不管，先押著季霆一起跑了趟鎮上書鋪，不為別的，就為買書。

只不過鎮上書鋪裡只有《百家姓》和《弟子規》，月寧逼著季霆帶她跑了趟縣城，才將剩下的啟蒙書買全。

眾人聽說月寧要教季霆讀書，紛紛跑來圍觀，就連馬建康、慧兒和小建軍都拿新奇的小眼神盯著季霆看，看得他差點沒惱羞成怒。

日子就在擺攤和月寧被迫繡花，季霆被迫讀書，眾人被迫圍觀兼看笑話中，飛閃而逝。

好像只是一轉眼的工夫，大地就換上了銀裝。進入臘月之後，天氣雖寒冷，好在下雨的時候並不多，這對莊戶人家來說可能不是個好消息，可對月寧他們來說卻是再好也沒有了。

天只要不下雨，陳瓦匠就領著他的小夥伴們，帶著百多人的隊伍抓緊時間，爭分奪秒的砌房子，五幢一模一樣的六間兩層大宅，眼見著是一天一個樣兒。

陳瓦匠跟姚鵬立了軍令狀，要在臘月十五之前完工交房子。而姚鵬給出的獎勵是：只要五個大院都能在臘月十五前完工，就給每人另外包個一錢銀子的大紅包。

這可是名副其實的大紅包啊！要知道自從下雨之後，鎮上的糧價就跟跳崖似的飛速往下降，如今一錢銀子已經能在鎮上買到十斗粗糧了。

所以為了這個大紅包，大家也是拚了。人人都搶著幹活的結果，就是身為主人家的季霆和姚錦華等人都變清閒了，每天收攤回家，房子那邊都沒什麼可忙的，他們只需管自己殺豬滷製滷菜就行了。

姚鵬每天拉著荀元在善水居一樓的大廳裡下棋打發時間，沈香只要在家，每隔一陣子就會過去給他們添個茶、送點新出鍋的滷菜什麼的，兩老頭過得是樂不思蜀。

入冬之後，月寧領著秦嬤嬤和沈香特地給竹製羅漢榻鋪上了嵌了棉花的坐墊，人坐在上面又軟又舒服，不要說姚鵬和荀元了，就連張嬸婆媳幾個平時閒下來，也喜歡坐在大廳裡做繡活。

最近月寧的「醜小鴨」花樣子在眾人之間火得不行，不但馬家三兄妹和秀寧、秀樂喜歡，連沈香和田桂花她們也喜歡得不得了，所以空下手來之後，大家就開始紮堆繡「醜小鴨」。搞得月寧這個「罪魁禍首」，要是不弄個繡繃也繡上幾針，自己都感覺怪怪的，想想她就覺得憋屈。

這種憋屈感還不好隨便發洩出來，怎麼辦呢？月寧想到的辦法是「虐」季霆。獨憋屈不如眾憋屈。不都說夫妻是一體，該有福同享，有難同當嗎？那她心情不好了，季石頭同學要是不一起感同身受一下，也說不過去，對吧？

於是，季石頭同學讀書的苦日子就更苦了。媳婦突然化身麻辣女先生，他記不住新詞要罰，背不住文章也要罰，還不讓他通融了。季霆原就覺得自家媳婦哪兒都好，人美、心善、學問好，就連繡朵花兒都比別人賣的銀子多很多。他自慚形穢啊！

他覺得自己一個大老粗，能娶到這麼個美嬌娘，簡直就是前世拯救了全世界才得到的福報，對月寧那是怎麼寶貝都嫌不夠。

他要惜福，對不對？

這下此消彼長，季石頭同學就徹底砸媳婦手裡了。只要一見到月寧皺眉，他的心裡就開始發虛，只要她拿她那雙亮閃閃的美眸瞪著他，他雙腿就開始發軟。

一天十個生字，一段三百字以內的文章，完成不了就睡書房；記住五個字可以摟小腰；記住所有生字允許親個嘴；背下當天教的文章可以摟摟抱抱，不過晚上還得睡書房。以上幾點自此成為兩口子之間的家規，半點通融不得。

苦哈哈的季石頭同學才過了幾天好日子，媳婦的新氣都還沒過，就被迫分床分房睡了。之前打滾耍賴一番，他扮扮可憐，月寧還會心軟。季霆得了甜頭，就拿這識字背文章做夫妻之間的情趣，可誰知突然之間就風雲驟變了。

一連睡了三天書房，季霆看到書和文章就眼冒火光，那表情就跟看到搶了他媳婦的大仇人一樣。可再是咬牙切齒，媳婦美眸一瞪，季霆該認的字得認，該背的文章他也還是得背。

憋屈嗎？憋屈啊！

可憋屈也只能忍著，誰叫他捨不得跟媳婦拍桌子呢？而且媳婦說得對，讓他實在不敢像以往用武力撒賴。季同學認字就撓頭，背書也撓頭，他都怕自己字沒認多少，頭髮就先被他薅禿了。

月寧「虐」完了季霆，心情都舒暢了，受一眾女眷的壓力而被迫繡花，也不覺得憋屈了。

季霆在經過頭三天的垂死掙扎和後三天的鬥智鬥勇之後，仍是沒能抗爭成功，所以也就只能認命了。

認命之後該怎麼辦呢？季石頭同學才娶了媳婦，還沒享受幾天抱著媳婦熱炕頭的好日子，破罐子破摔肯定是不行的！不就是一天記住十個新詞、一段三百字以內的文章嗎？他拚了！

早起練拳時，季霆先把昨晚學的十個新詞畫到地上，然後一邊練拳一邊記誦。趕車出攤時，他把寫著十個新詞的紙拽在手心裡，一邊趕車，一邊在腦子裡反覆的默記。等到了鎮上，十個新詞他也記得差不多了，搬桌凳、搭棚屋的時候，季同學就開始改背文章。

對於季同學來說，那些拗口的文章就沒有一句像是在說人話，可就這讀來狗屁不通的東西，他拿著小抄一有空就看一眼，一有空就讀一讀、背一背，等到收攤回家時還真就給他背下來了。

下午回家通過了媳婦的檢查，看到媳婦滿意的笑臉，享受了媳婦主動獻上的香吻，季霆同學心裡的成就感就別提有多足了。費時一個月零七天，他頭一次不但當天記熟了十個新詞，還背下了月寧要求的文章，著實讓姚鵬等人大跌眼鏡。

姚鵬和荀元吃驚完了，對視一眼，然後雙雙跳起來急吼吼的叫道：「快去把吳老頭叫來。」

姚鵬連鞋子都來不及趿，穿著襪子就跳下了羅漢榻，衝到門口大聲喊兒子。「姚錦華，你趕緊套車去趟村裡，把吳老兒給老子拉來，快！」

這副像是天要塌了的樣子可把姚錦華給嚇壞了，來不及問出了什麼事，就快步跑去套車拉人了。

姚錦富和小張氏等人嚇得忙放下手裡的活跑進客廳。結果得知是季霆終於完成了月寧當天佈置給他的功課，鬆口氣之餘，也無不新奇的跑上樓圍觀新出爐的讀書郎。

季石頭同學小的時候，姚鵬和荀元也沒少教他讀書識字，可努力了十幾年也只勉強教他認得了幾個字，足夠出外走闖用。文章？那對季石頭同學來說都是狗屁不通的東西，以至於姚鵬等人都放棄改造他了。誰想季同學婚後竟然還能開竅，這可真是老樹開出新花來了。

經過小張氏等人的解說，月寧才知道荷花村裡原來還有座私塾，姚鵬口裡的吳老頭就是私塾裡的老先生，全名叫吳翰博，今年六十三歲高齡。

「吳老頭年輕時候『聽說』中過進士，還當過官。」姚鵬跟月寧說：「不過他這人的脾氣就跟茅坑裡的石頭又臭又硬，就算當官也是被人陷害的命。」

荀元沒讓姚鵬繼續「毀」人不倦，笑著向月寧揮手道：「妳別聽妳姚叔胡說，吳老兒是真的中過進士當過官的，只不過他厭倦了官場的那些爾虞我詐，才辭了官，跟老伴跑到這荷花村歸隱的。」

月寧看看荀元再看看姚鵬，再想到雷厲風行的馬大龍和姚錦富，身上帶著書卷氣的姚錦華，覺得這些人就沒有一個是簡單的，弄不好都是厭倦了官場的那些爾虞我詐，辭官跑到荷花村來歸隱的大神。

當然了，成堆歸隱的大神還是比較少見的，不過說不定人家就喜歡一群老朋友住一塊呢？是吧？

姚錦華被姚鵬嚇著了，把個牛車趕出了飛車的效果，去村裡打個來回竟只花了一刻多鐘。

只不過等車子在門前停下來，六十三歲高齡的吳老先生就趴在牛車上吐了，吐得撕心裂肺的，讓人光聽著那個聲音就忍不住跟著犯噁心，啊不，說錯了，是忍不住讓人心生同情。

「你看看你看看，我就說你這身體不行吧？」姚鵬出去接人，卻是對吳老先生的慘樣嫌棄到不行。「坐個車都能吐成這樣，你說你還能幹點啥？」

「又來了，老姚怎麼就愛跟吳老頭過不去呢？」荀元搖著頭嘆了口氣，緊追著姚鵬的腳步出去，還真怕他把吳翰博給氣死了。「老姚，你差不多點就行了，別忘了你找老吳來是幹麼的。」

他找吳老頭來幹麼的？

姚鵬拍拍額頭記起來了。他找吳老頭來是讓他收季霆為徒，正經教他讀書的嘛。久不見老對頭，啊不，是老友，他一興奮差點就忘記正事了。

姚鵬上前拍了拍吳翰博的背，大聲招呼道：「吳老頭，別吐了，找你說正事呢！」

月寧瞪著姚鵬拍在吳老先生背上的手，感覺姚鵬每拍一下，吳老先生都要抖一抖，不禁忍不住縮了縮脖子，在心裡同情了老先生兩秒。

起房子那會兒，月寧沒少看到姚鵬搬石頭整地。別看姚鵬五十好幾高齡，頭髮都白了，可那身體是真的好，一、二百斤的石頭他說抱起來就抱起來了，讓一眾二、三十歲的青年人都羞愧不已。他用這麼大的手勁，去給吳老先生拍背，月寧都忍不住為這位滿頭白髮的吳老先生擔心。

「哎哎，你夠啦！別回頭把人給拍死了！」關鍵時刻荀元趕到，成功推開姚鵬解救了可憐的吳老先生。

可不是可憐嗎？人家都吐得這麼慘烈了，還被姚鵬「拍」了兩巴掌，吳翰博被荀元扶起來，月寧看著他蒼老的面容和面若金紙的樣子，都擔心他是不是要挺不過去了。

「沒事沒事，來，吸一口就好了。」荀元很有經驗的從懷裡掏出一個小瓷瓶，湊到吳翰博鼻下，看他聽話的深吸了兩口氣才收回手，道：「好了，緩一緩就沒事了。」

荀元轉頭責備姚錦華。「你小子什麼時候也沾上你爹的毛病了？這要真把吳老折騰出個好歹來，吳家那幾個小子能讓你有好果子吃？」

第五十五章

姚錦華一臉愧疚的對吳翰博連連作揖，嘴裡解釋道：「我看我爹喊得急，還以為出什麼事了，所以才……」

「所以才把老夫折騰得去了半條命！」吳翰博有氣無力的哼哼，用力瞪了姚鵬一眼，才轉眼去看站在一旁的月寧等人。

「可惜了，傾城佳人配了個粗人。」

季霆不自在的低頭訕笑。

可惜你妹啊可惜！月寧一下就怒了，季石頭是個粗人沒錯，可她都不嫌棄他粗，這死老頭憑什麼對她的婚姻說三道四？還中過進士，是個老翰林呢？他讀書人的禮儀呢？都被狗吃了？

「子非魚，安知魚之樂？」月寧很不客氣的斜睨著吳翰博嗤笑。「老先生活到這把歲數應該聽過『燕雀安知鴻鵠之志』這句話吧？如果你沒聽過這句話，那聽沒聽過『易求無價寶，難得有情郎』？」

眾人愕然的看著月寧突變的「刻薄」畫風，驚到下巴掉了一地。

而吳翰博感覺到了來自月寧的深深惡意，他一個土埋到腳脖子的人，要是還聽不出來小婦人對他的諷刺，那他這幾十年也是白活了。

哎呀！今天真是出門沒看黃曆啊，被姚錦華那小子風風火火的拉上牛車，顛得他去了半條命，隔夜飯都差點吐出來不說，還要被個小婦人問他聽沒聽過「燕雀安知鴻鵠之志」？

他好歹也中過進士，讀了幾十年的書，會不知道這句三歲小兒啟蒙的名句？吳翰博將月寧從頭打量到腳，然後慢吞吞的吐出一句經典。

「唯小人與女子難養也！」

月寧怒道：「哈！先生說這句話的時候，可有想過令堂和尊夫人以及您的女兒、孫女都是女人？還有先生難道是一出娘胎就是這副樣子了不成？大家都是人生父母養的，誰還能比誰高貴？你小時候就不難養？你不也是從小人長到現在這個樣子的嗎？張口就說我難養，我又不吃你家的飯，難不難養要你管？一把年紀了學什麼不好，學那婦人長舌，還翰林呢？書都讀到狗肚子裡去了？」

吳翰博都驚呆了，他活到這把年紀，還從沒被人這麼罵過呢。

姚鵬驚嚇過之後就拍著大腿仰天大笑。「哈哈哈……說得好說得好啊！」

荀元一臉無奈的拍了姚鵬一巴掌，示意他收斂點，不過看吳翰博被月寧嘲諷到臉紅脖子粗的，也是一臉的啼笑皆非。

月寧正生氣呢，哪會管別人怎麼看她？說完轉身扯了季霆的胳膊就往屋裡去。

季霆被扯著倒退著走，看吳老先生被自家媳婦堵到說不出話來，心裡別提多暢快了。他以前可沒少被吳翰博嫌棄為不學無術的朽木，現在這口怨氣可算是出了。

媳婦威武啊！

季霆返身一把將月寧打橫抱了起來，哈哈大笑著快步跑上了樓。

「這臭小子！」荀元笑罵了一句，扭頭看著下不了臺的吳翰博，嘆氣道：「你說你這把年紀了，怎麼就不能好好說話呢？張嘴就得罪人，被罵了吧？」

吳翰博憤憤又道：「唯小人與女……」

「哎呀，你就別再唯小人與女子難養了，別人又沒吃你家的飯，難不難養你也管不著啊。」姚鵬暢快的笑，得意的笑。

吳翰博被氣得脹紅了臉，覺得自己剛才給姚錦華那小子開門就是個錯誤。這兩老頭對他充滿了深深的惡意，他就不該跟他們認識。

「吳老頭啊吳老頭，你也有今天！」哎呀，看到吳翰博吃癟，他的心情怎麼就這麼好呢？姚鵬挺著腰笑得那叫一個暢快。「子非魚，安知魚之樂啊，吳老頭，人各有志，懂不懂？人家小姑娘不愛無價寶，就愛有情郎。你偏要說人家可惜了，不罵你罵誰啊？」

「行啦，你也少說幾句。」荀元推了姚鵬一把，給吳翰博打圓場。「不酸老吳幾句你就活不下去還是怎麼的？」

他們三個人加起來都兩百多歲了，年輕的時候互相嘲諷兩句，不爽了最多打一架。可這把年紀了再這麼來，要是把吳老頭氣出個好歹來，萬一看不到明天的太陽那可不是好玩的。

有了荀元遞梯子，吳翰博也趕緊借坡下驢。「我不跟你這粗人一般見識。」他說著扶著荀元的手下了牛車。「你們這麼火急火燎的拉我來幹麼？把老夫顛得差點掉了半條命。」

姚錦華這會兒躲在一邊根本沒敢吭聲，就怕被三位老爺子針對，見吳翰博瞪他，也只敢摸著腦袋訕笑。

「好了好了，大家也別在外頭站著了，咱們進屋說話，進屋說話啊。」張嬸揮手讓三個媳婦和兒子自去忙，轉頭看向被沈香喊來的秦嬤嬤等人，笑著搖了搖頭，就轉身領頭進了大廳。

沈香對上姚鵬和荀元望來的眼神，縮了縮脖子，再看大家都離開各自去忙了，自己還傻站著，頓時就知道自己犯錯了。她蔫頭耷腦的站在那裡，心虛的不敢轉身看秦嬤嬤的臉色。

秦嬤嬤恨鐵不成鋼的推了她腦袋一下，罵道：「還站在這兒幹麼，沒看到來客人了嗎？趕緊泡茶去啊！」

「哦。」這話於沈香無異於天籟之音，她跳起來就跑。「奴婢這就去。」

「一個個都不省心。」秦嬤嬤罵完抬頭往樓上看了眼，搖搖頭，都不知道該說什麼好了。她家小姐原本多好一姑娘啊，知書達理、慧敏賢淑，可自打落姑爺手裡之後就全毀了。

姚鵬和張氏婆媳看到季霆抱了她家小姐就跑，臉上還帶著善意的笑，沒有嘲笑，也沒有說三道四，他們是真的拿自家小姐和季霆當晚輩，當兄弟和妯娌看待的。都說禍兮福之所倚，福兮禍之所伏，或許自家小姐落難，流落到這鄉下地方真是命中注定也說不定。

而大廳裡，張氏把荀元和姚鵬的棋盤和用過的茶杯都收到了一旁，荀元扶著吳翰博在一側的竹製羅漢榻上坐下，就伸手給他把了把脈。「沒事沒事，神完氣足的，就是這天冷了腿腳需要保暖。老吳啊，你這平時早晚的鍛鍊可不能落下，飯後走一走，能活九十九，多走走身體好。」

姚鵬在旁「嗤」了一聲，一副很看不上吳翰博的樣子，哼道：「你騙鬼去吧？他走路都要人扶，還神完氣足？他要信了你的話，那他就是傻子。」

一句話得罪了兩個人。

吳翰博瞪了瞪眼。「你一個武夫，我不跟你一般見識。」

「你個書呆子，見人連話都不會說，還有臉笑我？」姚鵬不屑的冷哼。

吳翰博臉上再次火辣辣起來，臉紅脖子粗的惱道：「我不過是實話實說，誰知那女娃兒會這般潑辣，真是、真是……」

真是什麼吳翰博說不出口，畢竟他這把年紀了還在背後編排小輩的不是，實在不是君子所為。

不過荀元和姚鵬都明白他的意思，頓時忍不住大笑起來。荀元就事論事道：「那是你說錯話惹到那丫頭了，不然人家好好的一個大家閨秀，也不會沒事指著你鼻子罵嘛。」

「就是。」姚鵬不吐不快的道：「那丫頭到咱們這裡也有小半年時間了，就是當初知道自己被賣了，要給季霆當媳婦也沒見她動過氣，我還是頭一次見她發這麼大的火呢，你說你好好的，講人家夫妻不相配幹麼？這不是存心找罵嗎？」

吳翰博詫異的瞪了瞪眼，目光從姚鵬幸災樂禍的臉上果斷轉到荀元的臉上。「照你這麼說，那丫頭現在是真心想要跟季石頭過日子了？」

荀元微笑點頭，姚鵬拍著炕几不無得意的道：「那還有假。」

吳翰博看不過眼的橫了他一眼，哼道：「又不是在說你媳婦，你小子窮得意個什麼勁？」

姚鵬扭頭看了眼沒事人一樣，坐在一旁給他縫襪子的老伴，立即瞪圓了虎目怒道：「我媳婦好，我自然得意！我說你是不是嫉妒我媳婦肯跟我在這同甘共苦啊？你嫉妒，你讓你兒子把你媳婦送來不就得了嗎？」

什麼叫秀才遇到兵？這就是了。吳翰博索性不理姚鵬，轉頭問荀元。「我說你們叫我來到底是幹麼的？火急火燎的，弄得我還以為出什麼事了，合著你們就是想折騰我是吧？」

吳翰博不理姚鵬，姚鵬卻偏偏想說話氣他。「叫你來是想跟你商量一下，看怎麼才能把樓上那塊頑石教成秀才郎的。」

吳翰博「啊」了一聲，一臉「果然上當了」的表情。

荀元見他就要怒起，連忙道：「哎哎，別動怒別動怒，我們是說真的，季石頭那小子開竅了，都正經讀完《百家姓》、《千字文》了，現在正在讀《論語》和《笠翁對韻》呢。」

「他？」吳翰博一指指著樓上，臉上的表情活像是見到鬼了。

「他媳婦逼他讀的。」荀元了然的笑著解釋。「他這一個多月來，每天都要記住十個新字、背一段三百字左右的文章。最開始的時候雖然有些磕磕絆絆的，今天卻已經能夠很順利的就將他媳婦佈置的功課完成了。」

「頑石也能開竅？」吳翰博感覺很不可思議。回想當初，他們幾個老的為了哄那臭小子讀書，費了多大的勁啊？可牛不喝水，他們強按頭也沒用不是？

結果放任自流了這麼多年，那小子娶個漂亮媳婦就開始知道上進了？要是早知道娶個知書達理的媳婦給他，就能醫好他的懶病，他們早就給他弄個漂亮的童養媳，督促他上進了。

正事說完，姚鵬迫不及待的就端了棋盤擺上，吳翰博死活不肯跟他這個臭棋簍子下棋，擠開他跟荀元坐下對弈。

第二盤才下不久，季霆就下樓來了。看他那副心滿意足、春風得意的樣兒，張嬸也覺得刺眼，搖搖頭，起身去廚房看媳婦們準備晚飯去了。

大廳裡就剩下姚鵬和季霆幾個，大家都是男人，三老頭看季霆的眼神就不加掩飾起來。

吳翰博自持身分，也還記得之前只一句話就惹得自己下不了臺的事，所以看著季霆並不想開口。

姚鵬看不得季霆那沒出息的樣兒，哼了一聲也沒說話，只有荀元看著他搖了搖頭，直言不諱道：「你小子也悠著點，你媳婦的身子可還沒好全呢。」

「知道知道。」季霆摸著頭嘿嘿傻笑了兩聲，才老實交代道：「您給我煉的藥丸，我每天都記得吃呢，三年內我們肯定不會要孩子的，荀叔你就放心吧。」

荀元聞言不禁失笑。「我放什麼心啊？那是你媳婦又不是我媳婦，你要不體貼你媳婦，想讓她身體沒養好就生孩子，將來有個什麼那也是你自己的事。」

「是是是，我明白的，謝謝荀叔。」面對三座大山，伏低做小肯定是沒錯的。季霆又正經給吳翰博作揖賠禮，解釋了月寧發脾氣的原因。

只要一想到月寧生氣是因為吳翰博說他一個粗人，配不上媳婦這麼個傾城佳人，季霆心裡就美得不行。他捧在手心裡寵著的小媳婦，可算是看到他的真心了。

吳翰博看著他那副傻樣，簡直不忍直視。他敲敲炕几，斜眼睨著季霆道：「聽說你最近長進了，肯讀書了？」

季霆聞言一驚，連忙搖手道：「哎哎，吳叔，我讀書可不關您的事，您老可千萬別來瞎摻和。」

姚鵬和荀元一聽這話就直接噴笑了出來。

吳翰博氣得抓起棋子就往季霆腦袋上砸，只可惜季霆個頭雖大，但那一身功夫也不是練假的，眼見吳翰博要砸他，他邊躲邊驚叫。「別砸別砸，這棋可值五兩銀子呢。」

只可惜他這話喊得晚了，十多顆棋子在空中劃過一道拋物線，眼看著就要落地，季霆連忙身形電閃，急急伸手去搶救那些棋子。

可任他速度再快，還是有不少棋子「噼噼啪啪」的落了地，季霆一臉肉疼的急忙蹲下去撿，邊撿他邊拿著袖子擦拭查看，嘴裡還不住的念念有詞。「吳叔，你生氣就生氣，幹麼砸東西啊？這棋可是月兒為了給姚叔和荀叔打發時間特意買的，花了整整五兩銀子呢！這才用了兩個月，新鮮氣都還沒過。」

吳翰博差點沒被氣得倒仰，拍著炕几怒罵。「你個不學無術的頑石！朽木！」

「您就是罵我糞土扶不上牆也沒用，我就跟著我媳婦讀書。」季霆渾不在意的直起身，把手裡的棋子放回棋簍裡，然後活像不氣死吳翰博不甘休似的，道：「我媳婦多漂亮啊，她對我說什麼我都記得牢牢的，對著您，我哪裡讀得進去書啊。」

「噗——」姚鵬一口茶才入口就直接噴了。

吳翰博原本被季霆氣得不輕，可看著姚鵬一口茶水就噴在自己身前一尺處，他心裡就只剩下慶幸了。幸虧他躲得快啊，不然可不被姚鵬這老小子的口水洗臉了嗎？

荀元看著吳翰博老得都是褶子的臉，笑到整個人都在抖，不過為免吳翰博下不了臺，他只能轉移話題，朝季霆笑罵道：「你小子，說你不學無術還不信？什麼叫糞土扶不上牆啊？那叫爛泥糊不上牆！」
「哦，呵呵！」季霆摸頭傻笑，笑得吳翰博一肚子氣都給笑散了。
到底是自己從小看到大的晚輩，季霆又是那樣一個身世，吳翰博看著季霆那傻樣兒好氣又好笑的搖搖頭，過了半晌才道：「等你跟著你媳婦把啟蒙的幾本書都讀完了，再來找我吧。」
季霆把頭搖得跟撥浪鼓似的。「我不。我就跟著我媳婦讀書。」
自己堂堂一個翰林老爺，多少人想讓他教，他還不肯教呢，這小子竟然還敢嫌棄？吳翰博氣得又想抓把棋子砸他了。
可吳翰博忍住了沒拿棋子砸季霆，姚鵬可沒跟他客氣，手裡的茶杯，直接就往季霆頭上砸了過去。「吳老頭肯教你，你就該偷笑了，你個鬧心玩意兒竟然還敢嫌棄？」
姚鵬那杯茶可是噴了口水進去的，季霆肯定不能讓他砸中啊，他身上穿的是媳婦才剛做的新衣呢。可再想想自家的大廳，沈香每天都打掃得乾乾淨淨的，要是任這茶杯落了地，到時候這地上又是茶葉又是口水、茶水的，想想都噁心，回頭媳婦下來被噁心到了怎麼辦？
腦中的念頭只是一掠，季霆的手就閃電般的一伸一撈，將那杯子連杯帶水一起接在手裡。他瞥了姚鵬一眼，一臉嫌棄的筆直伸著手把茶杯放到了炕几上，訥訥道：「姚叔，你還是扔棋子吧，這套茶杯可是月兒最喜歡的，花了十兩銀子呢。」

這回輪到姚鵬被氣到了。

你小子也有今天！所謂風水輪流轉，吳翰博一肚子的氣瞬間就散了。

要說季霆氣人是真氣人，不過看著「老對頭」被氣得砸茶杯，還要遭嫌棄的樣子，吳翰博這心情一下由雨轉晴，就別提有多舒暢了。

吳翰博留下用了晚飯，姚鵬才讓姚錦華將人給送了回去。月寧沒出現在飯桌上，除了慧兒和小建軍問了一嘴，誰也沒不識趣的問起她的去處。

季霆端了秦嬤嬤特意給月寧做的紅糖雞蛋上樓，把姚鵬讓他讀完啟蒙書籍就跟著吳翰博讀書的事，和自己是怎麼氣吳翰博的事當笑話一樣講給月寧聽，結果卻結結實實挨了月寧一記白眼。

小小的荷花村竟還住著一位翰林老爺，再加上醫術了得的荀老爺子和一身功夫了得的姚老爺子一家，這讓月寧忍不住幻想了下自己這個穿越女要主角光環臨身了。

不過做人還是要面對現實的，那些大叔、大嬸不管有什麼特殊身分，都不如自家丈夫出人頭地，擁有讓人敬畏的身分強。

月寧好聲好氣的跟季霆道：「能考上進士的人，文才是毋庸置疑的，吳老先生肯教你，你確實該偷笑了，以後可不能再隨便氣人家了。」又笑著調侃他道：「你基礎太差了，今年就先跟著我讀書，等來年，咱們準備好束脩再上門請吳老先生收下你這個老學生吧。」

生活在落後的古代，沒有一定的社會地位，就是能創造再多的錢財也有可能被人搶走。月寧知道自己的出身最多只能嚇一嚇不知內情的人，可京城陳家也不是左右逢源，全無敵人的。

要是倒楣的遇上陳家的政敵，月寧這個不被陳家承認的小庶女可就要鬧笑話了。所以說這年頭，靠人不如靠己，既然嫁了季霆，讓季霆考上秀才，給自家掙點社會地位才是正經。

晚上睡覺前，月寧又給季霆洗了洗腦，說明了下考上秀才能給自家帶來的好處，以及她會多與有榮焉，哄到季霆賭咒發誓一定要給月寧考個秀才功名回來。夫妻倆這才相擁著睡去。

陳瓦匠趕在臘月十四，漂亮的交出了成績單。五幢小別墅不單樓上樓下粉刷一新，就連前後院的圍牆和兩個院子之間用來阻隔視線的果樹都已栽種完畢。

「這屋前的青石板路和各家的深井，還要麻煩陳師傅趕在過年前幫我們弄好。」月寧要給陳瓦匠清算工錢和發紅包時，又再次委託了他一單生意。

季霆吃了之前暴雨的虧，從村口到自家門前又都已經豪奢的鋪上了一溜乾淨整潔的青石板，如今只讓陳瓦匠再在五個院子裡挖口井和將門前的青石板也鋪設整齊，這對他們來說也就是個順手的活。

陳瓦匠抱著沈甸甸的一包袱銀子和銅錢，自是滿口答應。

五幢小別墅造價一千多兩銀子。為了跟荀、馬、姚三家換到南山腳下的舊屋，月寧也是拚了，特地花心思繡了幅寒山雪梅圖和雪山雄鷹圖，拿去如意坊賣得一千六百多兩銀子，才堪堪將房款和陳瓦匠的工錢給結清。

這種瞬間暴富又瞬間變窮光蛋的感覺，讓月寧痛並快樂著。

冬天的南山坳風不大，空氣卻很乾燥。新起的五個小院牆面都乾得很快，姚鵬和荀元翻黃曆找了個最近的好日子，決定臘月二十大家一起搬家暖灶，順便再擺上幾桌，把姜金貴、姜氏一族的幾位族老，以及吳翰博老倆口請來一起熱鬧熱鬧。

鄉下地方搬家暖灶請的都是貴客。季霆就跟月寧商量，說鎮上負責荷花村這一塊丈量土地和登記的鄭書吏，這一年沒少給他們關照，二十日借著三家人搬家暖灶的機會，也想請鄭書吏來喝一杯。

人際關係是要經營才牢靠的。

鄭金貴雖然只是縣衙下屬福田鎮管荷花村這一片土地丈量的一個小書吏，論官階可能連品級都沒有，可有道是縣官不如現管，月寧的目標是買下整個南山坳，季霆想著以後應該還要跟鄭金貴打交道，這才有了請他喝酒，以拉近關係的想法。

月寧對季霆能有這樣的自覺表示很滿意，捧著他的臉獎勵了他一記香吻，才道：

「那你今天就去拜訪一下這位鄭書吏吧，別忘了姚叔他們的那五間院子都還沒辦房契和地契呢，你到鎮上買包棗子糕，提了去找這位鄭書吏吧。」

第五十六章

「真要辦房契和地契啊？」季霆對給姚、馬、荀三家的房子辦房契地契，還是很排斥的，並不是說他捨不得這新起的五幢房子，而是感覺這麼做會跟三家人生分了。

「親兄弟還明算帳呢，咱們如今和大家怎麼要好，自然都覺得怎麼好也不夠，可咱們總是會老的啊，萬一我們後代子孫中出來個不孝子，這房契和地契不分清楚，咱們又先占了三家的老屋，難道你還想以後讓咱們的後代子孫與荀、馬、姚三家的後代對簿公堂嗎？」

人要是貪起來，別說是沒有血緣的鄰里，就是一母同胞的親兄弟都能打成一團，最後老死不相往來，季霆自己不就是個現成的例子嗎？

所以他當下也沒有二話，吃過了午飯就駕著騾車去了鎮上，當晚季霆連家都沒回，拉著鄭金貴從鎮上到縣裡來回跑了一趟，不但帶回南山坳小別墅的房契和地契，還買了不少二十日暖灶時要用的糖果吃食。

十八日一早，夫妻倆穿戴整齊後就一起出了南山坳。

荀、姚兩家這幾天都在打包行李，要搬家了才知小家中家私有千萬。姚家還好，有張嬸坐鎮，各種東西雖然零碎，整理起來也井井有條。

可荀家就亂套了。

荀家就荀元和荀健波爺孫倆，他們兩個大男人平時吃喝拉撒，能遷就就遷就了，現在要搬家了，開始整理東西才知道，從邊邊角角搬出來的東西都能堆滿大半個院子，簡直讓爺孫倆一個頭兩個大。

季霆夫妻倆先到的就是荀家，可荀家已經亂到沒地方下腳了。季霆看了月寧一眼，媳婦今天身上穿的是一襲月白色，襟口和袖口繡藍色羽毛紋樣的衣裙，外罩了件深藍色繡白色小金花紋樣的夾棉大氅。

媳婦一身的新衣，可不能被蹭髒了。季霆伸手攬住月寧的小腰，把才跳下騾車的月寧又舉抱起來，輕輕放回騾車上。「院子裡太亂了，妳坐車上等我，我進去把東西給了荀叔，咱們就到姚叔家去。」

月寧歪頭看了他一眼，又轉頭看了眼拉著的兩頭騾子，心裡不是很安穩。「你就不怕你走開了，黑毛和黃毛拉著我亂跑？」

季霆原本還沒想到這一層，可被月寧這麼一說，頓時就不放心起來。他又把月寧抱下來，拉她走開了些，將兩匹騾子的韁繩結結實實的綁在荀家門前另一側的一棵小榕樹上，這才算放心了些。

「妳在這兒等我，我去去就來。」

「你們夫妻倆不進來幫忙，光在我院子門口晃什麼晃啊？」荀元在屋裡看著他們夫妻倆摟來抱去卿卿我我的樣子，老大不高興的吼了一嗓子，趿著布鞋甩著雙手就踢踢踏踏的走了出來。

被荀元抓到他們夫妻親密，季霆也不覺得尷尬，轉身朝荀元恭敬的抱拳一禮。「荀叔！」

荀元上上下下的打量了夫妻倆一眼，瞇起眼睛，語氣不善的道：「你們不是來幫忙的？」

穿得這麼光鮮亮麗，自然不是來幫忙的！

不過看荀元一臉「他敢說不，就讓他好看」的模樣，季霆很是乖覺。「我們今天來，是特地給您送房契和地契的。」他從懷裡掏出個紅布袋子，恭敬的雙手遞給荀元。「荀叔，這是南山坳裡您那個院子的房契和地契。」

荀元斜了季霆一眼，伸手接過袋子卻仍是一臉不高興。「怎麼，你就這麼迫不及待讓我搬家啊？」

季霆突然就有種想冒汗的衝動，果然像媳婦說的，無理取鬧的老男人什麼的最難搞了。他只能賠笑道：「哪是啊，荀叔，您不是一早就挑好了日子決定二十搬家暖灶嗎？

我跟月兒都覺得這房契和地契還是早點交到您手上的好，所以才特地一辦好契書就給您送來了。」

荀元拉長著一張臉，轉頭看向月寧。

月寧忙笑道：「荀叔，我看您這兒亂糟糟的，要是忙不過來，我回頭叫范大江家的和沈香她們過來幫你整理啊。」她伸手指了指姚家的方向。「不過我們還要去姚家送契書，現在就不多留了，等午後就叫沈香和范大江家的過來，您看怎麼樣？」

怎麼樣？自然是再好也沒有了！

都說破家值萬金，荀元原也沒覺得自家這破屋子有什麼可收拾的，可真等開始收拾了，才發現從邊邊角角裡搬出來的東西又多又雜。看著東西都是好的，平時也都能用得上，不捨得丟的結果就是等他東理理西弄弄，完了一轉身，原本清爽的屋子已經堆滿東西了。

荀元覺得新家應該有新氣象，這些舊東西全搬過去吧？他覺得東西太多太雜了。可扔吧？他又哪一樣都捨不得扔！那種感覺實在太讓人糾結了，最好有人來幫他做選擇。

「你們過午之後就快來啊，我這兒可正亂著呢。」

季霆頓時如釋重負，連忙應承道：「是，我們過午之後一定到。」

兩人轉向姚家。姚家也在整理東西準備搬家，不過屋裡、院外仍與他們沒離開前一樣井井有條。

季霆將裝著房契和地契的小紅布袋交給姚鵬，姚鵬就打發兩人走了，理由是沒空招待。

這正合季霆的意。他會答應月寧換上新衣出門，原也就是打這個主意的，不然不過是跑一趟南山腳下，送個契書的事情，哪需要換衣服這麼麻煩？

季霆趕著兩騾拉的車，帶著媳婦只在南山腳打了個轉就回去了，聚在村口大槐樹下聊天的村民們，遠遠的看到他們夫妻的身影，不禁又議論起來。

「這人要是走運啊，那是擋都擋不住的，你們瞧這季霆，他爹娘還因為他賣身給人為奴，都跟他斷親了，結果誰想到他賣身給姚家反而是掉進福窩了。」

一群人站在老槐樹下，遠遠的看著季霆趕著騾車掉頭往南山坳跑，那心裡可真是五味雜陳啊。

「說到季霆那病媳婦，可真是漂亮，我長這麼大從沒見過這麼標緻的姑娘。」

一說到月寧，村口老憨頭的媳婦陳氏就兩眼放光的咧嘴笑道：「我聽桂花說季霆對他媳婦可寶貝了，他媳婦平時除了繡花就啥都不用幹。」

老憨頭就在旁憨憨的笑。「石頭走運啊，前陣子不是有一老一少說是季霆媳婦的下人呢。」一個老婦人邊納鞋底邊抬頭笑道：「聽說她們也在姚家幹活呢，我兒子說，她們跟季霆夫妻倆都住在南山坳裡先起的那幢大房子裡。」

這賣身賣到有妻有房，不愁吃喝，還有人侍候，直把一眾閒漢眼睛都嫉妒紅了。有人感慨道：「嘖嘖，季霆這日子是越過越紅火了，也不知道季洪海和姜荷花現在會不會後悔把季霆趕出門，還跟他斷了親。」

陳氏眼珠子轉了轉，跟老憨頭低聲交代了兩句，就轉身往村子裡跑去。

姜荷花作夢都沒想到，她才過了兩個月「季石頭不再是她兒子」的好日子，陳氏竟然會給她送來這麼一個消息。她面上故作不在意，等微笑著送走陳氏，一關上院門那臉就拉下來了，甩著手回屋就甩上了門。

東廂和西廂的門幾乎同時開了條小縫，探出兩顆黑乎乎的小腦袋。

季有剛朝正房努努嘴，以口型問對面的秋菊和夏荷。「怎麼了？」

夏荷和秋菊一臉愁容的齊齊搖頭，然後把腦袋縮了回去。奶心情不好，肯定會指天罵地的，她們的日子又要不好過了，兩個小丫頭愁眉苦臉的回去跟娘親報信。

趕車回南山坳的季霆根本不知道，他什麼都沒幹也能惹他娘不痛快。回南山坳的路都是平坦的青石板路，今天日頭好，左右無事，季霆便放任騾子慢慢走，一邊指著南山跟月寧說山上的果樹和山珍，直說得月寧心動不已。

「那過年的時候，你帶我上山玩吧。」

季霆一對上媳婦亮晶晶的漂亮大眼，頓時就知道闖禍了。「大冬天的，山上的樹都禿了，又冷又危險，真沒什麼好玩的。」

「不是有你嗎？你帶著我上山會讓我有危險嗎？」

月寧好笑的歪頭看著他，長長的黑睫毛眨呀眨的。直眨得季霆心裡被羽毛刷過般麻麻酥酥的，男人的自尊瞬間抬頭。「有我在，自然不會讓妳有危險了，妳要真想上山玩，等過年咱們不用出攤了，我就帶妳去。」

月寧得逞的嬌笑起來。「那我們就這麼說定了，等咱們不用出攤了，你就帶我上山玩。」

季霆很想說不，可看著月寧的笑臉卻張不開嘴，只能「呵呵」乾笑，看著又傻又憨。

臘月二十日一早，荀、馬、姚三家天未亮就早早的守在新房門口，等太陽才在東邊的雲層中放射出第一縷陽光，余家三兄弟立即就點燃了鞭炮。

姚家三房人、荀元和馬大龍等人一聽到鞭炮聲，就抱著手裡的鐵鍋衝進新房，跑到灶房，將手裡的鍋擱到灶上。

搬家先暖灶，今天三家人合辦的十桌搬家酒，就要用五個院子裡的新灶炒出來。

姚、荀兩家也就吳翰博夫妻倆一對客人，馬家倒是請了田桂花的娘家爹娘兄嫂來坐席，姚錦華一早套車去村裡接了姜家的幾位族老和姜金貴過來，就讓余安、余慶三兄弟將山坳口的大門給關了。

姚錦華也是被季霆的爹娘兄嫂給鬧怕了，都被鬧出了後遺症，現在只要家裡一有喜事辦酒席，就下意識的想要先關上大門。不過也虧得姚錦華有這麼個好習慣，才讓他們躲過了一劫。

因為幫忙打下手的人夠多，十桌酒席早早的就準備完畢了。冬天的飯菜冷得快，眾人便也就不拘早飯、午飯的，全都提早入了席。

一時間杯盤交錯，勸酒聲，喝彩聲不絕於耳，熱烈的氣氛讓月寧看得眼睛都不帶眨的，實在是她兩世為人都沒見過這樣熱鬧的場面。

而就在眾人吃喝得正熱鬧的時候，荷花村的村口，三道人影腳步匆匆的從老槐樹的一側轉了出來，趁著這個沒人的機會，腳步匆匆的上了通往南山坳的青石板道，一邊不斷四下張望，似乎深怕被人瞧見了一般。

老憨頭姜老六的房子就正對著村口的老槐樹，陳氏端著湯盆從灶房裡出來，眼角餘光恰恰就瞄到了這三道身影。陳氏心裡立即就知道這裡頭「有事」了，她定睛望去就認出了那三人的身分，見那三人往南山坳方向去了，立即眉開眼笑起來，轉頭往屋裡跑去。「當家的，不得了了，你一定不知道我剛剛看到誰了……」

等季文和許氏扶著姜荷花好不容易走到南山坳口，結果迎接他們的卻是一堵高大的石牆，以及兩扇宛如城門般厚實的朱紅木門。

「這門怎麼還關上了？」姜荷花有些氣急敗壞的質問兒子、兒媳。「你們不是說今天姚家搬家，要擺暖灶酒嗎？這門又是怎麼回事？」

「我沒記錯啊，那陳瓦匠明明是說今天吃了暖灶酒才會帶人回鎮上的呀！」季文望著緊閉的大門，也不禁撓頭，他貼到門上想透過門縫看看裡面的情景，結果門縫裡頭黑乎乎的，顯然門縫內側全都是封死了的。

許氏望著這高牆大門，眼珠子轉了轉，問季文。「當家的，你說他們會不會關著大門已經吃上了？」

姜荷花一聽就怒了。「老大，你上去砸門，叫季霆那孽障出來見我。」

「哎！」季文擼起袖子，握著拳頭就上去砸門。大門被砸得「砰砰」響，但奇怪的是聲音卻並不怎麼響亮。

姜荷花頓時就沒好氣的衝季文罵道：「你沒吃飯嗎？給我用勁砸啊！這麼不痛不癢是給門撓癢癢嗎？」

季文都快哭了。「娘啊，我用勁砸了，可這門它砸不響啊！」

「沒用的東西，讓開，讓老娘來。」姜荷花嫌棄的上前推開兒子，抬手就往緊閉的大門拍去。她心中有氣，又有意要在兒子和兒媳面前表現，所以這一下就用了全力。

三人只聽「啪」的一聲輕響，大門紋絲不動，姜荷花卻脹紅了臉，痛到彎下了腰。

「娘？娘，妳這是怎麼了？」季文忙上前攙住姜荷花。

姜荷花從齒縫裡擠出幾個字。「痛死老娘了。」

「啊？」許氏掐著嗓子就嚷起來。「婆婆，妳怎麼樣了？可別傷到骨頭了啊，要不咱們先去看大夫吧？」

「看什麼大夫？妳以為看大夫不用銅板啊？」姜荷花惱羞成怒的一把甩開許氏的手，向兩人吼道：「你們兩個都上去給我狠狠的砸，老娘今天倒要看看，我把這大門砸出個窟窿來，裡頭的人還能不能坐得住。」

「哎喲，季家嬸子，什麼事惹得妳這麼著急上火的呀！」陳氏的聲音隔著老遠傳來，姜荷花母子三人驚愕的齊齊回頭，就見村裡有名的大嘴巴陳氏正提著布裙飛奔而來，那臉上滿是看熱鬧的興奮，而在她身後還跟著三男兩女，打眼一看竟都是荷花村裡有名的閒漢、八婆。

姜荷花和季文夫妻倆渾身一個機靈，寒毛都豎起來了。

季文有些腿軟的問姜荷花。「娘，這、這可怎麼辦啊？」

他們今天之所以敢來南山坳，是因為聽說了季霆與他那個病媳婦成親之後，不但住進了姚家建的新屋子，還過著呼奴喚婢的日子，姜荷花和許氏又堅信月寧一個做媳婦的，沒膽子敢忤逆長輩，送公婆一家上斷頭臺。所以才會商議之後，把季洪海支去了鎮上買年貨，又特意挑了村口老槐樹下沒人的時候趕到南山坳。

在三人的原定計劃裡，他們這一次上門攪鬧的目的是銀子，只要季霆肯息事寧人，乖乖給他們掏銀子，那就證明季霆那病媳婦說的那些都是嚇唬他們的，日後自然是想要多少銀子，都能向季霆伸手要。

可沒想到他們的試探都還沒開始就被一道大門給擋住了，而且更糟糕的是，陳氏這些村裡出了名的閒漢、八婆不知怎麼也跟來了。

姜荷花也不知道該怎麼辦，她被季洪海曾數次威脅「再來招惹小兒子和他媳婦就休了她」。不甘憤恨的種子早就埋在心裡了，她想攪了姚、馬、荀三家的暖灶酒，想用事實打季洪海的臉，告訴他，季霆那個孽障生來就活該被她打罵剝削的。

可看到陳氏等人，姜荷花腦子裡不知怎麼就想起季洪海罵她會害了全家人性命的話，這讓她害怕極了。眼看著陳氏等人越跑越近，姜荷花不待眾人反應，突然抬腿就跑。

季文和許氏看著她一下子遠去的背影，呆愣了好一會兒，才反應過來他們被姜荷花拋棄了。

面對陳氏等人明晃晃瞪來的眼神，許氏慌道：「當家的，咱們也趕緊走吧，娘可都走遠了。」

那是走嗎？那是落荒而逃吧！陳氏幾人聞言毫無顧忌的放聲大笑。

季文和許氏臊得滿臉通紅，自覺沒臉，便也跟著跑了。

「嘖嘖，來找麻煩竟然連門都沒進就跑。」一個閒漢搖搖頭，抬手拍了拍緊閉的大門。可明明使了大力，那門發出的聲音卻只有幾聲「砰砰」的輕響。「這門用的是什麼料子啊？這聲音聽著，怎麼很厚重的樣子？」

「在山坳口弄這麼扇大門出來，這姚家也真是有錢沒處花了。」說這話的婦人臉上滿是嫉妒之色，可再嫉妒天上也不會掉銀子下來，她自個兒生了會悶氣，便意興闌珊道：「人都跑了，咱們也回吧。」

陳氏有些不懷好意的指著大門笑道：「咱們不跟姚家和季霆兄弟說一聲嗎？好歹他娘和大哥、大嫂還惦記著他呢，咱們看到了怎能不給他帶句話呢？」

「想給季霆帶話，妳還怕以後沒機會嗎？」一個閒漢握拳在大門上敲了敲，實事求事道：「這門後頭要是沒有人守著，山坳裡的那幾幢房子離這山坳口的距離可不近，咱們就是把這門拆了，裡頭也聽不到。」

火急火燎的趕來看熱鬧，結果除了姜荷花娘仨什麼熱鬧都沒看成，眾人敗興而歸。不過當天村口老槐樹下又有了新的聊天話題。

這世上最不缺的就是幸災樂禍和唯恐天下不亂的人，季洪海午後回村時，自然沒有錯過村口眾人正聊得火熱的話題。

得知姜荷花又帶著季文夫妻去了南山坳，季洪海可是氣壞了。他黑著臉往家趕，身後跟了一群眼巴巴想要看熱鬧的村民。季文夫妻怕受牽連，沒等季洪海回來就先溜了。

季洪海深埋在心底的自尊，不允許自己再成為一個笑話，所以他強抑著怒氣，最終沒讓村民看成這場熱鬧。人生最初那幾年貴公子的生活，早就離季洪海而去了，這麼多年在村子裡耳濡目染，他以前也沒少打姜荷花出氣，可這次他卻厭煩了，扯了姜荷花回房，關上房門也只是聲色俱厲的警告她，再不聽話就真休了她。

可偏偏就是他這副說一不二、不再廢話的架勢，讓姜荷花害怕了，之後幾天她連院子門都沒敢邁出去，乖得很。

月寧是兩天之後收攤回家，才從季霆口中得知，姜荷花曾帶著季文夫妻二十那日想跑南山坳找他們麻煩，結果被山坳口的大門給堵回去了的事。

月寧實在是無法理解姜荷花的思考模式，她問季霆。「他們不是都跟你斷了親嗎？

你娘又跑來想幹麼？」

季霆搖搖頭，他這輩子就沒弄明白過他娘的想法。「大概是又想來要銀子吧。」

「都斷親了，還能來要銀子？」都沒關係了好吧！

季霆還是搖頭。

只有千日作賊，哪有千日防賊的？那對無緣的公爹、婆母要是總這麼拎不清，他們還能有什麼好日子過？月寧輕咬紅唇，還是決定給季家兩老放個「大招兒」，她伸腿輕踢了下低頭發愣的季霆，道：「哎，咱們買個僕婦侍候你爹娘吧。」

季霆愣愣的道：「不用吧，都斷親了，就不要浪費那個銀子了。再說他們也不只我一個兒子，季文、季武和季雷會孝順他們的。」

月寧看著季霆無奈的嘆了口氣，知道他沒往那方面想，便更加直白的道：「我的意思是說，你娘的日子過得太閒了，咱們買個膚白貌美的小媳婦給你爹做妾，也好讓你娘有點事忙，別總惦記著找咱們麻煩。」

季霆望著月寧兩眼發直，好半天都不知道該怎麼反應。「……媳婦，這、這不好吧？」

「不給你娘找些麻煩，她就總想找咱們麻煩啊。」月寧跟姜荷花不熟，心裡也沒有她是季霆的母親，自己就該尊敬她的感覺。

她好聲好氣的跟季霆分析。「你看你都跟他們斷親了，你娘還能帶著你大哥、大嫂又跑來找麻煩。要不是先前咱們在山坳口起了高牆、立了大門，二十那天豈不是又要被他們給鬧不痛快了？」

關於親娘對他「鍥而不捨」的仇恨，季霆無力反駁，也無話可說。

月寧看他這樣就有些心疼，她上前抱住他的腰，靠在他的胸膛上輕聲道：「你娘……我也不知道該怎麼說，總之她不喜歡你，咱們也不要喜歡她好了。我就覺得你娘是日子過得太閒、太和平了，咱們買個女人送給你爹，也讓你娘有點事做，省得她總想找咱們的不痛快。」

第五十七章

季霆抬手摟住月寧的柳腰，感受著懷裡妻子溫軟的身子，心裡既感動又有些哭笑不得。母親對他的仇視和種種苛待，他不是不恨。可為了不讓他娘找他們麻煩，就給他爹送女人，這就太……

月寧抬頭就看到季霆一臉便秘般的糾結表情，知道他狠不下心，便當機立斷道：「這件事就這麼說定了，回頭我讓馬大哥和奶娘去買人。這事你就別管了。」

怎麼能不管呢？媳婦這可是在給他找二娘啊，這是說不管就能不管的事嗎？

季霆不禁有些發急。「月兒，這事不能急的，咱們要不再商量商量？」

季霆越是這樣，月寧越是不想讓他插手，她不容置疑的道：「商量什麼啊，說了讓你別管，你就別管了嘛。這事我會搞定的。」

月寧覺得這事宜早不宜遲，所以「鎮壓」了季霆之後，就匆匆下樓，叫上秦嬤嬤去了馬家。想讓秦嬤嬤和馬大龍一起去買女人，還得先經過田桂花這位女主人才成，不然要是讓人家夫妻倆產生什麼誤會，月寧就罪過了。

自古以來往公爹房裡塞女人，好給婆母找點事做。這種事就是在豪門大宅的後院裡，也沒人敢明目張膽的放到檯面上做。可到了月寧這裡，她根本就沒想要遮掩，就這麼大大咧咧的跑去跟田桂花商量怎麼給姜荷花添堵才好。

在月寧看來，姜荷花對季霆的仇恨那就是沒事閒出來的毛病。換在豪門大院裡，哪個女人有了兒子還敢不珍惜？

所以姜荷花這「病」，在月寧看來唯有女人能治。

田桂花聽了月寧的「損招」，立即舉雙手雙腳贊同，兩人就去哪裡買個女人好、買什麼樣的女人、怎麼給姜荷花添堵展開了激烈討論。

秦嬤嬤在一旁目瞪口呆，看田桂花一說到給季洪海找女人比自家小姐還要熱衷，便無語的閉上了嘴。

她家小姐已經被這些人給帶壞了，秦嬤嬤覺得她現在就是說再多也阻止不了事情的發展，身為下人，她還是謹守本分好了。更何況她看那狠心的姜荷花也不順眼，給季洪海塞個女人，讓姜荷花後院失火，秦嬤嬤覺得這樣也挺好的。

這年頭要找個安分守己、知曉本分的女人不容易，可要想找個會勾引男人的攪家精，秦嬤嬤卻是知道一個好去處的。

銷香閣是福田鎮上最大也是唯一持證營業的青樓，馬大龍和秦嬤嬤在田桂花和月寧灼灼的目光中走進銷香閣，半個時辰之後就領了個身穿斗篷、頭臉都罩在兜帽裡的婀娜身影出來。

田桂花不待三人走近就迫不及待的跳下車迎過去。「怎麼樣？怎麼樣？她……」她目光灼灼的盯著走在兩人身後、整個人都掩在寬大斗篷裡的女人。

那女人聞聲抬起頭來，一雙雪白纖長的手從斗篷下伸出來，兜帽落下，便露出女子燦若星辰的眼和秀美的臉龐。

田桂花吃驚的倒抽了一口冷氣，心裡只有一個聲音：這樣的女人，怎麼會是……附近有行人駐足往他們這邊看來，馬大龍劍眉一皺，伸手扯住田桂花胳膊的同時，扭頭冷冷的朝那女人道：「把妳的兜帽戴上，現在還沒到妳出力的時候。」

秦嬤嬤聞言便輕嗤了一聲，扭頭好整以暇的看著那女人似被嚇到了般，急急忙忙的戴上了兜帽。「妳就是做慣了那種骯髒事，出了那道門也該裝出個良家子的樣子來，別白瞎了我們給妳贖身的銀子。」

「是！」女子急急應了一聲，縮著脖子低下了頭。

田桂花看看面若寒霜的馬大龍，又看看突然變臉的秦嬤嬤，被馬大龍扯著往馬車走時，還忍不住頻頻回頭去看那個掩在兜帽裡的女人。

月寧在馬車裡，跟站在馬車邊的季霆把馬路對面的一切都看了個分明。

那女人才出那道門就有了動作，顯然是個「不安分」的，只不過就是眼界、認識差了些，沒等弄清楚自己的任務就貿然行動，需要好好敲打一番才能讓她上崗。

「月兒，這事……咱們要不要再想想？」季霆都不知道怎麼形容自己現在的心情。他娘雖然是很過分，可作為一個正常人，因為親娘不喜歡自己就給親爹送女人?!這種事情實在太挑戰季霆的禮教認知了，讓他糾結又有罪咎感。

「哎呀，人都買來了，這事你就別管了，聽我的肯定沒錯。」月寧能理解季霆的糾結，卻不想照顧他的心情。

怎麼會沒錯呢？兒媳婦要給公爹塞女人，這事說出去，誰敢說是對的？

季霆撓頭抓耳的急得不行，可又不知道該說些什麼，眼見馬大龍領著幾人到了跟前，他最終也只能默默的把嘴巴給閉上了。

「月寧……」田桂花爬上馬車就一屁股坐到月寧身邊，湊到她耳邊，跟她小聲說起那個買來的女人。

馬大龍一等自家媳婦上了馬車，就拉著季霆往一旁的騾車去了。

秦嬤嬤滿意的看著兩人走開，轉頭目光如刀子般瞟了身後的女人一眼，冷冷的命令道：「上車！」

「是！」女人畏畏縮縮的爬上車，卻被車裡目光灼灼的盯著她的三個女人給嚇了一跳。「我……奴家……」

「妳先坐下吧，我們這就走了。」月寧沒有為難她的意思，淡淡向她點了下頭，就轉向正上車的秦嬤嬤。

女人才膽怯的坐好身子，秦嬤嬤就上車坐到了她身邊。

馬車跑動起來，秦嬤嬤才低聲道：「小姐，她叫嬌娘，原是南方一家商戶裡賣出來的小妾，已經被主母灌過了絕子藥，老鴇說她昨天才到咱們這兒，還沒開始接客。」

秦嬤嬤直接掏出嬌娘的賣身契遞給月寧。「老鴇要價一百兩，奴婢還了五十，最後以七十五兩買下她了。」

月寧接過賣身契，抬頭看著嬌娘。秦嬤嬤的眼光還是一如既往的毒辣，這嬌娘生得膚白貌美，是那種臉看著很小家碧玉，身材卻很火爆妖嬈的女人。

月寧想到她出身不錯，也算是見過世面，閱人無數，低垂著頭的模樣卻柔弱怯懦，就感覺自己的損招百分百能成。她微笑著問嬌娘。「妳可認字？」

嬌娘點點頭，小聲回道：「回小姐的話，奴家未被主母轉賣之前，曾是家中侍候老太太的大丫頭，因為平時的差事所需，也粗粗識過些字。」

月寧聽她聲音嬌柔，說話時眼角眉梢透著抹媚色，看著雖沒有那種刻意煙視媚行的舉止，可勾人的效果卻更甚，便滿意的點點頭，道：「妳的女紅如何？」

嬌娘不清楚月寧這麼問的意圖，只能依言掏出自己的手帕遞到月寧面前，道：「小姐請看，這是奴家自己繡的帕子。」

沈香自然不會讓月寧去碰一個青樓女子的東西，她伸手接過那白綢的帕子，攤在手心上呈給月寧看。只見那綢帕上繡的是一枝紫藤花，花葉配色濃淡分明，針腳細密，繡工看著倒還過得去，不愧於她的經歷。

「憑這手藝，在如意坊接些繡品餬口是肯定沒問題的。」月寧看了眼賣身契上嬌娘的年紀，見她今年才二十二歲，就覺得真是便宜了季洪海那個糟老頭了。

她抬頭看著嬌娘，低聲將季家的情況以及要她做事情一一說了，完了道：「妳的新身分是季家隔壁王大娘的娘家遠方表姪女，六年前遠嫁南方，因喪夫又無所出而被夫家休棄。只要妳能把我吩咐的事情辦好，妳的底細只要妳自己不說，就沒有人會知道。等妳嫁入季家之日，我還會送妳一份嫁妝。不過在事情沒成功之前，妳要想日子過得更寬裕些，就自己做些繡活賣吧。」

嬌娘聽了這話，就作出一副欲言又止、有話又不敢說的模樣。

月寧見她這樣也沒理她，只淡淡的道：「我家相公沒被趕出家門之前，給季家賺下了豐厚的家業，而在我家相公被趕出家門之後，季家對外雖然宣稱已經分家了，可據我所知，目前三房人的田裡產出其實都還捏在季洪海的手裡。」

月寧說完，笑看著嬌娘，道：「我這麼說，妳明白是什麼意思吧？」

明人眼前不說暗話，嬌娘的眸光閃了閃，便微笑著點了點頭，柔聲道：「奴家知道該怎麼做了，只是事成之後，奴家的賣身契……」

秦嬤嬤不等嬌娘說完就冷冷一笑，抬起眼皮譏諷的看著她道：「妳不是在商戶人家做過幾年丫頭嗎？怎麼連這點規矩都不懂？妳如今是我們小姐的人，只要妳好好做事，以後自會有妳的好處，可這非分之想就不要想了。」

嬌娘被說得心頭一凜，知道眼前這幾人並不好相與，便再不敢放肆，連忙低頭應了聲「是」。

有田桂花負責跑腿牽線，月寧把季霆和馬大龍打發走，另找了姚家三位嫂子，很順利的就說服了王大娘幫忙。

嬌娘的身分過了明路，王大娘只用了一月五十文錢，就向姜荷花租下了季家大院裡季霆當初住的那個房間。

可嬌娘一住進季家，事情就瞞不住了。姚鵬、荀元和張氏等人知道了事情的始末之後，著實把月寧和夫綱不振的季霆給訓了一頓。可訓過之後也就沒有然後了，月寧這事雖然不道地，可木已成舟，眾人自然不可能出賣季霆夫妻倆，於是大家就心安理得的等著看熱鬧了。

為了避免季霆一時想不開跑去通風報信，姚鵬和荀元還特地敲打了他幾句，大意是：大家是在為你出氣，你不能不知好歹之類。

所有人都默默的在等著看好戲，季霆一個人孤掌難鳴，最後也就只能捏著鼻子認命了。

此後兩天大家照舊早起出攤，午後回來算帳發工錢，再殺豬、滷製各種肉菜。這日恰是小年夜，月寧想著要買紅紙寫祭灶詞，才突然想起新年是要貼春聯的，她跟季霆商量寫對聯賣。

「賣對聯？」往年賣對聯的都是那些家貧的讀書人，媳婦這是準備跟人搶生意了？季霆對自家媳婦的正常要求，向來都不會阻攔，當下便點了頭。

月寧又道：「回頭等對聯寫好了，你叫上王大娘家的小孫子和你二哥、三哥家的幾個孩子一起賣吧，讓孩子們賺些零花錢也好買零嘴吃。」

「這……這不好吧？」季霆雖然也想幫襯兩位兄弟，可他娘的戰鬥力實在太強了，讓他望而生畏，根本不敢有所動作。

月寧也知道他在遲疑什麼，想了想便道：「你上次不是說鐵柱家的毛豆跟你二哥家的季有剛是玩伴嗎？回頭你把對聯拿給毛豆，讓他拿去分給你二哥、三哥家的孩子，不就行了？」

有了毛豆做擋箭牌，姜荷花就算想借這事再生事端，他們也能有話可說。

「他們賣了對聯，多少也能補貼點家用。」季霆對當初黃氏帶季有剛來給他示警還是很感激的，當下欣然應允，拿了碎銀給姚立安，讓他去買紅紙。

因月寧說對聯是要寫了交給孩子們賣的，收攤回家之後，慧兒三兄妹就眼巴巴的看著眾人。沒有人面對三人滿懷期待的小眼神能狠下心來拒絕，所以就連季霆都伏案為這三隻小的寫了不少的對聯。

傍晚時分，田桂花拿著眾人寫好的對聯，讓馬大龍趕著騾車去了趟村裡，進屋和王大娘說了對聯是給孩子們賣了賺個零錢花的之後，就偷偷用手指了指隔壁。

王大娘立即心領神會，點頭道：「我家毛豆跟他家的有剛要好，反正這對聯也挺多的，一會兒就讓我家毛豆去跟那幾個孩子說，回頭大家一起去鎮上賣對聯。」完了突然聲音一低。「人是安頓好了，就是還沒啥動靜。」

田桂花點點頭，也低聲道：「那等有了動靜，您讓鐵柱往我們那兒傳個信。」說著就告辭出來，徑直坐上騾車回了南山坳。

第二天，馬家三兄妹賣對聯賺了個缽滿盆滿，可建康、建軍和慧兒的銅板在兜裡還沒揣熱，就全變成了一堆的煙花、爆竹，直把田桂花氣得拿著雞毛撣子把三人攆得雞飛狗跳。

等到了臘月二十六，滯留在福田鎮上的災民好像突然就全不見了蹤影，路上的客商一夜之間就多了起來，連帶季霆等人的滷肉生意也突然好起來，這日連午時沒到，所有的食材就都賣光了。

滷肉和滷排骨的暢銷，讓月寧想到了製作臘肉和燻肉。

相對於製作燻肉的多道工序，臘肉製作起來要簡便多了。而且各家二樓專門建來用於雨天晾衣服的通風房，正好成為晾製臘肉的最佳場所，削好的肉片晾在這裡，被南山坳裡獨特的繞牆風吹上兩天就能蒸製食用了。

臘月二十八就是舊年的最後一個大集。為了趕在過年前大賺一筆，季霆跟牛屠戶又訂了十頭肥豬，然後和馬大龍等人只花兩天就把欄裡的豬都殺了。可即便是這樣，製作出來的臘肉片也因為方便攜帶、保存和取之即食的特點，僅臘月二十八一天就被過往的客商和百姓搶購一空。

建康三兄妹揣著賣對聯賺的兩貫多錢，跟著姚立強和姚立安兩兄弟，趁著大集未散，坐著騾車去市集上買好吃的去了。

季霆收了攤，將特意留的一部分滷豬蹄、滷豬肉和臘肉乾分成三份，趕著餐車和月寧特意給如意坊的金掌櫃、姜木貴以及和順鏢局的大師傅曾鏢頭送了過去。

去如意坊和姜木貴家，月寧和季霆都是稍坐了片刻才起身告辭，唯獨到和順鏢局送禮時，季霆才拉著月寧走進鏢局，就見院子裡的幾個漢子直勾勾的盯著他們看，特別是落在月寧身上的眼神尤為古怪。

季霆的臉色當下就難看了起來，見迎客的小廝說曾鏢頭不在，他直接把手裡用油紙包著的滷肉和肉乾遞過去，讓他代為轉交之後，也沒管那小廝一副欲言又止的為難表情，拉著月寧轉身就走。

季霆與和順鏢局之間顯然有事，不過回南山坳的路上，月寧見季霆沒有開口跟她解釋的意思，便也就沒問。

年前的最後兩天，四家人便開始為過年忙碌起來。張嬸和秦嬤嬤霸占了廚房，領著范大江家的和范家姐妹兩個油果子，揉麵、捏肉丸、煮糕點，忙得不亦樂乎。閒下來的小張氏、姜氏和何氏等人便全都聚在大廳裡，就著火盆繡花納鞋，順便聊些有的沒的。

除夕夜，四家人在姚鵬住的小別墅裡一起吃過了團圓飯，男人們繼續留在姚家大廳裡喝酒吹牛，女人們則移步到月寧家的客廳裡，磕瓜子、吃果子，喝著熱茶開始講八卦。

荷花村是個大村落，雖然大多數人都姓姜，可外姓人也有幾十戶，這麼多人住在一起，家長裡短的事情自然不少。說著說著，大家就想起了月寧出的那個「損招兒」。

田桂花問月寧。「季家那邊還沒有消息過來嗎？那個嬌娘就沒點動作？」

月寧搖了搖頭，她向來秉持謀事在人成事在天，嬌娘既然已經住進季家，她就靜待著結果了。所以道：「我讓嬌娘入往季家，無非也就是想讓她絆住我那公爹、婆母，現在沒消息對我來說就是好消息了。」

「就是、就是，咱們老百姓只要能平平安安的過日子，那就是天大的福氣了。」張嬸笑著拍了拍月寧的手背，又忍不住責備她道：「不過姜荷花那人雖然是個拎不清的，可她畢竟是妳的婆母，就算他們跟季霆斷了親，妳派那個嬌娘去季家攪事也是做得過了些。她若是成事了倒還好，要是事情沒成，又不是個嘴巴緊的，事後讓人知道她是妳派去的，妳想想別人會怎麼說妳？」

月寧並不在乎別人怎麼說她或者想她，也並不認為嬌娘會認不清形勢，蠢到跟別人出賣她，因為暴露她的結果也是暴露她自己。不過張嬸的話也不無道理，這世上沒有不透風的牆，一個人不背叛，不是因為她不敢背叛，而是交換背叛的代價還不夠。

月寧真心實意的向張嬸道謝。「我知道怎麼做了，師娘，謝謝您。」她是想讓季霆考秀才的，她身上要是有了污點，將來季霆就算考上了秀才，也難免會落人口實。

月寧想著或許該找個機會，再好好敲打嬌娘一番。可計劃趕不上變化，月寧還沒來得及行動，季家那邊就出事了。

大年初一，季洪海跟租住在他家的小寡婦偷情，被姜荷花抓姦在床的事，被四處拜年的村裡孩子傳遍了整個荷花村，自然也就這麼傳進了南山坳。

季霆聽了消息，叫上馬大龍就一起匆匆趕去了季家，可兩人才去不到兩刻鐘就回來了。

月寧眼尖的看到季霆的脖子上有一道紅痕，不禁詫異的抓他過來仔細檢查。「你這是怎麼了？在村裡跟人動手了？」季霆脖子上的紅痕長長的，還破了皮。月寧拿自己的手在他的脖子上比劃了一下，就皺眉道：「你這是被女人抓的？」

季霆見她一下冷了臉，深怕她誤會，顧不得憋屈和難看，連忙解釋道：「我娘抓的。她覺得我是去看她笑話的，所以一見我過去就朝我撲過來了。」

月寧簡直不敢相信自己的耳朵。「你娘把你爹和嬌娘偷情的事鬧得全村皆知，在季家門口看熱鬧的人肯定不少吧？她就衝你一個人發火？」季霆的臉色一黯，月寧就只覺一股火氣直上腦門，氣得她都快炸了。「你娘認定了你就是顆軟柿子，但凡有點不順心就想揀著你使勁掐，是吧？」

季霆被突然爆怒的月寧嚇了一跳，連忙訥訥保證道：「我、我以後不會再去老宅那邊了。」

「這是你去不去那邊的問題嗎？這是你又被你娘欺負了，你懂嗎？」月寧氣到聲音都揚高了八度，手指用力在季霆的胸膛上戳啊戳。

季霆自然不敢在這種時候說不懂，連忙點頭如搗蒜。

「懂？懂你怎麼還被抓成這樣？看到你娘撲過來，你不會躲嗎？她現在已經不是你娘，你們斷親了，什麼叫斷親你不懂嗎？」

月寧越說越生氣，都斷親了姜荷花還敢往季石頭身上伸爪子，真是活得不耐煩了。「此仇不報，誓不為人。」

季霆嚇了一跳，深怕媳婦要弄死他娘，忙抱著她哄道：「媳婦、媳婦，那到底是我娘，她生我一場，我被她抓一把，就當還了她的生恩。咱們不生氣，不生氣啊。」

月寧冷笑。「季大俠如此好性子，難怪不但你娘喜歡欺負你，連你大哥、大嫂也喜歡在你頭上踩一腳。」

季霆連忙賠笑道：「以後肯定不會了，都斷親了嘛，他們再來鬧也站不住腳，不是？」

月寧一把揪住他的衣襟，惡狠狠的警告。「我不指望你跟你娘動手，可以後看到你娘，你能不能給我躲遠點？」

「以後肯定躲得遠遠的，我保證。」盛怒中的媳婦不能忤逆，季霆連聲保證。

第五十八章

這麼低眉斂首的季霆讓月寧更生氣了，她雙手齊上，揪著他的衣襟用力搖。「你娘就算了，可你要是連你大哥、大嫂也鎮不住，我就弄死你，你信不信？」

「信！信！」季霆一說到季文和許氏，神情就變了。「我也就讓讓我娘，季文和許氏要是敢來，我肯定揍得他娘都認不出他來。」

月寧怒氣一緩，卻仍瞪著他道：「這話可是你說的，做不到我要你好看，聽到沒有?!」

「聽到了、聽到了。」媳婦凶起來雖然沒什麼氣勢，可她這麼生氣也是為自己好，季霆心裡感動，連忙點頭如搗蒜。

月寧想想還是氣不過，讓余安三兄弟把山坳口的大門關了，不是熟人不讓進，又跑去把事情跟姚鵬和荀元說了。

余家三兄弟如今就住在山坳口背風處新起的三間石屋裡，一為看門、二為傳訊。畢竟從山坳口到四家人住的小別墅距離實在太遠了，若是沒人看門，山坳口的大門一關，外頭的來人就是把手拍斷了，裡面的人也不會知道。

張嬸拍著月寧的手寬慰道：「石頭他娘一直就是那副德行，妳就看開點吧。」

不看開點還能怎麼樣呢？月寧仰頭望天，頹然嘆氣。

可這口氣才嘆完，余安就跑來報告。「夫人，姚老夫人，外頭來了好多村民，都嚷著要看望咱們家老爺呢。」

月寧失聲叫道：「你們沒開門吧？」

余安苦著臉道：「我可不敢開門，那些村民砸起門可凶了，怎麼看也不像是善客啊。」

「做得好。」月寧立即稱讚。「咱們家的親戚朋友都在這山坳裡了，你們兄弟看好大門，誰來也別開門就對了。」

余安高興的答應一聲，就快步回山坳口去了。

「這村裡的人哪！」張嬸搖搖頭，顯然對村裡人喜歡四處看熱鬧的毛病，深感無奈。

「好事不出門，壞事傳千里。」月寧對那位無緣的婆婆還有些咬牙切齒，扭頭看到幾幢小別墅，她心裡一動，瞇起眼道：「或許……那些村民往咱們這兒跑，也不單是為了看季大哥的熱鬧，主要還是衝著佔便宜來的。」

張嬸順著她的目光看過去，視野裡一字排開的四幢圍著鏤空圍牆的六間兩層樓新屋，看著新穎、漂亮又敞亮，就是她這老太婆這麼看著都覺眼熱，更不要提那些沒什麼見識的村民了。

「富貴迷人眼啊。」張嬸感慨完，想到剛搬到荷花村那會兒被村民三天兩頭上門，今天討去兩顆菜，明天要去三斤麵的情景，不禁就慶幸起季霆他們當初要在山坳口圍牆立門的決定來。

也幸虧月寧緊閉大門的命令先一步到達，所有湧到南山坳的奇葩村民，都被阻攔在了山坳口外。山坳口堵了群跟打了雞血一樣的村民，大家出去無異於自投羅網，但大過年的，馬大龍也不甘心蹲家裡種蘑菇，於是便來找季霆商量著一起上山打獵去。

上山好啊，月寧盼著上山已經盼望很久了。可看馬大龍一副要獨樂樂的架勢，她眼珠子一轉，悄聲和沈香交代了幾句，便讓她去了馬家。

季霆一進家門，看到自家媳婦正好整以暇的坐在大廳裡等他，不用月寧開口就很自覺叫道：「媳婦妳別生氣，我帶妳上山，這就帶妳上山玩，好不好？」

月寧滿意的回他一個燦爛的笑，季霆一看就知道自己說對話了，忍不住也跟著「嘿嘿」傻樂起來。

冬天的南山上光禿禿的，就算天沒下雪，也只有滿山的枯枝和薄冰，在季霆看來是真沒什麼好看的。可他還是把月寧包嚴實了，讓秦嬤嬤裝了一皮水囊的熱湯讓月寧抱著，然後就揹著她上了山。

站在南山頂上舉目四望，東北方向是炊煙裊裊的荷花村，西南方向則是一山連著一山的南山山脈，一眼望去竟似沒有盡頭一般。月寧讓季霆揹著她在山上四處走走，找找野果樹。

季霆以往在荷花村雖然待的時間並不多，可山上哪裡有野果樹，他還留有些印象的。他揹著月寧腳下如飛，帶她四處去看山裡的野柿樹、野梨樹、野板栗林、野葡萄藤……

月寧高興壞了，跟季霆說：「這些野果樹都已經長成多年了，只要能移栽到山下好生侍弄著，不用多久肯定能長出好果子來的。」

「只要妳喜歡，那咱們就移。」季霆滿口答應，開春就先把山裡的老葡萄藤移栽到自家院子裡去。

為防止村裡的那些奇葩村民乘機跑進南山坳去，初二一早，馬大龍趁天沒亮就帶著妻兒上丈母娘家走親戚去了。

山坳口的大門關得緊緊的，男人們聚在一起為不久後的打獵做著準備，女人們則聚在季家燒了地龍的客廳裡，一起聊天做女紅。唯獨季霆一人靜靜的在樓上讀書背文章，讓月寧看得詫異又憐惜，顯然初一早上發生的事，他面上說不在意，可心裡其實並沒有釋懷。

大家見他這樣，也沒敢打擾他。有些事情大家勸說再多也沒有用，需要季霆自己想通、悟透才行，大家所能做到的也就是給他留出空間，讓他自己靜靜待著。

中午吃過飯，天空就下起了鵝毛大雪。雪花飄飄揚揚的一連下了三天，直到初五早上才停。這三天裡，山坳口早就沒了村民的蹤影，而馬大龍一家也一直沒見回來。

雖然榆樹村就在隔壁，與荷花村相隔也不過就是三、四十里路，姚鵬等人猜測他們許是被大雪所阻，卻仍是不放心，讓姚錦華來季家借了騾子去榆樹村看看。

為了道路通暢，季霆便叫上姚錦富等人，領著余安他們從家門口開始，往村口方向清理青石板路上的積雪。

可季霆一出南山坳，便有愛管閒事的村民上來跟季霆和姚錦富他們問東問西。季霆全程板著臉，任由村民們說什麼都沈默以對。

不過姚錦富就沒那麼客氣了。「季霆兄弟雖然賣身給了我姚家，可他不是我家的下人，而是我姚錦富的弟弟。初一早上，季嬸不問青紅皂白就把我季霆兄弟給打了。我爹說這次念在季家正值多事之秋就先算了，可要還有下次，就不要怪我們姚家不客氣了。」

有村民不以為然，道：「姜荷花怎麼說都是季霆的親娘，親娘打兒子，你們還能拿她怎麼著？」

姚錦富冷笑。「斷了親就是兩家人了，季家孀子要是真不懂別人家的孩子不能打的道理，我們姚家倒是不介意到縣裡請來縣大老爺告訴她。」

這話是說姜荷花要是再有下次，姚家就要把她告到衙門去了?!

姚錦富的話音一落，就有好事的村民將他的話傳到季家去了。

姜荷花對姚錦富的話非但渾不在意，甚至還嗤之以鼻，可季洪海卻無法淡定。他這麼些年小心翼翼的，讓自己像個莊稼漢一樣隱姓埋名，過著窮苦的生活為的是什麼？還不是為了保住季家最後一絲血脈，慢慢壯大季家？

衙門那個地方對季洪海來說就是個絕地，他這輩子避開衙門走都來不及，怎麼可能會允許姜荷花跟姚家對簿公堂？

出了酒後亂性的事情之後，季洪海原本對姜荷花還有那麼點愧疚，可她又去招惹季霆，還把姚家也扯進來。事關自己的身家性命，季洪海哪裡還敢再任姜荷花胡攪蠻纏下去？

「妳既然全不把我的警告放在心上，那就別怪我心狠了。」季洪海拉了姜荷花回屋，就冷冷的扔給她一紙休書，道：「妳收拾了東西就走吧，以後我們男婚女嫁，各不相干。」

「你敢休了我？」姜荷花不識字，可看著季洪海冰冷的神情，想到他趁著她睡著的工夫跑去爬小寡婦的床，就氣得朝季洪海撲了過去。「你勾搭上了那個狐狸精，就想休了我？」

姜荷花瘋了般對著季洪海又抓又捶，一邊高聲叫罵著。「季洪海你個老王八蛋，睡了個小騷貨就想踹了我？老娘告訴你，沒門！你敢休了老娘，老娘就敢去衙門告發你，不信你就試試看！」

「妳個瘋婆子，知不知道自己在說什麼？」季洪海用力推開姜荷花，又氣又急的看著一臉狠戾的她，怒道：「告發了我，妳三個兒子、兒媳和那些孫子、孫女都要死，妳自己也要死。」

「死就死！」姜荷花也豁出去了，冷笑道：「他們都是從我肚子裡爬出來的，現在把命還給我也沒什麼不好，你想踹了老娘跟小狐狸精過，告訴你，作、夢！」

「是嗎？」季洪海眼神一冷，掄起拳頭就朝姜荷花身上砸去。

「殺人啦……救命啊……」姜荷花被打得大聲慘叫起來。

季家的東、西廂房被急急拉開，季武和季雷先後衝到上房，用力拍門叫道：「爹，你別打娘啊！」

「爹，你開門、開門啊！」

姜荷花的慘叫聲聽得兩人心慌。

「你讓開，讓我來。」季武喊開季雷，上前用力卸了門板，季雷就衝了進去。

「爹，爹，你冷靜點。」他抱住把姜荷花按地上打的季洪海，用力往後拖。

季武扔了門扇跑進去，就見伏在地上的姜荷花面目猙獰的半爬起來，朝季洪海惡狠狠的吐了口帶血的唾沫。「季洪海你喪良心啊！當初要不是有我爹給你一碗飯吃，你早就餓死了，你現在竟然敢這麼對我？今天你有膽子就打死我，想休了我，沒門！我姜荷花就是死也要拉著你們這些賤人一起墊背。」

季洪海衝著季雷和季武吼。「你們聽聽，聽聽她都說了些什麼，她是想拉著我們全家老小去死啊！」

季武青著臉和季雷交換了個眼神，沈聲道：「不管怎麼說，爹你也不能休了娘啊！畢竟娘會鬧你，也是因為爹你有錯在先。」

季洪海被兒子不善的眼神看得又氣又急，怒道：「我是為了這個才要休她的嗎？我是因為她不顧咱們全家的安危，又要去招惹你四弟才要休她的，我這麼做是為了誰？為了誰啊？」

季武和季雷不敢置信的齊齊看向姜荷花。

姜荷花被兩個兒子看得心虛，色厲內荏的叫道：「他是從我肚子裡爬出來的，我難道還打不得了？」

季雷氣得鬆了對季洪海的箝制，朝姜荷花怒道：「娘，咱們跟四弟斷親了，妳明不明白？就算四弟是妳生的，他現在也不是妳兒子了，妳打了他，不用弟妹出面，姚家要想告妳，也是一告一個準的妳知道嗎？」

姜荷花被說的有些害怕，可又不想服軟，便只捂著臉嗚嗚的哭。

季武嘆了口氣，直截了當的朝季洪海道：「爹，休妻你就別想了，我們兄弟幾個都不答應，至於你和那個小寡婦……」

季雷突然出聲搶過話頭，道：「爹，你要是想娶那個小寡婦進門，就按當初分家書上說的，把該給我們的東西都分給我們吧，我不想拿自己和妻兒的口糧養小娘。」

季武聞言反應過來，也立即道：「三弟說得對。爹，你睡了那個小寡婦，不娶她肯定是不行的，既然這樣，這個家還是分清楚的好。」他又朝地上的姜荷花道：「娘，我聽說那小寡婦是個不能生的，妳有我們三兄弟在，還怕她一個妾嗎？」

季洪海聞言心裡有些不痛快，可一想到嬌娘那一身細皮嫩肉，再看看人老珠黃，還不時會發瘋的姜荷花，他的心就又滾燙起來，想也沒想的道：「你娘要不是又領著季文兩口子跑去找季霆麻煩，我也不會說要休了她。嬌娘我肯定是要納進門的，至於她進門是做妻還是做妾，就要看你娘想不想安分過日子了。」

這話的意思也就是說他可以不休妻，但姜荷花要是再認不清形勢，他就算不休了姜荷花，也要讓她由妻變妾了。

「娘，妳明知道季霆媳婦捏著咱爹的把柄，還跑去招惹他們，不是要陷我們全家老小於危險當中嗎？」明知觸之會死還跑去挑釁，季雷都不知道要怎麼說姜荷花才好了。

「我今天也把話撂這兒。娘，以後爹要是因為小妾的事打妳，我做兒子的肯定幫妳，可妳要是再跑去招惹季霆，那爹要怎麼對妳，我就不管了。咱家的事情捅出去就是個死，我要帶著妻兒逃命，可沒時間顧妳老人家。」

季武也道：「我跟老三一個意思，這日子還要不要過，娘妳自己好好想想。反正我以後要跟著師傅在鎮上做活，過了十五就會帶孩子們和孩子他娘一起去鎮上了。」說完他就轉身回自己屋了。

「去什麼鎮上，你們這是打算不管我了？」姜荷花頓時就急了。

「妳只要別再去招惹季霆兩口子，我們就不會不管妳。」季雷無奈的道：「再說爹要是娶了妾，我家是兩個丫頭還好，二哥家的都是小子，以後大家一個門進出也不方便。」對季武現在有底氣說搬鎮上就能搬鎮上去住，季雷是真羨慕。

面對丈夫要納妾，她要是再由著自己的性子鬧下去，兩個兒子還會跟她反目的事實，姜荷花只能無奈妥協。

休妻的事不了了之，季洪海轉身就交代季武讓黃氏去王家，跟王大娘提了要娶嬌娘做妾的事。月寧一早就跟王大娘交代過，嬌娘的聘禮要有銀三樣和兩厚兩薄四身衣裳，這是鄉下人家娶妻的一般條件，可放到嬌娘這個小「寡婦」身上，就是有抬舉她的意思了。

季洪海「酒後亂性」在先，又放不下嬌娘一身的好皮肉，這樣的條件自然無有不應。兩家很快就過禮並挑定了日子，說好了初八就讓嬌娘過門。

姚錦華從榆樹村接了馬大龍一家回來，眾人見他們都平平安安的，也就放心了。

馬大龍一回來就嚷嚷著要上山打獵。苟元自願留下「看家」，季霆就把范大江等人都叫到南山坳，讓七人在他們上山期間負責看護南山坳裡一眾婦孺的安全。

一群男人就跟放出籠子的鳥般，興高采烈的拿著早就準備好的弓箭、乾糧和麻袋上了山。幾人都有武功在身，腳程極快，就連上了年紀的姚鵬都沒脫隊，一口氣就連翻了三個山頭進入深山範圍。

大旱剛過，山中的小動物幾乎絕跡了，馬大龍和姚錦華幾個東踢踢、西看看，順著野獸活動的痕跡就找到了個熊洞。

可這年頭的熊也是瘦脫了形的，也不知道是沒睡醒還是餓的，馬大龍好不容易把熊引出洞，牠走起路來卻搖搖晃晃一副隨時要昏倒的模樣，姚立強只一個猛踹就將牠踹倒了……

獵物得來太容易了，這大大打擊了大家打獵的積極性。一行人把南山坳附近的幾個山頭都跑了一遍，獵了不少野物，只不過都是瘦巴巴的，連毛皮都稀疏無光澤。

這樣的東西季霆等人連皮都懶得扒了，下山回到南山坳之後，姚立強和姚立安兄弟一人駕了一輛騾車，直接把獵物全給牛屠戶拉了過去。

初八大集，月寧終於等來了趕集的王大娘。

「初一那天姜荷花撲過去打石頭，可把我給嚇壞了，我還以為嬌娘嘴巴不緊，把你們給賣了呢。」兩人坐在攤車最裡側，王大娘悄聲對月寧道：「初五那天，姜荷花被季洪海給打了，在院子裡又哭又叫的，沒一會兒，季武媳婦就來跟我說季洪海要納嬌娘進門了，我今天到鎮上來，就是想再給嬌娘挑兩個尺頭的。怎麼說都掛了我表姪女的名頭，要是一點東西都不給她，我怕姜荷花會有話說道。」

月寧從隨身的荷包裡掏出一個小小的紅布包，打開讓王大娘看了眼裡頭的八個八分的銀花生，道：「這是我一早為嬌娘準備的嫁妝。您幫我告訴她，只要她以後安生過日子，別讓季家那些人再把主意打到我們頭上，她的賣身契就永遠不會成為她的威脅。」

王大娘點點頭，把荷包小心收好就告辭走了。

自這天之後，日子好像突然變得平靜了。

季霆仍把月寧當個易碎的娃娃，什麼都不讓她沾手。於是月寧在不想繡花之餘，就總盯著季霆讀書、識字、背文章，直把他逼得哀嚎不止，卻又樂此不疲。

二月二過後，姚、馬、荀三家，就合夥把村口到南山坳山坳口這一片的荒地全都買了下來。

按眾人原本商定的計劃，等三月農忙過後，季霆就要跟著吳翰博讀書了。為了讓他能從一系列瑣事中脫身出來，月寧用手裡的積蓄在鎮上盤下兩間店面，又買了十個長工，把自己這一股人的滷肉攤直接升級成鋪子。

新鋪子由姚立強和姚立安主事，沈香帶著范家姐妹倆從旁協助，名字就叫南山滷肉鋪，專賣各種口味的肉乾、肉脯和滷肉。

馬大龍和姚錦富並不願學月寧買人做地主，每天仍樂呵呵的堅持自己出攤去賣滷肉。

鋪子才開張兩天，季雷就偷偷來找季霆，言明想租他們空置的攤車，準備就在他們原來的地方擺攤，做賣骨頭湯和乾餅子之類的小生意。

自從季洪海娶了嬌娘之後，姜荷花一直很安分，再說攤車空著也是空著，季霆回來和月寧一說，她就答應轉租了。

開春之後，福田鎮就慢慢恢復了繁榮，滷肉鋪的生意眼見著一天比一天好。月寧手裡有了點銀子，就又開始花錢從村裡有荷塘的人家買淤泥，然後吩咐范大江等人鋪到整理好的地裡。

到了春播，季霆從村裡雇了三十人，自己帶著長工，直忙了半個月才將幾百畝地都種上東西。可一過農忙，他沒來得及多歇兩天，就被逼著進入村裡的學堂，正式開始了他的讀書生涯。

荷花村民對季霆進私塾讀書，自然是說什麼的都有，有好事的村民又跑姜荷花面前去說酸話，就盼著她能再鬧出點什麼事來。可誰知這回姜荷花臉色難看歸難看，卻沒再如他們的願，反而拿著掃帚把他們全趕了出去。

月寧得知這事時，已經是第二天了。對於姜荷花這個奇葩婆婆終於肯放過他們，月寧還是很高興的，當晚給季霆檢查功課時，她就把這事說給了他聽。

季霆聽後想了想，發現自己去了親娘這座大山後，日子其實也沒想像中的好過。他一個人高馬大的漢子，每天跟一堆小屁孩坐一起念「之乎者也」也就算了，文章背得不夠順溜還會被吳翰博那老頭打手掌心。

上課要被一堆小屁孩嘲笑，下課回南山坳時，還要被一群村民在背後指指點點的看笑話。這樣的日子，要不是回家還有媳婦會對他噓寒問暖，他都要瘋了。

可相較於他的水深火熱，月寧覺得這樣的日子過得其實還挺可樂的。雖然看自己男人的笑話有些不太厚道，可眼看著季霆在學堂受了氣，回來讀書練字時就越發努力刻苦，到後來甚至連幹農活都不忘在懷裡揣本書，邊幹活邊默記文章，月寧就覺得自己應該把這笑話繼續看下去。

第五十九章

春播之後，余安等人就上山把野葡萄藤從山上移栽了下來。

由於葡萄藤比較多，月寧就想把自家鏤空的院牆邊都栽上葡萄，結果田桂花和秀寧、秀樂等人見了全都要學，她乾脆就讓余安帶人把六個院子的院牆都栽上葡萄藤。

等移栽好葡萄藤，眾人又開始移栽野果樹。月寧一早就給南山坳畫好了設計圖，如今野果樹從山上挖回來，余安他們只要按圖栽種，倒也極容易。

因為山上成株的野果樹數量有限，月寧還特地讓人採購了一批回來，把該種樹的地方都栽上，這一忙就忙到了五月中旬。

金掌櫃一連兩個多月沒見月寧到鎮上來，可是急壞了。繡藝到了月寧這種程度，對繡坊來說那是要當祖宗一樣供起來的人物。她之前賣給如意坊的繡品，在京城和南方等地一經放出來就引起了哄搶，讓如意坊著實賺了不少銀子。

因為季霆那些真真假假的傳言，金掌櫃原還以為月寧肯定會卯足了勁刺繡還債。她作著一月收月寧一件繡品，數銀子數到手抽筋的美夢，結果一連兩個多月沒見到人，她派了小廝到處打聽，得到的消息又都說季霆夫妻賣身給了姚家，欠的銀子只怕這輩子都還不清了。

久等不到月寧，金掌櫃只能親自找到荷花村的南山坳。

下了官道之後，所見的一切都讓金掌櫃看得有些嘆為觀止。

平坦的青石板道、高大的山坳大門、小半個南山坳整齊的跟豆腐塊一樣的田地和水渠……南山坳的景色已經初具雛型了，這讓金掌櫃看得心裡更加沒底，一見到月寧就忍不住開口勸道：「季娘子，妳該知道以妳的手藝，只要好好刺繡，不說日進金斗，月賺千兩都是不難的……」

過來上茶的秦嬤嬤笑著打斷她的話，道：「掌櫃的說的我們又如何不知呢？只是我家姑爺捨不得我家小姐勞累，妳也知道，這繡活做久了可是很傷眼睛的。」

眼前這位要是不賣刺繡了，她的財源豈不就斷了？金掌櫃頓時就急了。「別啊！季娘子，妳可千萬別給我撂挑子啊，我那如意坊可就等著妳的繡品撐門面呢……」

月寧坐下都沒機會開口說話，金掌櫃就自說自話的把繡品的價格給往上提了兩成，一副月寧不賣她繡品，她就要活不下去的誇張模樣，弄得月寧都不好意思了，最後只能道：「眼見著就要夏收了，我趁這陣子有閒，把夏日荷塘趕出來就給妳送去，妳看可行？」

這不行也得行啊。

「自然是再好不過了。」金掌櫃臉上在笑，心裡卻是別提有多苦了。

月寧見她這樣，便一臉誠懇的道：「金掌櫃，妳也知道我這頭是受過重傷的。之前家裡急等著用錢，我沒辦法才急著做繡活賣錢，如今這口氣終於緩過來了，自然就……」

「可別！可別！妳可千萬別說不賣我繡品的話。」金掌櫃都想哭了，但她不敢逼月寧太過，也不敢表現得太過急切，就怕月寧再跟她提價或是乾脆撩挑子，斟酌了半晌才道：「季娘子啊，這銀子哪兒有嫌多的啊？再說妳能把雙面繡練到這種程度也不容易，不趁著年輕的時候多賺些銀子，難道要等著年紀大了再來繡？這年紀一大可就看不到針眼了。」

「夫君不許我操勞，所以以後就算動針，我也不會再繡得這麼趕了。畢竟自個兒的身子重要，不然我賺的銀子再多也是便宜了別的女人，掌櫃的妳說是不是這個理？」

金掌櫃還能說啥呢？

月寧笑道：「不過，我這兒倒是還有另外一件事想拜託掌櫃的。」

金掌櫃的眼睛一下就亮了，有事相求好啊。「何事，妳說！」

月寧叫沈香拿她事先做好的兩個小挎包給金掌櫃過目，道：「這是我做的兩個小裝飾，平時出門能挎在身上，好看也實用，裡面可用來放些銀兩、手帕或是小梳子、小鏡子之類的東西。」

金掌櫃立即秒懂，道：「季娘子是想放到我如意坊寄賣？」

「不是寄賣，是合作。」月寧笑道：「這種東西想要仿造並不難，要賺錢就必須不斷的推陳出新，我有推陳出新的能力，但沒有那個精力把這生意做大，所以才想找金姐姐合作，咱們合則兩利，如意坊若是不接我這生意……」

「接，我們如意坊和妳合作。」這麼一位刺繡大家，不合作？難道要將人推給別家繡坊嗎？

月寧微微一笑，又提起了另一件事。「聽說我家二嫂和三嫂也常接了如意坊的繡活做？」

「季娘子的意思是？」

月寧便嘆氣道：「我家當家的是個重情的，受人點滴便能記一輩子。我曾受了他們的恩，卻又不好明著拉他們一把，所以也就只能借著金姐姐的手幫他們一把了。」

金掌櫃這才恍然，敢情季娘子要跟她們如意坊合作，還是借了季家老二和老三的光啊。她滿口答應道：「這沒問題，只要是妳這小包包上出的繡樣，我能高價包給她們做。」

月寧笑道：「也不用太高，一幅小繡二十五文錢也就差不多了，畢竟過猶不及。金姐姐要是肯幫妹妹這個忙，日後每年我都給姐姐送兩幅繡品去。」

金掌櫃聞言雙眼一亮，自然無有不應。

送走了金掌櫃後，月寧也不敢再拖拖拉拉的了，準時在半個月內把那幅「夏日荷塘」繡好，讓秦嬤嬤送去如意坊，換了九百六十兩銀子回來。

月寧拿著這些銀子，外加滷肉鋪半年的鋪子分紅湊了一千八百兩，把南山坳裡僅剩下的一千多畝地，以及南面帶瀑布的山頭也給買了下來。

一下多了這麼多地，余安等人忙得差點沒飛起來，夏收完了又給半個南山坳的地施了次肥，一行人緊趕慢趕的秋播下種，完了又一刻不得閒的整起地來。

季霆如今的主業變成了讀書，月寧也只有在他書讀得累了時，才讓他出去拔拔草、搬搬石頭。到了七月中旬，爬滿院牆的葡萄藤上掛滿了一串串紫綠相間的葡萄，月寧每天的日常就變成了和張嬸等人聚在一起，將各家院牆上全熟的葡萄摘下來。

從山上移植下來的野葡萄聽說原本結果就很甜，再經過余安等人的精心照顧之後，今年的葡萄不但甜，個頭看著也很喜人。

月寧帶著眾人把品相最好的挑出來，用竹籃盛了，一部分讓姚立強拉去鎮上賣，一部分用來送往鎮上幾家天天到他們鋪子買滷肉的大戶做禮。

等到了八月，大家吃夠了葡萄，該送的親戚朋友也都送過了，剩下的葡萄摘下來後，月寧全讓人洗乾淨了，捏破果皮擺到大缸裡釀酒。

大梁朝是有葡萄酒的，只不過因為都是商隊遠從西域運來的，因此價格也非常昂貴，非豪門富戶喝不起這種酒。

月寧打從七月葡萄採摘起，就拿了個小罈子試做出一罈，因此這回大量釀製也不怕失敗。姚鵬等人見月寧要用葡萄釀酒，也都非常期待，紛紛過來幫忙。

日子在這樣的忙碌中飛快的過了半個月，等要開缸嚐酒的這日，連姚立強和姚立安都把鋪子交給小夥計，自己跑回來等著嚐酒。

一群人眼巴巴的盯著那幾口釀酒的大缸，季霆沒等月寧發話，就先跟馬大龍把蓋在大缸上的石板挪開了。

沈香遞來一個瓷質的湯勺，月寧打了一勺上來，就見深紅的酒液盛在白色的瓷碗裡，看著讓人只覺驚心動魄。酒碗在眾人之間傳遞，月寧就著瓷勺底部的殘液，小小的抿了一口，酒液入口辣中帶澀，但回味醇厚又很甘純。

月寧眉眼一彎，和季霆道：「這酒是成了，只不過缸裡的葡萄渣都要先撈出來，等這些酒液再發酵一遍之後，封進前日剛送來的那些橡木桶裡存上一年，酒味就會更醇厚了。」

姚鵬聞言叫道：「石頭媳婦，妳不是說這酒是釀來給自家人喝的嗎？幹麼還封存起來那麼麻煩，妳先抬一缸到我家，等我喝完了再來向妳討。」

「沒有，沒有，這些酒都是我的，師傅你就別想了。」季霆笑著擼袖子準備開始幹活，一邊扭頭問月寧。「這次還是要發酵半個月嗎？」

月寧想了想，道：「也不一定，我要每天打開來看看，差不多了就封存起來。」

姚鵬扠腰站在那裡吹鬍子瞪眼。「你們兩個少給我顧左右而言他，直接說吧！這酒，你們給是不給？」

荀元和姚錦華等人看他這樣，都忍不住笑起來。

月寧也被姚鵬這副無賴樣弄到哭笑不得。「姚叔，葡萄酒每天少少的喝一點可以美容強身，可喝多了對身體不好不說，最重要是太浪費了，這玩意兒運到京城去可是能換不少銀子呢。再說我打算得空了就用大米釀酒，你要了這個，回頭可別怪我不給你別的酒喝。」

姚鵬耍賴道：「葡萄酒也要。等妳再釀了酒，也得給我幾罈子。」

季霆拉開窗子就探頭朝外喊：「師娘，師傅又跑我家要酒喝了，妳快來呀。」

外頭遠遠的傳來張嬸的回應聲。「這老頭子又偷酒了？你等等，師娘這就來！」

「你這臭小子！你……你給我等著！」

姚鵬嚇得跳起來轉身就跑，引來眾人一陣哄笑。

葡萄酒是釀成了，可月寧最終也沒能用大米釀酒。大災剛過，附近幾縣的百姓還有很多吃不飽飯的，如今的糧價仍比往年要高很多，季霆跟月寧商量之後，把夏收的糧食留下眾人夠吃一年的量，其他的都直接運去附近的村子上，或換了皮毛藥材山貨，或是從活不下去的人家換回個十年的長工。

能在災年活下來的人，不論男女都是彪悍的。月寧會想出用糧食換人的主意，原是出於一份救人的好意，但季霆對這些人卻並不放心，所以把人都交給余安和范大江等人安排活計，還禁止那些婦人和丫頭靠近山坳裡的宅子。

至於那些換回來的皮毛、藥材和山貨，分類整理好後，被季霆和馬大龍拉去縣裡，以八百兩倒手全處理給了個朋友。

月寧見此，乾脆拿出二百兩來，讓季霆去鎮上把南山坳西面和北面的山頭也給買了下來。至此，整個南山坳終於全都屬於他們的了。

「等余安他們得空了，就讓他們上南山那邊伐竹做竹牆吧，咱們把這三個山頭都用竹牆圍起來，這樣就不怕冬天再有野獸闖到山坳裡來了。」月寧對那天狼群下山的情形至今還印象深刻，那是真的沒法不深刻，她們那天差點就成狼群的點心了。

季霆看著月寧攤在桌上的錢匣子，伸手翻了翻裡頭的銀票和碎銀。這裡邊原本又存了有快五、六百兩銀子了，可為了買兩個山頭，賣夏收糧食的收益加上這匣子裡的二百兩銀子就又花出去了。

季霆伸手把月寧摟到懷裡抱著，想著這一年多快兩年裡，他從一無所有到如今坐擁整個南山坳，手裡還有這麼多的富餘，變化不可謂不大。

「媳婦，我季霆定不負妳。」他的聲音很輕，可這話的重量卻不輕。這是他給月寧的承諾，不管月寧信不信，他心裡會記得自己的話。

以後的日子，富，他跟著媳婦吃香喝辣的；窮，他就是把自己餓死了，也不會讓媳婦餓著半分的。這就是季霆向自己發下的誓言。

「這話我記著了。」月寧不為所動的在季霆懷裡半轉過身，伸手捧著他的臉笑道：「夫君，你看天色也不早了，你是不是該去書房讀書了？」

季霆神色一僵，看著媳婦似笑非笑的臉，忍不住就輕咳了下，道：「我今天喝酒了，咱們要不先歇個覺再讀書吧。」

月寧可不上他的當。「別裝了，那兩口酒對你來說能算什麼？吳叔說年底有童生試呢，他打算讓你下場試試。等你考中了，再過了歲考就有秀才功名了，到時候咱們就要個孩子。」

合著生孩子還得等他考上秀才？

季霆頓時就不高興了。「那我要是一直考不上，妳還不給我生孩子了？」

月寧理所當然的道：「當然，你沒有秀才功名，咱們這些山啊、地的，隨時都有可能會變成別人的，我嫁給你了，吃苦受累我都認了，可你難道想讓咱們的孩子也跟著咱們受苦嗎？」

季霆瞠目結舌，可想了半天竟無力反駁。「行吧，為了能讓妳儘快給我生個大胖孩子，我肯定把這試那試的都考過去。」他伸出鐵臂一摟，低頭在月寧嫩豆腐似的臉上重重親了一下又一下，這才滿意的抱起月寧大步往書房走去。

月寧像在看個調皮的孩子般看著他，在季霆懷裡根本就懶得掙扎。「叫你去讀書，你抱著我幹麼？」

季霆笑著衝書房抬了抬下巴。「咱們是夫妻啊，有福當同享，妳男人現在有難了，妳難道不該擔著些？」

月寧忍不住伸手去揪他耳朵。「你這話真該叫吳叔來聽聽，定將你一頓好打。」

「跟那書呆子有什麼好說的，書都讀傻了。」季霆小聲的嘀咕著，對上月寧似笑非笑的眼，便自知理虧的嘿嘿一笑，辯解道：「這也不是我說的，我聽師傅就是這麼說他的。」

「師傅能說他，你卻是說不得的。」月寧對季霆這種半路出家，對師長沒什麼敬畏之心的傢伙，簡直無可奈何。「吳叔現在是你夫子呢，就算心裡想罵他，至少面上也要裝出尊師重道的樣子來，不然會被天下讀書人唾棄的。」

「書生就是虛偽。」

月寧好笑的擰他的臉。「你現在也是個讀聖賢文章的書生。」

「我可不會那些虛的。」季霆笑著低頭又來親月寧，邊親邊笑道：「我對我媳婦，絕對哪兒哪兒都是真的。」

月寧知他又要不正經，忙推開他的臉，指著一旁的繡架道：「把我放這兒，你自個兒正經讀書去。」

書山有路勤為徑，想要有所成就，每天老想著風花雪月可不成。

季霆想裝可憐，可月寧不為所動，他也只能依了她，把她放到繡架邊上，自己焉巴巴的去書桌前坐著讀書練字去了。

月寧在繡架前抬頭，看這男人終於開始認真看書了，低頭看看自己手裡的繡線和繡花針，也非常無奈，她是真的不想繡這些東西，可這男人老讓她陪著他，她要不繡點什麼，難道要在這枯坐著？

想著月寧又忍不住在心裡發狠，她不痛快，害她不能出去玩的季石頭同學，也別想痛快。

於是，季石頭同學在家有月寧這個嚴師盯著，在學堂有吳翰博那個老翰林看著，如此苦讀三個月，便迎來了人生第一場正式的考試——童生試。

吳翰博也沒想著季霆一次就能考上，只想讓他先去試試水，感受一下考試的氛圍，所以大家都沒把這次的童生試當一回事。

考試當天，秦嬤嬤給季霆烙了十個餅子，煮了五、六個雞蛋，又給他包了一大包肉乾塞在書箱裡，季霆自己駕著騾車就往縣上去了。

放榜當天下午，村口聚滿了看熱鬧的人，大家都沒忘記季霆前幾天也去縣上考童生試了。大家在關心村裡誰家小後生能中之外，也非常關心季霆的考試結果。

當然，村裡大部分人都是抱著看笑話的心理，才等在這裡的。

季霆駕著騾車回來的時候，有村裡的老賴皮遠遠的笑著跟他打招呼。「石頭，聽說你也去考童生試了，考沒考中啊？」

季霆趕著騾車根本就沒減速，只回了他一句「中了」，就一陣風似的從眾人眼前跑了過去。

「哈！」那老賴皮怪笑一聲，回頭看著迅速遠去的騾車，狠狠往地上吐了口唾沫。

「呸，淨會往自己臉上貼金，中了你會不停下來跟大家顯擺顯擺？哼！」

邊上有村民笑他道：「你也真是的，明知道人家沒考上，心情正不好還去跟他搭話，這不是自找氣受麼。」

四周頓時響起一陣附和聲，大家就七嘴八舌的一起笑這老賴皮。等說笑過一陣，突見官道上轉下一人一匹馬。有村人立時激動的大叫起來。「來了，來了，報信的人來了。」

官差騎馬到眾人面前停下，將手裡的一張紅紙交給村人，交代道：要貼在村口讓大家都看到。便又騎馬往下一個村子去報信了。

「快看看，快看看，咱們村都有誰中了。」

眾人七手八腳的展開紅紙一看，就見榜首位置黑乎乎的兩個大字——季霆。

現場頓時一靜，有人遲疑的乾笑了一聲，有些艱難的嚥了口唾沫，道：「這……這該不會是同名同姓吧？」

沒有人接他的話，方才還想看笑話的村民，紛紛轉身做鳥獸散了。

這可真是今年的大新聞了，季家趕出門不要的小兒子，不但考上了童生，而且還是榜首咧。

眾人想到季霆是三月分才到吳翰博的私塾讀書的，這麼一算，他也才上了一年不到的私塾。而且算算時間，季霆這年歲了，這樣都能考上，要是打小就送他去私塾讀書……

我的老天爺，季家這是放著珍珠當魚目，活生生的耽誤了一個大狀元啊。

荷花村沸騰了。這年頭什麼最精貴？讀書人最精貴！

一個狀元，他到哪兒都是能光耀一個地方的存在。現在季家那對糊塗夫妻不但白白耽誤了兒子這麼多年，還將個童生老爺給趕出了家門，這可真是……

別人都在背地裡笑季洪海和姜荷花。姜荷花自己也心裡發怵，畢竟是她反對給小兒子治腿，又哭著鬧著要把他給分出去，才引發出後來那麼多事的。

可沒有人知道，季洪海的心裡有多慶幸。季家出事之後，老僕帶著他東躲西藏，顛沛流離了好些年才在這荷花村安定下來，他是再也不想逃亡了。

科舉出仕有什麼好的？官老爺的名頭都是聽著好聽，看著面上光，但皇帝一個不高興，還不是想弄你就弄你？

別人笑他傻、為他惋惜，季洪海自己卻是無比慶幸和季霆斷了親。不然季霆這回考了童生的頭名，他這做老子的還不得跟著去縣上，和縣老爺以及那些鄉紳見面嗎？

萬一要是就這麼被人認出來，他還能有好？

可季洪海這裡才摸著胸口慶幸自己有遠見，季文和許氏帶著三個孩子，竟就為季霆考中童生的事，帶著大包禮物，急急忙忙的從鎮上回來了。

季文進門第一句就是——「爹，老四考中童生了，這事你還不知道吧？趕緊的，我準備了一點禮物，咱們去給他賀喜去。」

「我賀你個死人頭的喜！」季洪海抄起牆角的掃帚就往他身上招呼。「你個沒骨氣的東西，你忘了他當初是因為什麼才欠下那麼多銀子，賣身給姚家幹活的？你忘了你們當初是怎麼搜刮他，把他往死裡欺負的？」

第六十章

季洪海越罵越順溜，腦中靈光一閃，他把掃帚往地上一扔就扠腰罵道：「老子要不是為了你們這群不爭氣的，能把個好好的兒子推出去，斷親不敢再認了嗎？你這眼睛只盯著錢眼兒的東西！也不想想別人出息了，會不會找你們的不痛快，還想貼上去，你是嫌自己死得不夠快是吧？」

季文被老爹罵得縮起了脖子，指著自己帶回來的禮物訥訥道：「那不是……我都買了禮物，想跟他賠不是了嘛。」

季洪海冷笑。「人家現在住著姚家給的大房子，會稀罕你這點東西？再說你買這一包東西花了幾兩銀子？五兩有沒有？」

許氏立即大聲道：「爹，這些可都是上好的紅棗、紅糖和大桂圓，花了有一兩多銀子呢！」

季洪海都給氣笑了，指著季文和許氏道：「當初分家，你們跟你娘合夥起來，藉著給他買媳婦的事坑了他多少銀子，還記得嗎？」

季文和許氏聞言臉色一變，迅速瞥了眼避在一旁的姜荷花，見她縮著脖子站在一旁，便知事情不妙了，也忙都縮起了脖子不敢再吭聲。
「你們都給我長點心吧，人家現在名義上是姚家的人，跟你們沒關係了明白嗎？想想你們過去做的那些事，他如今發達了，你們不去他眼前晃還好說，要是不識趣的還想借他的光，你看他會不會乘機弄你們。」
季洪海罵完，想想猶不放心，又向一旁裝鵪鶉的姜荷花道：「我季洪海這輩子自認已經夠對得起妳了，妳娘家出了事，要拿小兒子撒氣，我由著妳，啥事都讓著妳。跟老四斷親，我為的是什麼？還不是為了妳和這個家？
「老四現在有出息了，可他的風光是咱們這些人能沾的嗎？你們想想他小時候過的那些日子，再想想分家時，我們是怎麼逼他的，換你們是他，你們恨不恨？咱們現在縮起來安生過日子或許還不會有事，可你們誰要是又想去他眼前晃，我不管你們是去賠不是，還是想再從他身上搜刮點啥，一律給我滾出季家。我老季家就只是一普通的莊戶人家，可禁不起那些老爺們的怒火。」
季洪海說完，狠狠瞪了眼季文和許氏，才又回頭盯著姜荷花道：「姜氏，妳聽清楚沒？」
姜荷花忙不迭的點頭。「聽……聽清楚，我以後肯定安生過日子，不會再去找他了。」

嬌娘從屋裡走出來，嬌滴滴的挽上季洪海的手臂，轉頭一臉關切的向姜荷花道：「當家的對姐姐的心，當真是日月可表呢，姐姐以後還是莫要任性了。別人的日子看著再風光，咱們不羨慕，也羨慕不來。當家的，你說，我說的是不是很有道理？」

季洪海只「嗯」了一聲，就迫不及待的摟著嬌娘回屋了。

姜荷花看著兩人的背影，恨得眼睛裡差點沒直接往外飛刀子。

「不要臉的小狐狸精！」一旁邊的許氏向嬌娘的背影恨恨的低聲罵了句。

季文看看姜荷花滿是褶子的臉，再想想嬌娘那一步三搖的惹火身段，也意識到了大事不妙。想想與其去巴結季霆，不一定能討到好，還真不如幫幫自家親娘呢，畢竟那嬌娘還這麼年輕……

季文和許氏對視一眼，都想到了季洪海手裡那幾百兩的私房銀子，忙就把去巴結季霆的事扔到了腦後，認真給姜荷花出起主意來。

季家那一頭要忙著爭寵爭銀子，而考中了童生之後的季霆更忙。

晚上吃了頓慶功宴，第二天一早，他就擼著袖子帶人上山砍竹子去了。南山坳全成了自家的天下，依照月寧的要求，用竹子將三座山頭都圍起來，可不是個小工程。

特別月寧還要求這山圍了之後，不但要防深山裡的野獸跑過來，她以後還要在山上種果樹兼養雞養豬。怎麼才能讓這雞在山上不往山裡跑，豬不會跑下山來，這都得季霆自己琢磨。

砍竹子做竹牆，光他們自己這些人肯定不行。季霆現在對荷花村的情況已經很熟悉了，大冬天的，村裡的老少爺們閒著也是閒著，他騎著騾子去村裡跑了一圈，就拉起了百人的砍竹大隊。

雇村民砍竹子論捆算，南山上的竹林就在那兒，大家喜歡砍多少就砍多少。一捆十根季霆給二十文，也不用搬到哪裡去，就地放著，回頭讓余安他們去收貨付錢就成。

這樣一來，季霆和范大江等人就可以全力劈竹子做竹牆了。一根竹子一劈兩半，粗的一頭深深的打進土裡固定，露在地面上的那一截，則用麻繩與相鄰的竹子綁緊。如此一路延伸，一天下來速度竟也不慢。只不過等季霆把這圍山的竹牆給建好，年關也近了。

而南山上那片綿延了三個山頭的竹林也被眾人伐禿了。伐過的竹林地面還被村裡的熊孩子們犁了一遍，例如剛冒頭的冬筍、長在竹根下的竹蓀，藏在地洞裡冬眠的蛇和竹鼠、棲息在竹林裡的山雞鳥雀等等，但凡能吃的通通有錯過沒放過，全都成了村民們過年時，餐桌上的美味。

荷花村的這個年，因為季霆委派的伐竹活動而變得熱鬧非常，勤勞的村民們腰包鼓了，自然就吃好穿好，至於那些整日抱著炕頭不願動彈的人，這個年也就只能在炕上窩著了。

大年初一祭完祖，馬大龍火急火燎的帶著媳婦去了趟榆樹村老丈人家拜年，然後大下午的就急急趕了回來。

男人們忙著搓草繩的搓草繩、擦弓箭的擦弓箭，都在為第二天組隊上山打獵做準備。

各家的女人和孩子則全聚到月寧家的客廳裡，一邊吃著秦嬤嬤和張嬸做的各種美味小吃，一邊討論衣裳款式、女紅刺繡或是八卦一下村裡的新聞趣事，眾人說說笑笑的，一天時間眨眼就過去了。

大年初三這天，除了荀元和范大江留下看家外，連余安那些季家的長工都帶著弓箭、草繩上山了。經過一年的休養生息，深山裡的動物又重新長得肥美起來。

南山坳如今有了竹牆的保護，男人們這回打獵也放心的走遠了些，他們深入南山然後從南一路往北移動，既是為了打獵，也為了探看南山坳背後山脈裡的野獸分布情況，以便未來萬一再遇上什麼天災，能先一步提防如上次狼群大量群聚下山的情況發生。

冬日的深山也不是那麼好玩的，要不是有姚錦華和季霆等人藝高人膽大，仗著一身的功夫衝在前頭，就余家兄弟這樣只學了兩手三腳貓功夫，除了身材看著還壯碩，實則沒什麼武力值的，只怕再來個四、五十人也要折在山裡頭了。

眾人在山裡待了五天，直玩到打的獵物肩扛手抬得都快沒法弄回家了，這才快快的結束這場過年活動。

「這些東西，皮扒了給家裡的媳婦和孩子做襖子穿，肉就都運鎮上去，跟牛屠戶換豬。」姚鵬一回到家就當起了甩手掌櫃，撂下話就背著手回屋休息去了。

迫於他的淫威，姚家青少兩代人是一個屁都不敢放。季霆和馬大龍的功夫都是姚鵬一手教出來的，對他的驅使自然也只能摸著鼻子認了。

荀健波看著一地的獵物不由抱怨。「姚叔每次都這樣，只會動動嘴巴不做事。」

姚立安立即反唇相稽道：「你爺爺不也一樣嗎？他們都是祖宗，他讓你做，你一做孫子的敢不去做嗎？」

好吧，這個話題已經沒有探討的必要了。

大年一過又要忙著準備春耕了。

要說坐擁整個南山坳，當個地主的感覺有多好，季霆是真沒感覺。他只覺得累，一到春耕，那麼多的地要施肥下種，他都沒時間抱媳婦了。

最可恨的是，他整天累得都跟條狗似的了，要練的大字和要背的文章還一個字都不能少，尤其不能反抗，敢反抗，媳婦都不讓他抱了，日子別提有多辛酸了。

季霆一忙起來，根本沒時間顧月寧。而手裡有了錢，月寧就又會想著把它們都花出去。

所以在季霆忙春耕的時候，月寧就請人買了魚苗和蓮藕來種在各個池塘裡，順便也讓姚立強去鄰村買了大批的雞崽，以及一大群母雞放養到北邊的山上。

可誰想不管大雞還是小雞，最後都跑到了山下，在去冬打了穀子後壘的稻草垛裡安了家，倒是方便以後摸雞蛋。

為了整個南山坳的美觀和空氣清新，月寧讓人把豬圈也移到北面的山腳下。如此一來，山坳裡有雞、豬、魚、藕、蔬菜和糧食，算是已經能自給自足了。

四月十八要考院試，吳翰博還是沒指望季霆能一舉考上，畢竟考秀才可不同於考童生試，多少人考到頭髮都白了也沒能考上呢。

吳翰博只想讓季霆下場先感受一下院試的氛圍，這樣三年之後再考時，才能更有把握考上。

季霆一聽他這話，差點沒朝吳翰博掄拳頭。按他跟月寧的約定，可是要考上了秀才才能生孩子呢，若是今年考不上秀才，他豈不是還得再等三年才能有娃？

為了生兒子，季霆也是拚命了。結束農忙之後，他就開始卯足了勁的讀書練字，那股刻苦的勁頭就跟懸梁刺股也差不多了。

趁著季霆埋頭讀書的工夫，月寧跟姚鵬等人商量了一下，四家人湊了湊銀子，讓姚錦華去買了八輛馬車回來。姚家人多，獨占了五輛，剩下的三輛，馬、荀、季三家一家各一輛。

眾人美其名曰要送季霆去縣裡趕考，可送考其實只是順便，去縣裡玩才是他們的主要目的。就連月寧都是想搭順風車去縣裡買鋪面，以便把滷肉生意擴展到縣裡去。

四月十三這日一早，南山坳裡就浩浩蕩蕩的駛出了八輛馬車，「噠噠」不停的馬蹄聲直把住村口的幾戶人家都驚動起來。

只不過馬車的速度太快，等眾人開門出來查看情況時，季霆等人的馬車都已經走遠了。

從荷花村到穀和縣，牛車要走一天半，馬車趕一趕，一天就能走個來回。

不過月寧等人主要是出來玩的，所以在時間充裕的情況下，眾人一路慢慢走，硬是趕在院試開始前一刻趕到了縣上，讓季霆進考場的時間趕了個不早也不晚。

季霆一進去就是三天，等三天後出來，原以為迎接他的會是媳婦溫柔的笑臉、姚鵬等人溫暖的問候。可他在考場門口蹲了大半個時辰，都沒在人海中找到來接自己的人，這才確定那些傢伙只怕是玩到忘記他今天出考場了。

可別人能忘了來接他，他媳婦怎麼能把他給忘了呢？季霆失落的在考場門口來回打轉，直轉得衙役都出來貼榜單了，他才遊魂似的隨著人流擠到榜單前面，從頭往後找自己的名字。

結果越看不到自己的名字，他的心情就越糟糕，到最後，終於在倒數第二的位置上找到自己的名字時，他反而頭腦一片空白，傻愣愣的待在那裡都不知道該怎麼反應了。

「傻瓜，沒考上的話，三年後再考就是了，站在這裡發什麼愣呢？」

季霆聽到這聲音猛然轉身，就見頭戴帷帽的熟悉身影離自己不過幾步遠。

「媳婦？」

「才幾天沒見，你就不認識我了？」月寧擔心的上前兩步，歪頭打量反應遲鈍的季霆。「你不會是考試考傻了吧？」

季霆抱著書箱，可憐巴巴的看著她，那表情就跟被人遺棄的小狗似的。「妳怎麼才來？」

「我早來了，是你沒看到我。」說著，她轉身向對面街角的茶樓指了指，道：「我們一早就來等你了，之前這裡人山人海的，馬大哥他們都喊你，朝你招手了，可你壓根兒就不往我們那邊看。之前街上人太多了，師傅不讓我下來跟人擠，怕出事，所以一直等人潮散了，才讓立強和馬大哥送我過來接你。」

「我還以為你們把我給忘了……」季霆說得好不委屈。

「忘了什麼也不能忘了來接你啊。」那委屈的熊模樣，月寧只覺得好笑。「吶，我現在來接你了，你跟不跟我回家？」

季霆抹了把臉，咧嘴笑道：「跟！」不和媳婦回家，怎麼生娃娃呀？

月寧向他伸出手，季霆忙一把握住。

在回茶樓的路上，季霆低低的道：「媳婦。」

「嗯？」

「其實我考上了。」

月寧吃驚的扭頭，就見季霆得意的咧嘴朝她露出一個大大的笑臉，道：「所以我們回去就準備生娃吧。」

月寧愣了愣，隨即噗哧一聲笑了出來，無奈瞪了他一眼，才輕聲應道：「好！」

誰都沒想到季霆能一舉考上秀才，吳翰博想了很久也沒想明白他是怎麼做到的。

季霆能告訴他，一切的辛苦和努力都是為了下一代嗎？當然不能了。

春去秋來，當南山坳的桃花開滿山崗的時候，南山坳的一幢小別墅裡響起了嬰兒的啼哭聲。

「生了！生了！我媳婦生了！」季霆激動的手舞足蹈，魁梧的他在屋子裡跑動起來，就跟大象闖進了人群一樣，直把大家弄得人仰馬翻。

秦嬤嬤抱著孩子下樓時，就看到樓下已經亂成一團了。「姑爺，你快別跑了，小姐為你生了位小少爺，你趕緊過來看看。」

「少爺？是個帶把的？」季霆滿是錯愕。「王仙姑不是說月兒這一胎是個姑娘嗎？」他期待小閨女出生都期待了整整八個月了，準備的玩具也都是給女兒的，壓根兒就沒給兒子準備啊，這可怎麼辦？

眾人見他這樣，不由齊齊無語。別人盼著生兒子，這傢伙倒好，得了兒子還一副「為什麼不是女孩」的崩潰表情。

張嬸板著臉訓季霆。「你媳婦那麼辛苦才給你生下個大胖小子，你還在這裡嫌棄？小心你媳婦傷心。」

季霆連忙擺手叫道：「不嫌棄、不嫌棄，我是高興的。」可高興之餘，他心裡也不無遺憾。

荀元看季霆犯蠢，朝著他的後腦杓就是一下，罵道：「傻小子，你媳婦這次給你生了兒子，下次再給你生個女兒不就好了嗎？你在這裡擺出一副苦大仇深的表情給誰看啊？」

對喔！

季霆瞬間醒悟，開心的哈哈大笑起來。「對對，今年生兒子，下回生閨女。」他搓著大手跑過去抱自己新出爐的兒子。

小小的嬰兒包在包被裡，緊握的小拳頭擱在臉邊，似用力掙扎了下，整個人一下就紅透了，小臉更是皺成了一團，看起來醜極了。

季霆看著「醜醜」的兒子，一顆心卻軟得不行。「兒子哎，我是爹爹，你小子這回可把你娘給累壞了，以後長大了可要孝順你娘，聽你娘的話，知道不？」

這還算句人話。秦嬤嬤滿意的點點頭，轉身回樓上照顧月寧去了……

春去秋來，秋來春去，南山坳的山崗上再次掛滿紅通通的大桃子的時候，季霆抱著兩歲的兒子，再次在坐滿人的大廳裡焦躁的來回打轉。

「你別轉啦，石頭，你自己轉著不暈，小石頭該被你轉暈了。」張嬸阻止季霆禍害他虎頭虎腦的兒子。

小石頭緊緊的抱著季霆的脖子，癟著嘴要哭不哭的道：「張阿婆，我要娘。」

張嬸最見不得他這個樣子了，忙伸出手要抱他。

小石頭卻不依，死死抱著季霆的脖子，跟她道：「我抱爹爹，爹爹害怕。」

「哎喲！」何氏聽他這麼說，一顆心也軟得不行。「看這可人疼的小傢伙，這麼大就知道要孝順爹爹了。放心吧，你娘好著呢，等你娘生下你妹妹，你就能去見你娘了。」

小石頭歪著頭，還在想娘肚子裡的妹妹要什麼時候才能出來，就聽樓上傳來一聲嬰兒嘹亮的啼哭聲。

「生了！生了！」眾人都興奮的跳了起來，紛紛湧到樓梯口等待。

半晌過後，秦嬤嬤懷裡抱著個襁褓，一臉要笑不笑的下了樓。

「快，快把我的乖囡囡抱過來。」季霆把手裡的兒子往身邊的姚錦華懷裡一塞，就要去接秦嬤嬤懷裡的小娃兒。

「姑爺，小姐這回給您生的還是個少爺。」秦嬤嬤很不想做這個惡人，可這事不說還真不行。小姐說長痛不如短痛，現在瞞著，等日後季霆知道了真相，只怕會更難受的。所以等季霆抱穩了孩子，秦嬤嬤就直接道明了孩子的性別。

季霆只覺得腦中「轟隆」一聲，臉上的笑容寸寸龜裂。

姚錦富等人見狀，忙安慰他道：「這一胎不是女兒，那就再生一個好了，多生幾胎總能生個女兒出來的。」

「那怎麼行呢？」季霆失神的喃喃道：「生孩子那麼辛苦……」他可是很心疼媳婦

的。

愣愣的看著懷裡兒子稚嫩的小臉良久，季霆突然發狠般的道：「再生一胎，就一胎，要還是個兒子，那就是我季霆今生命裡注定沒女兒。」

於是兩年後的冬日，當東邊第一縷陽光照亮大地時，南山坳裡再次響起了嬰兒的啼哭聲。

季霆盯著嬤嬤懷裡的襁褓，有些困難的嚥了口唾沫，緊張道：「嬤嬤，這個……是兒子還是女兒啊？」

秦嬤嬤忍不住笑道：「恭喜姑爺心想事成，小姐這胎生的是位小小姐。」

季霆大嘴一咧就要笑，可緊接著又像是想到什麼般，懷疑的看著秦嬤嬤道：「嬤嬤，我雖然希望有個像月兒一樣漂亮的小女兒，可要是她給我生的是兒子，我也是高興的。」

秦嬤嬤聽他這麼說，不禁好笑的掀起襁褓一角，讓他看孩子的性別。

「我有女兒了，我終於有女兒了。」季霆高興到跳了起來。

「爹爹，給我看看，我要看妹妹，給我也看看。」四歲的小石頭急得直拽父親的褲子。

抱著季霆另一條腿的小樹，也眼巴巴的抬頭望著高大的父親，學著哥哥叫道：「妹妹、妹妹。」

邊上的姚鵬和田桂花等人見狀，都不由得哈哈大笑起來。

「好好好，給你們看，給你們看……」

樓下的動靜傳到樓上，兩個接生婆一邊給月寧擦身收拾，一邊笑著恭維道：「秀才娘子好福氣，季大官人看著就是個疼孩子的。」

月寧也不由微笑道：「他心心念念想要個女兒，這回也算是得償所願了。」

另一個接生婆笑著湊趣道：「那也是秀才娘子會生養，前頭兩個都是兒子，季大官人才盼著這一胎生女兒，好湊成個好字呢。」

月寧聞言笑而不語。

季霆是不是真心盼著這個女兒降生，她自己知道就行了，別人怎麼看又有什麼關係呢？

最重要的是她如今兒女雙全，人生最重要的一項任務已經完成了。以後坐擁南山坳，有可愛的兒女相伴，有體貼的丈夫攜手，生活吃喝不愁，日子才真正逍遙呢！

——全書完

2020年4月出版

二嫁榮門

文創風 836～838

能讓自己過得好，小日子才叫爽快！
至於那些惱人的蒼蠅、蚊子，有多遠趕多遠吧～～

歡喜冤家 巧手擒心／竹聲

她名叫簡淡，但日子過得……可真不簡單！
因為雙胞胎剋親的傳言，自小爹不疼娘不愛，只得在祖父關照下寄居親戚家，
學得製瓷巧藝回本家後，又被迫代替嬌弱的胞姊出嫁，最後落得橫死下場。
這回重生，她不打算再悲催一次，定要保全自己，還要做瓷器生意賺大錢！
有祖父當靠山，她忙著習武強身、精進手藝，唯一苦惱的是隔壁王府的沈餘之，
此人正是前世早早病亡，害她沖喜不成，婚後三個月便做了寡婦的罪魁禍首！
說起這位世子，體虛第一、毒舌第一，最大興趣是同她唇槍舌劍，不贏不休，
還在院子裡搭起高臺，每日將她苦練雙節棍的英姿當大戲看，順道點評兩句。
本想還以顏色，孰料一場遇險讓她變成他的救命恩人，這下更是關係曖昧了……
唉，這款丈夫要不得，前世嫁他是逼不得已，今生得想辦法脫身才行啊！

2020年3月出版

旺門小喜婦

文創風 834～835

賣魚女仗著「命好」，搖身一變成豪門少奶奶，
明著掛正妻，暗裡當丫鬟，看似有面子卻沒裡子？
雖說大戶人家裡頭水很深，但既來之則安之，
憑藉自個兒命中帶喜，小人物也能草根逆襲！

喜妻嫁臨，草根逆襲／白露橫江

董秀湘身為「喜年喜月喜日喜時辰出生」的賣魚女，
乍看下是天生命好，嫁到湖廣湘江一帶的富商胡家，
可誰知道給病秧子二少爺沖喜，會不會一進門就守寡？
雖說人人不看好，但老天爺賜給她的命格真的又強又旺，
這藥罐子相公非但沒有病死，反而身子骨好轉且高中解元；
她還產下龍鳳胎為夫家開枝散葉，直接坐穩二房正妻的位置；
再加上創新「湖繡」引領風潮，把事業經營得風生水起。
即使沒有家世背景，她仍憑藉一身本事，把裡子、面子兼顧了！
本以為家庭美滿、經商有道，總該迎來舒心的好日子，
未料這自家人接二連三捅樓子，一舉端掉胡家的大半基業。
如今風雨飄搖，全家上下皆視她為救命稻草，
作為傳奇的旺門媳婦，還能再一次逆轉奇蹟嗎？

文創風 848

二兩福妻 3 完

國家圖書館出版品預行編目資料

二兩福妻 / 鳳棲梧桐著. --
初版. -- 臺北市 ： 狗屋, 2020.05
冊 ； 公分. --（文創風）
ISBN 978-986-509-105-7（第3冊：平裝）. --

857.7　　109004254

著作者	鳳棲梧桐
編輯	林俐君
校對	周貝桂
發行所	狗屋出版社有限公司
地址	台北市104中山區龍江路71巷15號1樓
電話	02-2776-5889～0
發行字號	局版台業字845號
法律顧問	蕭雄淋律師
總經銷	知遠文化事業有限公司
電話	02-2664-8800
初版	2020年05月
國際書碼	ISBN-13　978-986-509-105-7

本著作物由廣州阿里巴巴文學信息技術有限公司授權出版

定價250元

狗屋劃撥帳號：19001626

網址：love.doghouse.com.tw　E-mail：love@doghouse.com.tw